心灵有约情感励志系列

等你说那三个字

积雪草 著

时代出版传媒股份有限公司
安徽教育出版社

图书在版编目（CIP）数据

等你说那三个字 / 积雪草著. —合肥：安徽教育出版社，2013

（心灵有约情感系列）
ISBN 978-7-5336-7578-3

Ⅰ.①等… Ⅱ.①积… Ⅲ.①短篇小说—小说集—中国—当代 Ⅳ.①I247.7

中国版本图书馆 CIP 数据核字（2013）第 131646 号

书名：等你说那三个字　　　　　　作者：积雪草

出版人：郑　可

责任编辑：王竞芬　　责任印制：何惠菊　　装帧设计：阮　娟

出版发行：时代出版传媒股份有限公司　http://www.press-mart.com
　　　　　安徽教育出版社　http://www.ahep.com.cn
　　　　　（合肥市繁华大道西路 398 号，邮编：230601）
　　　　　营销部电话：(0551)63683008，63683011，63683015

排　版：安徽创艺彩色制版有限责任公司
印　刷：安徽瑞隆印务有限公司　电话：(0551)65302198
（如发现印装质量问题，影响阅读，请与印刷厂商联系调换）

开本：650×960　1/16　　印张：17.75　　字数：180 千字
版次：2013 年 7 月第 1 版　　　　2013 年 7 月第 1 次印刷

ISBN 978-7-5336-7578-3　　　　　　定价：28.00 元

版权所有，侵权必究

目 录
CONTENTS

001	美女过敏症
008	穷浪漫
015	闺蜜男友
023	朱槿花手链
032	甲之蜜糖，乙之砒霜
042	命犯桃花
049	林替替的幸福生活
055	兰花小镇
062	咖喱蟹的爱情味道
070	爱情底牌
077	100双纯棉袜子
085	木槿花开

095	欠债还爱
103	小厨娘
111	金房子在哪里
118	爱情遗物
124	快乐的城堡
132	我爱你与你无关
141	玫瑰口红
150	像老鼠一样地生活
159	我的美丽女友
168	安娜玛德莲娜
177	偷　心
186	谁的眼泪遗漏在光阴里
194	一壶煮不开的爱情
202	等你说那三个字
226	美人鱼的深海之恋
237	胖企鹅的情感方程
247	桑葚树下最初的诺言
256	我不是你的笨小孩
262	世俗之心
269	"二"是一种境界
276	再为你跳一支舞

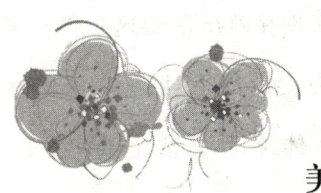

美女过敏症

1

江一泓是在同学聚会上看到白素素的。

白素素人如其名,素淡文雅,五官精致,长长的睫毛卷曲着,像一排小小的丛林。短发中分,自然而然地垂到肩上。衣着看上去闲适随意,实际上都是精心挑选搭配的,虽不是什么名牌,但唯其若此,才见真功力。

白色的麻纺坎袖衫,收腰,宽摆,摆边有镂空的同色花饰,深蓝色的亚麻宽脚长裤,宽大得不成体统,一条同质的腰带束腰,在侧面打了个结,愈发衬托得白素素高挑、骨感、飘逸,仿佛碧荷出水。

这身装扮,弄不好就会被衣服喧宾夺主,可是白素素却是人衣合一,自然天成,身上有一种不食人间烟火的气质逼仄而来。

江一泓想逃,可是却怎么都挪不动脚,当年上学那会儿,也不见她怎么漂亮,怎么现在就出落得这么美?美得这般咄咄逼人!他心慌,气短,窒息,鼻尖出汗,肌肤上甚至有了痒痒的感觉,他想挠几下,可是又恐失了体统,所以站在那里发呆,看着白素素像莲花一样飘过来,他吓得夺路而逃,转身加入一帮聊得热火朝天的同学当中……

俗话说,士别三日,当刮目相看,更何况这些分别了好几年的同学,有的当了官,说话的底气自然就不一样了,气宇轩昂,春风得意;有的发了财,神情飞扬,动不动就拿钱砸人;也有像他这样的同学,没有大成也没有小成,甚至身边连个女朋友都没有的,一个人安安静静地过着不咸不淡的日子。

江一泓插不上嘴,人家聊得热热闹闹,他愈发的清醒和孤单,正琢磨着找个什么样的理由和借口开溜,一转头,就看见白素素那张五官精致的脸,他吓得一哆嗦,礼节性地笑笑说:"你越来越漂亮了,有什么不老的灵丹妙药?"江 泓恭维女人还是很有一套的,可惜白素素根本不买账,盯着他的眼睛,咄咄逼人地问他:"你怕什么?看见我你逃什么?怕我吃了你?怕我把你拐带坏了?"

现在这世道,女人都不装了,那么雅致清淡的女子,说起话来却是这么直接,这令江一泓措手不及,他耐着心思跟她掰扯:"我不是怕你,也不是想逃,我只是忘了你叫什么名字,怕难堪所以才……"

这个理由,白素素当然不能满意,她说:"你敢跟我去喝杯咖啡吗?你不会说不吧?"

江一泓有心想说不,可是说不出口,被白素素押上了她的"甲壳虫",绝尘而去。

2

当年,江一泓也曾疯狂过,抱着吉他在女生楼下唱情歌,他喜欢的女生只是对他抛下一个媚眼,他便像醉了酒似的,心花怒放,去图书馆占座,大热天,买了冰,双手捧着送给那个女生,只为博得那个校花级的美女一笑,恋也恋了,爱也爱了,傻事也做过很多,大学毕业,校花独自美女跟着一个能帮他出国的男生飞了,从此再没见过,留下他一个人独自消化内伤。

抛开当年的糗事不提,毕业后,性情不再那么激扬浮浪的江一泓,和一个长得有点像徐静蕾的美女恋上了,两个人,你情我侬,情话说了一火车,就差没有同居,有一天,两人约会时,结果他被这个长得有点像徐静蕾的美女的前男友一顿狠揍,鼻子也流血了,眼睛也肿了,这些都不能使他疼痛,最让他疼痛的,是那个美丽的女友说:"你当我愿意理他啊?是他老黏着我!"

江一泓彻底被伤着了,有一段时间,老觉得胸口发闷,隐隐作痛。及至下一任美女女朋友,是一个很物质的女孩,今天看中一条手链,明天看中一条裙子,把他当银行卡,天天找他取钱,他什么都没说,自己主动消失了。

要美女作女朋友,那是要付出代价的,一条裙子9000多,拜托掰一掰脚指头想想,那是供人欣赏的,不是用来穿的,别说没那么多钱,就是有那么多的钱,也不能让她来烧。

美丽的女友,美则美矣,但是说出来的话很不中听。她从鼻子里哼了一声,不屑地说:"你只配去乡下找个柴禾妞,再种上二亩田,养两头猪,养三只鹅,陪伴你度过余生算了,找什么美女啊?没事找抽型的。"

江一泓真的被伤着了,从此落下个病根,看见美女就身不由己地心慌气短,窒息憋闷,双腿发抖,下意识地想逃。

所以,当他遇到白素素的时候,只是旧疾发作,本能的反应而已,而白素素却当他目中无人,不把她放在眼里,发誓不把他拿下不罢休。

她对着镜子左照右照,自己问自己:"跑什么跑?我就这么没有魅力吗?"

答案当然没有人告诉她。

3

白素素对江一泓真的动了心思,江一泓出差,她会出其不意地出现在他面前,就想给他一个惊喜;江一泓过生日,她会千挑万选,选一个他喜欢的礼物送给他,只为博他一笑;江一泓不在家的时候,她会像田螺姑娘下凡,给他做一桌子好吃的。凡此种种,白素素做过很多,朋友们都说她傻,问她:"你图他什么啊?他钱没有你赚得多,人又很木讷,对你又不是十分上心,你何苦来呢?"

对于朋友们的关心，白素素向来只是笑，说："这你们就不懂了，这年头到哪里找一个这么真实，这么老土，这么不贪慕虚荣的人？你们都当他是沙子，我却当他是钻石。"

江一泓在一所二流的大学里教书，平常骑自行车上下班，过着与世无争的日子，加上被美女伤过那么两次，性情愈发的内敛了，他的身上有一股子淡淡的忧伤的气质，像水一样把他裹得紧紧的，遇到美女，绕道而行，可是若当真不是美女，他又有那么点怅然若失，所以他一直单着。

白素素的话不知怎么就传到江一泓的耳朵里，他听了感动不已，欷歔不已，他甚至暗暗想过好几回：白素素若不是生得这样美就好了，生得美当然是好事，是造物主的恩赐，可是自己真的是被美女伤怕了。

暑假来临的时候，白素素约他一起去旅行，他不肯去，孤男寡女两个人单独在一起，在旅程中不发生点浪漫的故事，简直太不可思议了，除非是两个不正常的人，可是他不想和白素素纠缠不清，她美得有些不可思议，和上学时判若两人，若自己不小心爱上她，那岂不是飞蛾扑火，自取灭亡？

所以当他无意识地说了一句："你若不是生得这么美就好了！"白素素以为自己听错了，这个男人除了有一点点忧伤，和别的男人并无二致，居然说了一句触犯天下男人大忌的话，男人不爱美女爱什么？难道喜欢丑女吗？

白素素很白痴地问了一句："你喜欢丑女？"

江一泓摇了摇头,但很快又点了点头。

白素素有些生气了:"你到底喜欢美女还是丑女?痛快点行吧?"

江一泓叹了口气说:"从本质上,我当然喜欢美女,美的东西谁不喜欢?我只是个男人,又不是个怪物,我的思维和正常人并不相悖。可是被美女伤害的次数多了,我有了本能的惧怕,找女朋友,我只想找一个普通的女孩,伤不起啊!伤不起。"

白素素忍不住乐了:"这有什么难的,你等着瞧吧!"

4

再次见到白素素,是白素素过生日,那天两个人约在餐厅见面,江一泓没有买花也没有买礼物,两手空空地就去了。男人若没有爱上你,不会为你花心思的。男人若一旦爱上你,他会为你绞尽脑汁,讨你欢心。

江一泓就是这样,他对白素素有本能的抵御,他害怕受伤,他害怕美女离去之后,一个人面对孤单寂寞的生活。

可是在餐厅里看到白素素,他就傻了,白素素森林一样茂盛的长睫毛没有了,大双眼皮变成了单眼皮的小眼睛,艳艳红唇变成水晶一样透明水润的嘴唇,虽说还穿着麻纱的上衣、亚麻的裤子,可是给人的感觉却大大不同了,从那种不食人间烟火的冷艳气质一下子变成了温暖平和的家常小女人风格。

江一泓看着白素素,张大了嘴巴却说不出话来。太神奇了,像变魔术一样,人还是原来那个人,可是气质风格却完全变成了另外一个人，他有些惊喜地问："白素素，到底哪个才是真实的你？"

白素素的眼圈红了，她说："我从上中学那年就开始喜欢你，暗恋你，你考南方的大学我也跟着你去了，为的是能看到你，可是你眼里从来没有我，你的身边从来不缺美女，一个走了，又来一个，就是没有我的位置。我伤心过、难过过，可是却不敢对你说，我努力修炼自己，从气质到外形，希望你能注意我、喜欢我、爱上我。可是到今天，我总算修炼到以气质取胜的美女段位，你却忽然不喜欢美女了。长睫毛是假的，双眼皮是用透明胶带粘的，红嘴唇是画的，今天我还原了生活中最真实的一个我，你不会口是心非地拒绝我吧？"

江一泓真的被感动了，这样温婉的气质、这样家常的味道，才是自己最想要的，不是吗？美女再美，可是自己伤不起，能和白素素这样真心实意爱着自己的女子牵手相恋，那是前世的缘分，上天待自己不薄了，还等什么呢？

他牵起白素素的手，结结巴巴地说："别在这儿吃了，去我家吧？我做给你吃！"

白素素笑："想不到转了一圈，我又回到了原地，早知道这样，当自己多好！当什么美女啊！"

穷浪漫

1

朱小棣开着一辆红色 polo，在大街上转悠了好几圈，依然找不到停车的位置，心里烦躁得像烧开的壶水，翻着花儿。这年头，真是买车容易停车难啊，想找个车位比找个老公还困难，这儿那儿都是满的。

转到第五圈的时候，终于看到一个戴着墨镜的女人，抱着吉娃娃从街边的专卖店里出来，一头拱进了泊在道边白色的宝马车里。朱小棣的脸上，立刻漾开了幸福之花，还是老话说得好，踏破铁鞋无觅处，得来全不费工夫啊！

朱小棣有些兴奋,像无意中中了大奖,她推了推鼻梁上的眼镜,打量着从哪个角度切入,才能和谐地安全地进入狭小的停车位。她手心发热,鼻尖冒汗,谁叫自己是一只菜鸟呢?谁让自己是一个新手呢?

还没有来得及下手,车位便被一辆黑色的迈腾捷足先登了。

只见迈腾,一打方向盘,一个回轮,就稳稳驶进了小小的停车位。眼睁睁地看着一块奶油蛋糕被别人抢走了,能不心疼?朱小棣那个气啊,明明是自己先看到的,这世间还有没有公理可言?她下了车,双手掐腰,做泼妇状,伸手弹了两下迈腾的车窗,玻璃落下,露出一张年轻男人的脸,卷卷的头发,小眼睛,有点像灰太狼的造型。他一脸错愕:"美女,有事吗?"朱小棣气势汹汹地说:"迈腾,你也太欺负人了吧?我找了半天才找到这个车位,你上来就给撬了,还有没有个先来后到?"

迈腾笑了,露出一口白白的小牙:"美女,第一我不叫迈腾,我叫腾迈;第二,我以为你倒出了停车位,打算开走,所以才拱了进来,并不是有意想占你的便宜。"

朱小棣的脸"唰"地一下红了,她挥了挥小拳头,做恶狠狠状:"狡辩!我不管什么迈腾还是腾迈,第一,别一厢情愿,自作多情,等你的小眼睛什么时候长大,兴许我会看上你;第二,请注意你的用词,小心我去法院告你。"

腾迈说:"美女,生成这样,不能怪我,我天生的小眼睛,这辈子也长不大了,拜托你别惦记了。再说,就你这母老虎的范儿,男人看

到你,只怕都逃了吧?另外,也请你注意用词的分寸,你这是人身攻击,小心我请律师告你。"

冤家路窄,互不相让,朱小棣气得只有倒吸气的份儿,如今的男人可真是小家子气,没有半点风度,抢了别人的车位,还如此强势,野蛮人啊!

朱小棣恶狠狠地丢下一句:"随时恭候!"开着红色 polo 绝尘而去。

2

一个小小的停车位,朱小棣当然不会放在心上,彼时彼刻,尽管很生气,可没几天就忘记了,谁会把一个陌生人放在心上?又没有国恨家仇。真正让她无法消化的,是她被迫辞职了。

郁闷难当的朱小棣拉着死党梅含去 K 歌,梅含说:"也好!也好!发泄一下就没事了,省得窝在心里,再弄出个三长两短,不值得。"

梅含的愿望当然是好的,舍命陪君子的勇气也是可嘉的,可是过程却是很难忍受的。朱小棣哪里是个省油的灯?灌下两听啤酒就开始耍酒疯,一会儿哭,一会儿笑,扯着五音不全的嗓子杀猪一样嚎上了。

梅含捂着耳朵看着朱小棣且歌且舞,舞罢抓起茶几上的啤酒又往下灌。梅含眼疾手快,一把抢下来说:"失恋也没看到你这份德性,怎么丢了一份工作就是世界末日?就不能活了?"朱小棣唇齿不清地嚷嚷:"那人居然用猪蹄一样的胖手摸我,我聒他耳光不对吗?

餐厅为什么让我辞？我又没错，他们凭什么让我辞职？"

梅含像哄小孩一样，拍着朱小棣的背："对对，掂得好，对付那种色狼就得掴耳光，掴得轻了，要是我，保准打得他满地找牙。小棣，咱不喝了，咱回家好不好？"梅含苦口婆心，半哄半拖半拽着她往外走，可是一个娇小的女生哪里拽得动？一出门朱小棣就坐在台阶上，再也不肯走了，把个梅含愁得，上吊的心都有，两个女生半夜三更坐在马路牙子上，被人劫了色怎么办？遂有些后悔自己出的馊主意。

就是那个时候，腾迈和一帮人说说笑笑往前走，走了几步，想起什么似的，又折回来，推了推鼻梁上的眼镜，看清是昏昏欲睡的朱小棣，不禁笑了，伸手掠了一下她额前被风吹乱的头发，说："polo，我还没找律师起诉你，你怎么就想不开了？干吗借酒浇愁啊？"

朱小棣拨开他的手，笑嘻嘻地说："我告诉你一个秘密，我的polo是贷款买的，现在工作没了，还不上贷款，polo也会没的。"腾迈把食指抵在唇边，示意她小点声，然后说："我也告诉你一个秘密，我的迈腾是借的。"朱小棣就笑了，指着他，含混不清地说："和我一样，都是穷鬼，呵呵，穷鬼，来，干一杯……"说着，用手比划着喝酒的动作。

不知为什么，腾迈有些心疼眼前这个女孩，埋怨道："不能喝就别喝了，瞎逞强。"

那天晚上，是腾迈把她俩送回家的，尽管后来朱小棣完全不记得那天晚上的事，但是还是欠下腾迈一个人情，所以当腾迈背着行李来投奔的时候，原本想说不的朱小棣，还是把门打开了一条缝。

腾迈侧身挤进来说:"咱俩可真是难兄难弟啊!我也丢了工作,在你这儿凑合几天。不白住,帮你分担房租,坐你的车,帮你分担车贷,你看行吗?"

朱小棣在心里盘算了一下,现在失业,房租车贷确实是一笔不小的开销,那点积蓄维持不了几个月,能有人分担,当然是好事。不过她还是和腾迈约法三章:第一,共居一室,不是同居,不要存非分之想;第二,分担的费用,每月月初交上,否则走人;第三,家务劳动,不提供免费服务。然后公事公办,用A4纸打印出来,贴在墙上,以便随时学习,理解,掌握,实施。

3

应该说腾迈是个相当不错的室友,认真履行约法三章,而且没有一般男生的坏毛病,臭袜子毛巾什么不会乱丢,衣服整整齐齐挂在柜子里,对食物、红酒、音乐和一些品牌商品的鉴赏力非凡,见解独到,不吸烟,上网时间很节制,床头柜上有一本《狼图腾》,最主要的是,不会半夜三更,找借口敲朱小棣的门,与初次抢车位时的痞劲判若两人。

有时,朱小棣甚至有了错觉,抢车位那天,腾迈也许真的不是故意的,也许真的以为自己要走,所以才占了车位。

两个人都开始忙乎找工作的事,腾迈早出晚归,跑了好多天,似乎一无所获,倒是朱小棣在一家连锁家具超市找到了一份工作,那是一家名牌家私,薪水待遇还不错。

为了庆祝新生活的开始,腾迈亲自下厨,做了几样小菜,开了红酒，买了鲜花，朱小棣很意外，看着腾迈说："很隆重，不过先问清楚，是不是要分账单？"腾迈就笑了："说，当然，除了我的劳动是免费的，其他食物和鲜花，我都列了账单，放在柜子上，你从房租里帮我扣除就可以了！那可是我这个月最后的几文钱了。"

朱小棣吃了一口荷兰豆炒腊肉，腊肉炒熟后呈透明状，荷兰豆碧绿养眼，配以雪白的蒜末，有一股天然的清香。朱小棣赞不绝口，说比老妈炒得还好吃，要不是旁边柜子上的那份账单，简直就太完美了，她闭上眼睛做享受状。她夸张地说："迈腾，看不出你有两下子啊！"腾迈笑："你不知道，我有三下子呢，拜托你别这样打击我，我叫腾迈，不是迈腾。"

朱小棣的租屋里，有了烟火的气息，有了笑声，可惜好景不长，腾迈病了，朱小棣不知不觉进入角色，赶腾迈去床上躺着，逼他吃药，煮粥给他喝，腾迈幸福得晕乎乎的："哪辈子修来的福气，还没有娶媳妇就有人给我做饭了！"朱小棣哼了一声："别臭美了，我是怕你趁着生病挂掉了，就没人帮着分担房租和车贷了。"

话虽如此说，但两个人看彼此的眼神，明显多了内容。

那天下班，朱小棣明显不高兴。腾迈只当没看见，拉着她说："我想带你去海边散散步。"朱小棣本不想去，可是禁不住腾迈的软磨硬缠。

去了海边，站在一块黑色礁石上，看见一大片空旷的沙滩上画着两颗心，下边有几个字：执子之手，与子偕老。

朱小棣的心，怦然动了一下，但很快冷静下来，她说："腾迈，我今天偶然得知我打工的那家连锁超市是你们家的,你怎么解释?"

腾迈沉默了一小会儿,说:"我不是有意隐瞒的,那家连锁家具超市的确是我们家的,但不是我的。我没有骗过你,我的确很穷,上次出了差错,被老爸从公司里撵了出来,所以在你这里分租,我要凭自己的本事创业。"

朱小棣的心软了下来:"那你就用这些穷浪漫来蒙混我?"腾迈牵起朱小棣的手说:"穷是穷点,但我是真心的。"

一句话没说完,朱小棣的死党梅含打电话来,神秘兮兮地问:"你和那个迈腾真的恋上了?那天在你家喝的蘑菇汤真是太好喝了,他的手艺不赖,你帮我问问他有没有哥哥或弟弟。"

朱小棣笑:"别流口水了,别无分号。"

腾迈问朱小棣:"什么事儿乐成这样?嘴巴都裂到耳根后面了。"朱小棣担心他知道真相会得意,所以打着哈哈混过去了。

转回头来,再看沙滩上那两颗用沙子砌出来的连着的心,还有那些字,都化为乌有,海水涨潮了,一浪高过一浪,朱小棣有些懊悔地说:"拿手机拍下来就好了!都没了。"

腾迈说:"怎么会没有了?都在我心里呢!"

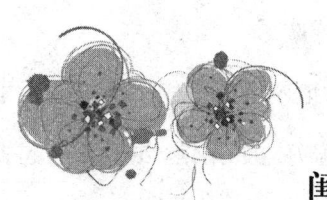

闺蜜男友

1

爱与不爱,真的是一件很难说的事,就像舒怡和姜远行,姜远行追了舒怡好多年,却一直停留在无话不说的闺蜜状态,根本升不了级。

姜远行心里烦,舒怡更烦,拿着遥控器,胡乱地转着台。有好几个台,在同一个时间档,上演着同一部电视剧的同一集,那些电视剧看了开头就知道结尾,要多狗血有多狗血,简直令人倒胃口。舒怡的目光心不在焉地定格在一档电视相亲节目上,手里拿着的苹果也忘记啃了,想不到电视相亲,命中率还挺高,今年,一定要把自己嫁掉，这是头等大事，过了30岁还嫁不掉，真的就成了烂在筐里的一棵剩菜了。

舒怡的心，有些凉，那么多好男人，自己怎么就碰不到一个来电的呢？人家的筐里都有菜，唯有自己的身边仍然空位以待，寻寻觅觅，凄凄惨惨戚戚。

手机适时地响起来，姜远行在电话里嘻嘻哈哈地嚷嚷："舒快乐，发现了一家好吃的菜馆，要不要一起去？"舒怡皱着眉头，没好气地回："说了多少遍了？别叫我舒快乐，我叫舒怡，叫怡姐。"

从小到大，姜远行不知喊了她多少遍舒快乐，因为"怡"字，当快乐讲，所以他就自作主张地叫她舒快乐。每次她都纠正，可是姜远行依旧如故，一如既往，恨得舒怡牙痒痒，可是也没有别的招，两个人，青梅却并非竹马，两小却并非无猜。落花流水，一个有情，一个无意。

姜远行夸张地叫："不是吧？大姐！你不怕我把你叫老了？你才比我大29天，就妄自尊大起来，赶明儿，要不要我喊你快乐教主，千秋万代，一统江湖？"

舒怡绷不住，乐了出来。这个姜远行，总有本事让她放下烦恼，快乐起来，可惜，此人不求上进，只是一家小公司里的小职员，开着一辆二手的小夏利，窝在父母家里，怎么看都不是潜力股，人虽然看上去还算舒服，但若要嫁人，这样的歪脖子树，不是很靠谱。

姜远行在手机里滔滔不绝，舒怡打断他："快说你发现了什么好吃的？"姜远行说："在城郊发现了一家美食店，清一色的小点心，做得精致可口,而且价格不贵,像心里软、南瓜饼、糯米糕之类,我保证你喜欢。"

舒怡心里乐开了花儿,姜远行那点小九九,她早已是了如指掌,认识那么多年了,怎么会不了解他?他的宗旨是,不贵排第一,好吃排第二。她也不点破,反正也没什么事,无聊得心里都长了草,乐得跟他出去耗时间。

2

舒怡决定参加电视相亲,并非全是因为姜远行,但其中一部分功劳还是要归结给他。那天,两个人一起去城郊吃"心里软",结果,姜远行的二手破夏利也不给力,坏在半路上,赖在路中间怎么都发动不起来,舒怡站在边上咬牙切齿地跺脚,偏偏有轻薄的过往司机冲她摆手:"美女,找个靠谱的车子蹭啊,这么个破车,碍事挡路,不如哥送你一程吧!"

这不是火上浇油吗?尽管舒怡没有肤浅到只认车不认人的份儿,但脸上还是有些挂不住,穿着高跟鞋,跌跌撞撞地摸到公交站,在沙丁鱼罐头里隐忍了半天,回到家揉着发酸的脚脖子,洗了头发,敷了面膜,想到包里找新买的擦脸油,忽然发现钱包不见了,她琢磨了半天,一定是刚才挤车时丢了。

一时间,气恼不已,她把这笔账全算到了姜远行的头上,若不是他提议去吃什么"心里软",若不是他的破车坏在半路上,自己怎么会去挤公交车?怎么会把钱包弄丢了?那里面,现金虽然不多,但身份证、银行卡、会员卡,等等,统统不见了,最重要的是,去办理挂

失的手续复杂而烦琐,想想都觉得头大。

舒怡在心里声讨了99回姜远行,下了100回决心,再也不跟姜远行这个家伙搅和在一起,这个家伙除了厨艺还不错之外,简直成事不足败事有余,太跌份了!

心回九转,发狠起誓,再跟姜远行搅和在一起,就罚她下辈子托生成一条狗,做狗也比跟这个家伙搅在一起好!兀自还没有想到更切合的词,忽然有电话打进来,舒怡抓过手机也没有看,没好气地嚷嚷:"下次我再跟你出去吃'心里软',我就不叫舒快乐!"

手机里静默了几秒钟,然后一个充满磁性的男中音响起:"对不起,打扰了,我不找舒快乐,我找舒怡。"

舒怡慌了起来,也不知是哪路神仙,自己竟然这么莽撞,连忙道歉:"不好意思,刚才的话不是针对你,请问你是哪位?"

对方说:"我叫张小勇,在路边拣了一个钱包,钱包里没有钱,只有各种证件,想着丢了钱包的人会着急,所以按上边的电话打过来,请问你丢了钱包吗?"

要不说,天底下还是好人多,舒怡感激不尽,说了一大筐的好话,最后约定,在街心花园接头交货。

3

应该说张小勇给舒怡的第一印象非常好,玉树临风,简直帅呆了!除了名字很大众很普通以外,人简直无可挑剔,谈吐不凡,举止得体,最重要的是,开着一辆白色宝马。舒怡不见便罢,一见之下,有些伤感,这么好的菜,肯定是名菜有主了,自己瞎激动什么啊?

张小勇把钱包拿出来，浅粉的细格子，让舒怡认一下，舒怡语无伦次地说是，一大堆的感谢话，不知怎么就顺口溜了出来，最后，还来了句："要不，我请你吃饭吧！请接受我的谢意！"张小勇淡淡地笑："太夸张了，举手之劳而已，你没有怀疑是我偷了钱包，已是上上大吉了，饭就免了。"

舒怡看着张小勇上了宝马，一溜烟绝尘而去，心中居然有了怅然若失的感觉，仿佛一条大鱼从手中滑掉了。

思量再三，舒怡还是去参加了那场电视相亲，姜远行警告她："去相亲的都是歪瓜劣枣，小心别被色狼诱骗了。到时候哭着喊着来找我，我可不会安慰你那颗受伤的小心灵。"

舒怡撇撇嘴说："你放120个心，我就算被色狼诱拐了，也决不会投到你这棵歪脖子树下，我相亲成功，今年就把自己嫁了，到时你可得给我预备一个大大的红包，小了我可不依。"

姜远行鼻子都快被她气歪了，从小到大，就没在嘴上讨到她什么便宜，都知道各自的七寸在哪里。

真真是天无绝人之路，相亲会上，舒怡又遇到了那个玉树临风的张小勇，她喜出望外，幸好自己当机立断，没有错失良机，否则怎么会知道张小勇这棵名菜还没主呢？这个男人，不但心肠好，而且帅气，更重要的是，他开宝马，姜远行开二手破夏利，根本没有可比性。舒怡不是那么物质的女人，但她认定，物质也是能力的一种体现，所以她并不排斥。

两个人，因为有过一个回合，双方印象都不错，所以没有费什么

周折，便对上了眼。

舒怡啰里啰嗦地跟姜远行讲张小勇怎样怎样好时，姜远行便不耐烦地挥挥手："舒快乐，你才认识他多久？别把结论下得太早。"声音大得把他自己都吓了一跳。

这一次叫她舒快乐，她破天荒没有纠正他，无限同情地对他说："你也别单着了，有合适的，我帮你介绍一个，要不，你也参加电视相亲得了，成功率挺高的。"

姜远行白了她一眼："你脑子进水了？别扯这些无聊的。"

然后摔门而去。

4

舒怡自从认识了张小勇，姜远行几乎就再也看不到她的身影了，她变得忙碌起来，空前的忙碌。两个人逛街，看电影，旅行，爬山，滑旱冰，游泳，花样迭出，层出不穷。姜远行给她打了两次电话，每次都占线，他气得把手机摔到床上，结果手机滚了几下，落到地上，居然就那么坏了。上街修了三次，越修越坏，最后只好买了个新的。

他苦笑不已，告诫自己：冲动是魔鬼。

夜里睡不着，脑子里满满都是舒怡。6岁那年，她扎着两只朝天辫，和他一起玩过家家，她说，长大了我要嫁给你；16岁那年，读高中，他跟同学打球，不小心伤了腿，她说，你怎么这么不小心啊？话还没说完，眼泪就掉下来了；26岁那年，大学毕业三年，她第四次失恋，趴在他的怀里哭了，说，如果过了30岁还没有嫁掉，就嫁给他。

姜远行趴在被窝里，想起和舒怡在一起的过往，心中忍不住泛起了无限的温柔，又酸又疼。若说有缘，在一起那么多年，都没有结果。若说没缘，她的身边却一直只有他。

心中纠结着，睡不着，手机忽然响了，是舒怡，在异地打回来的。她沉默了一会儿说："我在丽江，爬雪山的时候，不小心滑下来了，腿受伤了，你来接我回家吧？"

姜远行一骨碌从床上爬起来，骂她："舒快乐，你脑子进水了？没有人照顾你，爬什么雪山啊？你这只笨猪，乖乖地等着别动，我马上去接你。"

骂够了，他打开电脑，订了最近的航班，然后去城郊那家小吃店买了"心里软"，带给舒怡。她最爱吃这种小吃了，其实就是大枣去核，里面塞上糯米芝麻花生瓜子之类调好的馅料，然后在糖水里煮，糯米煮熟之后，又香又软，所以叫"心里软"。

下了飞机，姜远行马不停蹄，直奔舒怡入住的小旅馆，看见她好端端地坐在小旅馆的院子里，悠闲地晒着太阳，看着报纸，喝茶看景。姜远行有些沉不住气了，低吼："舒快乐，你太过分了，这玩笑开得也太大了吧？"

舒怡回头，看是他，笑道："吼什么啊？我就是想着，谁先来接我，我就嫁给谁。结果你先来了，那我就在你这棵歪脖子树上吊死算了！"

姜远行懵了，问舒怡："你说的是真的？不带哄人的哈！"

舒怡点了点头："不哄人，是真的。"

姜远行说:"不行,我得先亲一个,找找感觉。"

舒怡乖乖地趴在姜远行的怀里,任他狠狠地亲了下。她没有说,其实她同时也给张小勇打电话了,说了同样的理由,张小勇说手里有一个大单子,很重要,迟个三五日再去接她。

舒怡不是多么有心计的女人,只是偶发奇想,考验一下自己的爱情,结果就有了答案。

再玉树临风,你在他心中不是排第一位,也是白搭。

不靠谱的玉树临风,远不及一棵靠谱的歪脖子树,道理谁都懂。

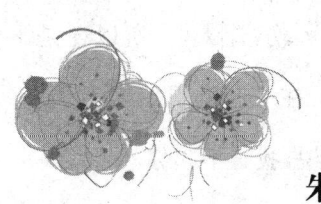

朱槿花手链

1

第一次遇见薛涛,是在衡山路的一家酒吧里,唐糖过生日,我和她跑到那里去庆祝,这个疯丫头满21了,还笑得像个小孩子一样,没有半点城府,我喜欢她的性格,不矫揉造作,阳光透明。

她喝了一口薄荷酒,指着角落里一个女子说,你看,有人欺负那个姐姐,你去救她啊!我转过头,看见薛涛,她穿着长长的裙子、低领的衣衫、浓重的唇彩,有一种超越世俗的惊艳,眯着眼睛在吸烟,有两个轻薄之徒正在纠缠她,她

把头转到一边,并不看他们。

这个女子和糖的反差很大,她的眼睛里有震撼人心的东西。

我对糖摇了摇头笑道,这个时代已不出产英雄和骑士了,你别指望我去救她。其实内心里,我是不想和这样的女人纠缠在一起,这样的女人会让人伤,让人亡,所以还是不要靠近好。我还是喜欢唐糖这样的女子,在一起觉得踏实幸福。糖不依,她摇着我的胳膊有些撒娇的意味说,我看不起你。

没办法,只好去,哪怕是刀山火海,只要唐糖舍得我去。临走,抓起酒杯狠狠地喝了两口,为自己壮胆,糖冲着我调皮地眨眼睛。

那两个男人并不像想象得那么好对付,转瞬之间我被其中一个伤了左脸颊,大约再偏一点,我的左眼必瞎无疑。薛涛冷冷地笑,你这身手,还想救美,只怕自保都难。被她说得我的脸发烧起来,以至于并没有看清薛涛是怎样出手收拾那两个轻薄之徒的,但我确定她用的是跆拳道的功夫,怪不得她处变不惊,原来还有这么一手,我还不自量力地想救她,都怪唐糖不好,让我丢人丢大了,还挂了彩。

薛涛抓起手袋往外走,我傻傻地跟在她的身后,一直到街上,她扬手叫的士。有车停下来,薛涛伸手拉开车门,想了想,从手袋里掏出一支笔,回身抓起我的手,在我的掌心里写下了一个电话号码,然后上车离去。我站在冬夜的风中,傻傻地看着绝尘而去的计程车,直到不见了踪影。

唐糖不知什么时候站在我的身边,酸溜溜地说,这么快就惦记上了?我回头对她作恶狠狠状,都是你不好,害得我丢人现眼,看我回头怎么收拾你。唐糖咯咯地笑,笑得流出了眼泪,我莫名地看着她,她的笑声里有一种苦意,我听到的是一种悲怆的声音,划破了夜。

2

我在一家专门经营女性饰品的小公司上班,在一幢非常体面的大厦里办公,大厦里像我们这样的小公司多如牛毛,只怕不下百家。

有一天,要打一份重要的文件,忽然记起打印机的墨盒没有墨水,我急得抓耳挠腮,老板知道了,非骂我不可。

办公室里的小赵带我到楼下的一家文化公司借用打印机,我乐不可支地跟在小赵的身后。在那家文化公司,我竟然遇到了上次在酒吧里遇到的那个会跆拳道的女子,她一个人关在办公室里,对着墙壁发呆,手里的烟大约很久没有吸,长长的一截烟灰,颤抖着,却没有落下来,我的心中忽然动了一下,这个女子给人一种无形的压力,能使人心慌意乱。

她毫不掩饰地盯着我看,半天,忽然笑了起来,她说,谢谢你上次救了我,为了表示我的诚意,周日我请你吃饭,希望你能赏光。

被她这么一说,我的脸刷地一下子红了,这丫头知道我的七寸在哪里,看来是个厉害的主儿。

打印完资料上楼的时候,小赵看看四处无人,神秘兮兮地对我说,她原来是画画的,和她谈了四年恋爱、同居一年的男友,跟一个比他大十来岁的女人,跑到了马来西亚,虽是第三世界,但那好歹也是外国。她受了打击,从此再不能画画,所以才来这家公司上班,从

梦想天堂一下子跌落到世俗人间,还有点不适应。

我像听到一个传奇故事一样惊奇,这样的女子也会被男人甩了,真是不可思议。说给唐糖听,她心不在焉地摆弄着一个拴着小小的嘟嘟鱼的钥匙扣,这个钥匙扣是我送她的,所以她常常握在手心里。要不就像一只抱抱熊一样抱住我,纠缠我,我被她弄得透不过气来。这家伙最近总爱掉头发,梳头的时候,地上会落很多,我问她,她说是因为内分泌失调。这家伙最近还爱说我爱你这三个字,说话前必带着亲爱的三个字,古怪得很。我笑她肉麻,她竟会红了眼圈说我欺负她。

她听了我的话,像小孩子一样歪着头,想了半天才下结论,谁找了这样的女孩就有福气了。我惊讶地问她,为什么?她则反问我,你不觉得这年头相信爱情的人越来越少了吗?

本来还想告诉唐糖薛涛要请我吃饭的事儿,听了她的话,我只好把那句话生生地咽回去,她虽是个单纯的女子,但我仍怕她想歪了,因为爱,所以我不想她受到伤害,哪怕只是一星半点。

3

薛涛就那样硬生生地挤进了我的生活,挤进了我和唐糖之间。我告诫自己,只有唐糖才是我的幸福,才是我的未来,而薛涛只是我生活中的一处风景,或者我必经的路口,一棵开花的树,我不可以被诱惑,甚至不可以多看一眼,只有唐糖才是我的全部。但是为什么我会把薛涛给我的电话号码记在台历上?尽管我从来没有给她打过电话。

再看到薛涛,是在街上,她和一个男孩子手牵着手,脸上的笑容明艳得如一朵春花,想必她又恋爱了。她看到我,停下了脚步,跟我打招呼,近乎透明的语调透着欢快,她用手比划着打电话的手势,我点点头。唐糖就在我的身边,可是我的心还是不由自主地疼了一下。

不再在那些颓靡的场合见到薛涛,也不再看到她穿那些冷调的衣服,她的变化让所有的人惊讶。

她约我去看化石展,被我婉言谢绝,拒绝那样的女子,还真需要一点勇气,可是我亦清醒地知道,只有唐糖才是我的幸福。

9月里,公司派我去昆明出差,为期3个月。走的那天,唐糖去机场送我,她幽幽地说,我恨不能变成那只抱抱熊,装进你的背包里,跟着你去天涯海角。我刮她的鼻子,傻丫头,别胡思乱想,乖乖地在家里等我。糖哭了,她在泪光中看我,你会忘记我吗?我说当然不会。她泪如泉涌,止不住的样子,任性地说,我要你再说一遍,我说,不会,不会,一百个不会。我安慰她,3个月而已,又不是一生,很快就会过去的。糖放开我,我走进安检门,回头看她,她不顾工作人员的阻拦,冲进来,抱住我,眼泪滚滚而落,仿佛生离死别,她恳切地说,别忘记我。我一遍一遍地点头。

4

12月,丽江古城,窄小悠长的街镇上,排列着一些古朴典雅的手工小店,我在一家挂着百年字号的手工银饰小店门前站住了脚,我想给糖买一件小饰品。

推门进去，店里没有几个人，一个老人正低着头为一些银饰雕上美丽的花纹，小店里的饰品每一件都十分精致。

我被一个高阁上的一串黑色檀香木的手链吸引住了，手链由14朵小巧的朱槿花组成，花瓣漫卷，繁复琐碎，手工精致，带着神秘的色彩，我一看便喜欢上了，央求老人拿给我看看。托在掌心里，每一朵黑色的朱槿花的花心上都有一个字，串起来是两句诗：造化大都排比巧，衣裳色泽总薰薰。是唐朝诗人薛涛的《朱槿花》，可是这句诗雕在这里有什么深意呢？我百思不得其解。忽然想到薛涛竟跟一个唐朝的才女重名，不由得笑了。

问及老人，他笑说他也不懂，是一个女孩定做的，后来一直没有来取，都一年多了。老人听说我是从上海来的，便说，那个女孩子也是上海的，说一口粘糯的吴侬软语，很瘦。如果可能，你帮我找她，把这串手链交给她。

我有些为难，上海那么大，一个人在人群里，仿佛融入沧海的一滴水，根本不可能找到的，但经不住老人再三恳求，只好答应了。

在昆明，每天晚上给唐糖打电话，怎奈唐糖像失踪了似的，单位、家里、手机，全都找不到她，我慌了神，以最快的速度办完公事，提前一周赶回上海。迫不及待地去了她的单位，她单位里的人说她3个月前就辞职了。我马不停蹄地去了她的家里，一把冰冷的铁将军把门，她的邻居说，好像很久都没有看到她了。打她的手机，仍然停机。

我不能相信，一个大活人就这样从我的世界里消失了。

5

12月底,天气已经很冷了,一个人去衡山路那家酒吧喝酒,想起半年前,还和唐糖一起来这儿,唐糖的笑声依旧在耳边萦绕,怎么一转眼就物是人非了呢?机场之别,唐糖生离死别一般,原来我和她真的没有了下文,这怎么可能?

胡思乱想着,不知不觉喝得酩酊。醉眼蒙眬之中看见薛涛,她说要带我回家,我想说不,可是我却没有力气拒绝她。

醒来的时候,已经天光大亮。我起来之后没有看见薛涛,厨房没有,客厅没有,我去了书房。

她的书房本来很大,但一分两开,一半做了书房,另一半做了画室,因此显得狭小而且拥挤,都说与艺术沾边的女子,有着常人不可理解的怪僻,想来薛涛也是这样吧。

房间里很乱,写字台上、地板上,到处是纸张,画了一半的画。在她的小画室里,我看到一张刚刚完成的画作,画面上是一些大朵、大朵的牡丹,雍容、华贵、精美,用的是浅色系的粉绿灰等色彩,尽管我不大懂画,尽管画的只是花,但我却觉得有一种伤无法说出来。再看画的旁边,行楷题了一首小诗:朱槿花。作者薛涛,红开露脸误文君,司蒡芙蓉草绿云。造化大都排比巧,衣裳色泽总薰薰。

我忽然呆住了,有一种彻悟透顶而来,朱槿原来就是牡丹,想起那串由14朵朱槿花串成的手链,每一朵花心都有一个小小的字,而每一个字串起来,竟是这首朱槿花的后两句。

虽然此薛涛非彼薛涛,但我却能断定,薛涛就是那位丽江老人托我找的人。我深深地感叹造化弄人。

6

去薛涛的房间里找她,想把这个发现告诉她。

薛涛坐在窗台上,看着冬日窗外混沌一片的景色,左手夹着一支烟,右手拿着一个拴着一对嘟嘟鱼的钥匙扣,下意识地摆弄着。我不由得呆住了,那是唐糖的钥匙扣,我认识,因为那是我给唐糖买的。

我听到自己的声音有些颤抖,我看着她的眼睛问她,告诉我,唐糖去了哪里,你是怎么认识唐糖的,别否认,我认识你手里的东西。

薛涛的脸色一下子变得惨白,沉吟了半天才说,唐糖走了,你不用再找她了,因为你找不到她。她得了一种血液方面的病,是家族遗传,没有好的概率。

我的手不能停止地抖,我听见自己的声音似乎从很远的地方飘来,可是她为什么不再见我一面,她就这么狠心?薛涛的嘴唇颤抖,她情绪激动,抑制不住地嚷道,这是唐糖的意思,她不想见你,她想在心目中留下那个爱哭爱笑,至真至纯的唐糖。

我爱她,我不介意她什么样子。

不是,你会介意的,她后来面容枯槁,眼神发呆,光光的头上没有一根头发,你没有看到她的样子……

说到后来,薛涛抑制不住地哭出声来。

我一屁股坐到地板上,有一种痛迅速漫延开来,很快漫延到四肢,我有气无力地问,你是怎么认识唐糖的?薛涛用手背抹了一把眼泪说,是的,我认识她,很久,比你久。她怕她去了以后,你会伤心,你会难过,所以刻意安排我认识你。

我坐在那儿,一句话说不出来。反复看着手心里的那张纸条,上面有唐糖留给我的最后一句话:请你一定要比我幸福,才值得我对自己的残酷。

7

转年,春暖花开,草长莺飞,我抱着一抱白色的百合,和薛涛牵着手去了唐糖的墓地,在唐糖的注视之下,我把那串朱槿花的手链,亲手交给了薛涛。唐糖像那枚钥匙扣一样,以另外一种方式,把我和薛涛紧紧地扣在了一起,我们有一个共同想念的人,那就是唐糖,她的爱以另外的方式衍生,我会一生珍惜。

甲之蜜糖,乙之砒霜

1

想不到我会被一个叫戴尔的女生追得无处藏身,她站在我们家楼下,用超过80分贝的音量,肆无忌惮地叫喊着我的名字,我吓得面无人色,乖乖地从楼上现身,站在阳台上,对戴尔吼,你再杀猪一般乱叫,我就从这里跳下去。

戴尔才不吃我这一套,她嘴里嚼着口香糖,仰头看我,笑得眼睛眯缝到一起,林小锋,林小锋……

我哭笑不得,这位小姑奶奶真是个难缠的主儿,再这样喊下去,只怕全楼的人会一起去派出所报警。

无奈,我只好挂出白旗,匆匆跑到楼下,板着脸说,我今天没有时间跟你去疯,也没有时间跟你去踢毽子、飙车,我找到工作了,从今天开始上班。

戴尔吹了一声口哨,打量我,怪不得穿成这样,我还以为你去相亲呢。我不理她的讥讽,把她丢在一边,穿街而过,挤公车上班。

走出老远,回头看她,她在街边买了一瓶酸奶,插了吸管,一边喝一边招手叫车。这个丫头片子,还那样,什么都不放在心上,长发水藻一样卷曲着,镂空的黑色衣衫,眼角装饰着一颗晶莹欲滴的泪珠,所有的青春都鼓胀在衣衫里,妖媚,张扬不羁。

上班的第一天,去隔壁部门取文件,碰到一个好看的女子,我傻傻地看着她,忘记了自己来干什么,她问我,你是新来的?我点点头,说不出话。觉得她像从古诗词里走出来的女子,温婉、美丽、纤瘦,肌肤白皙,眼睛里像汪着一湾秋水,波光潋滟。我看着,不敢呼吸,怕用力呼气,会吹碎了这个梦一样的女人。

回到办公室,我偷偷地问一个同事,隔壁的那个妹妹叫什么名字?同事听了忍俊不禁,笑出来,说她做你阿姨还差不多,是隔壁部门的经理。

每天上班都能遇到这个叫水晶的女人,有时在电梯里,有时候在走廊里,有时在餐厅里。有时明明是和大家一起调侃,玩笑,但只要她一出现,我立刻大脑短路,心慌气短,手脚都没有地方放了。

戴尔喜欢我,咄咄逼人的青春、张扬时尚的思维方式,我知道这样的女孩才是我的对手,可是我爱不上。我偏偏喜欢水晶那样低调、温婉、娴静的女人。

我像一个突然安静下来的孩子,许多个夜晚,别人都在尽情享受人生的时候,我却躲在角落里想心事,渺茫、无望、天天遇到,却不能告诉她我的喜欢,我甚至有些绝望。

终于找了一个机会调到孟水晶的部门去,终于可以直接被她领导,心中忍不住窃喜。倚着办公桌,听她长篇大论地给我讲规章制度和注意事项,我却什么也没有听到,不错眼珠地盯着她看,终于可以名正言顺地看她,而不是偷偷地,我高兴得手指发抖,给她倒了一杯矿泉水,风马牛不相及地问她,我可以叫你姐姐吗?

她被我看得失去了从容,红了脸,像一朵芙蓉被夕阳洇染,她不知道我的脑袋里还有什么稀奇古怪的念头,还会说出什么塌台的话,于是轻轻地呵斥道,在公司里,叫我孟经理,私底下可以叫我孟姐。我吐了吐舌头,退了出去。

平常的日子,我只能隔着玻璃窗,看到水晶在透明的办公室里做事,她的身后有一盆马蹄兰,正开得绚丽,愈发衬得她美丽从容。

女人过了30岁,尽管是一个尴尬的年龄,但却更像二遍茶,香味正淳,馥郁芬芳。听公司里的同事说,她是一个离婚女人。我不由自主地想,什么样的男人,肯轻易地放弃这样的女子呢?年轻固然好,芳华绝代,但那一股子青涩,也不是随便哪个人都可以消受的。

戴尔常说,甲之蜜糖,乙之砒霜,大约就是这个道理吧!自己觉得好,未必人人都觉得好。

有一次,在茶水间里,因为去得晚了一些,我喜欢的咖啡已经没有了,刚好孟水晶冲了一杯,放在那里。过来取的时候,碰到我,于是就把自己杯里的咖啡匀了一半倒在我的杯子里。

我喜欢得舍不得喝,把那半杯速溶咖啡当成宝贝一样,放在桌子上,闻着袅袅升起的香气,心中像有一瓣柔软的莲花渐次盛开。

2

是在和水晶一起去见一个客户回来的路上,天边忽然云卷云舒,不大一会儿,大雨倾盆而下,公路上溅起大朵、大朵的水花,看不清路。

我慢慢把车泊在路边,这里前不着村,后不着店,只有雨水接天连地,迷蒙一片。水晶坐在副驾驶的位置上,我央她顺手替我调整一下后视镜,可是怎么都调不对角度,情急之下,自己伸手过去调整,隔着她,忽然触到她温软的身体,我吓了一跳,觉出她轻微的战栗。我的呼吸不畅起来,顺势轻轻地把她拥在怀里。水晶是推拒的,说,不,不。我用舌堵住她的唇,笨拙地吻了她。

她的唇有些冷,像蛇,很久,她才开始温软地回应我,纠缠我,像一条柔软、灵巧的小鱼,在我的嘴里游来游去,我迷失了自己,一时间不知身在何处。那个黄昏,因为一个叫孟水晶的女子,我心底快乐得像尘埃里开出的花朵。

偶然的一个小插曲,并没有让我和水晶的关系有质的改变,她告诫我,就当什么也没发生过,在公司里也是一副公事公办的样子,让我的心渐渐温凉。

我问她,你抵御什么呢?我又不是坏人。

水晶说,你还是个孩子。我有些恼怒地分辩,我不是孩子,我是大人,而且是个男人。我把重音落在"男人"两个字上。

她宽容地笑,不跟我做无谓之争,让我觉得自己真的是一个孩子,我沮丧得想哭。

我只能在做完手里的事儿,用手支着头,看透明办公室里孟水晶忙碌的身影,近在咫尺,我却不能摸一下她的手,不能亲一下她的芳泽,我做的,是她规矩听话的下属,不能把自己的喜欢表现出来。

和戴尔去酒吧喝酒,喝得酩酊,只有这种液体才会让人暂时忘记红尘烦恼。我模模糊糊记得,跟戴尔说过,自己爱上一个女人,一个比我大整整10岁的女人,一个离了婚的女人。戴尔骂我疯了,用拳头狠狠地捶我,说我堕落。我才不管她怎么说,我只想和心爱的女人在一起。

回到家里,收到戴尔发给我的短信,说,现在回头还来得及。我笑着把手机扔到床角,又挣扎着把手机拣回,用拇指快速地摁键,我说,我爱水晶,就算是地狱,我也要跳进去。

等了半天,戴尔没有回短信,我蒙头睡去,半睡半醒之间,听到手机振动,拿在手里一看,竟是水晶。原来我的手机短信发错了,竟然发到水晶的手机上。她说,求你,别再跟我说这样的话,保持距离。

我看着手机,哑然失笑。

是7月初。公司组织去海边旅游,戴尔缠着我也要去,被她纠缠不过,我只好答应她,但费用自理,她听了快乐得像一只小鸟。我知道她是醉翁之意,但没办法,爱一个人总是没有过错的。

这个疯丫头,把头发结成麻花辫,穿牛仔裤,黑色小背心,背帆布包,破天荒把自己打扮成良家妇女,我打量她,没有妖精一样的长指甲,没有招摇的红头发,洗尽铅华,看上去还挺漂亮的。

这个没心没肺的臭丫头,挽着我的胳膊在沙滩上漫步,拉着我让水晶给我们拍照,她的笑脸,像夏日开得火红、火红的石榴花,肆无忌惮地盛开、漫延,熏染着身边的每一个人,连水晶也跟着傻乎乎地笑,只有我,像一只郁闷的狮子,赤着脚在沙滩上走来走去,因为我怕,怕水晶误会我和戴尔的关系。

七天里漫长得像一个世纪,终于在最后一个夜晚,大家都去海边篝火、狂欢、唱歌,我在酒店的走廊里碰到水晶,昏暗的灯影里,水晶惨淡地笑,我拽住她的胳膊,拐进我的房间里。

我问她为什么躲着我?她笑,说没有。停了半天又说,戴尔那丫头,挺好的,适合你。我逼视她的眼睛问她,你真的这样认为?她说是。我又问,她又说,是。只是声音小了很多。我又问,是真的吗?她哭出来,哭得止不住,她受了委屈的样子深深地刺疼我。

我吓坏了,把她拥在怀里,她用手捶我的胸,挣扎、抗拒。我不管不顾地用炽热的唇吻她的泪。

当所有的眼泪都化做了爱,当所有的委屈都化做了激情,我们像两条接吻鱼一样,纠缠在一起。

天亮之前,大家回来之前,水晶像猫一样,悄悄地潜回了自己的房间。

3

海边之行回来后,同事们都说水晶像变了一个人,尽管仍然是低调、温婉、含蓄,只是那眉梢、那眼角,多了生动,顾盼生姿。

在办公室里看到,依然像从前那样淡然、温婉,只是那笑容里似乎多了内容,下班之后她会偷偷地和我约会。我说,公开吧!你怕什么?她说,我不是怕,只是觉得太委屈你。我说我不怕。她说我怕。争不过她,只好依她。

有一天,约好下班后去七七街,吃正宗的日本寿司。一下午心里都怀着甜蜜,和她在一起是我的节日。

下班后,急急忙忙地赶去那家寿司店,远远地看到她在街角,和戴尔在说话,我躲在胡同里不敢出来。我几乎有些不敢相信自己的眼睛,她们之间有什么好说的呢?

一直等,等得心焦,等得太阳没有踪影,才看到戴尔离去。我匆匆从胡同里跳出来,水晶一脸歉意地说,不吃了,突然没有了胃口,那些紫菜卷,没什么好吃的。

那一晚,水晶破天荒地说,去我家里吧!我点头,问她,戴尔找你干什么?她笑,说,是女人之间的秘密。

我从来没有去过水晶的家,很大,很漂亮。关上门,还没有来得及调匀气息,水晶反身抱住我,炽热的唇覆下来,世界末日一样吻住我,吻得我喘不过气来。她那么主动,那么狂热,那么不顾一切,她的腰身柔软得像一根面条,她的吻痕落遍我的全身。

我走的时候,她蜷在沙发上吸烟,并没有起身送我。其实我不想走的,我想跟她在一起,哪怕不说话,只看着彼此,我想给她做早餐,我想给她挤牙膏,哪怕给她做再小的事儿,也能真实地体会到我拥有的幸福。

可是她不肯。

公司派我去广州出差那天,一大早我去跟她告别,敲门,等了好半天,她从门里探出半张脸,披了件灰绿的晨褛,愈发显得面孔灰白。

她生疏地跟我说着一路平安之类的客套话,我忽然觉得心中隐隐地疼,想要抓住什么却抓不住的感觉。惊鸿一瞥,在门的缝隙处,竟然瞥见门厅里并排躺着两双鞋,一双黑色的男式鞋,一双精巧的女式高跟鞋。

我心中冷笑,只一夕不见,她就易了江山,这是一个什么样的女人呢?是我被她温婉低调的外表蒙骗了吗?我那么爱她,不介意她比我老,不介意她比我大10岁的现实,她竟如此待我。

我笃定了房间里有另外一个人存在,我笑,问她,不请我进去坐一会儿吗?她犹豫了一下,打开门,说进来吧!

我进了那个只来过一次的房间,仍然是那么清新温暖,房间里没有人,床上是挣扎过的痕迹,床头柜上放着大概有一打那么多的杜蕾丝。我还没有笨到连杜蕾丝是什么都不知道。

跟她道别,她苍白虚弱,站立不稳,咬住嘴唇,并不解释什么。

我在心中对自己说,只要她有一分的歉意的表示,我就原谅她,可是等到最后,她终究什么都没说。

我不得不走。

刚刚走出门外,她在身后"砰"的一声把门关上,连同我破碎的心一起被关到门内。

我第一次知道了什么叫欲哭无泪。不过是一场寂寞与寂寞的相遇,不过是一场身体的盛宴,我却以为那是爱情。

之后,我娶了戴尔。

戴尔不再像从前那样飙车吹口哨无所不至。她变得像水晶一样,温婉、安静、低眉潋滟,闲时在厨房里煎炒烹炸,穿白衬衫,牛仔裤。

有一次,戴尔过生日,和她跑到七七街那家日本寿司店,是戴尔非要来这儿,她喝清酒至酒醉,大哭不止,说,知道我为什么变成这个样子吗?都是因为你,因为爱你,我才肯委屈自己。说得我心中酸涩难抑,搂住她的肩,跟她说,以后,我会对你好。戴尔哭,含混不清地说,知道水晶为什么离开吗?我心中一动,等着听她下文,谁知她竟然伏在桌子上睡着,我摇她的肩,问她,她迷迷糊糊地说,因为我。我那次跟她说,我怀了你的孩子,你都舍得不要我。过几年,小锋30岁,你40岁,小锋还会守着你这个黄脸婆吗?水晶听了哭了。

我无语,心中的每一个角落都涌满了疼痛,说到底,水晶是对自己没有信心,对我没有信心,10年的岁月成了一道无法跨越的鸿沟。用那么拙劣的手法刺伤我,让我相信她的水性杨花,把最后一点奢佟的爱演绎成身体的盛宴。

想起最后见到水晶的样子，虚弱，苍白，但却下了怎样的决心，一刀斩断呢？

戴尔常说，甲之蜜糖，乙之砒霜。水晶，是我的蜜糖还是我的砒霜？

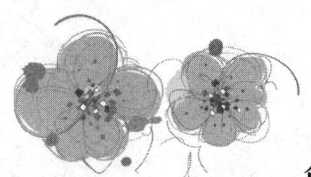

命犯桃花

1

苏婉给我打电话的时候,一帮哥们正在取笑小赵,这位老兄,大热天还穿着长袖衫、长脚裤,包裹得严严实实,就差像楼兰女子那样蒙上一层神秘的面纱。

有人问他,大热天,穿这么多,不怕起痱子啊?小赵吱吱唔唔地说感冒了,怕冷。哈,有人忍不住喷茶,其实大家都知道,小赵不小心吃了一口窝边草,被老婆的长指甲抓出了遍地河山,惨不忍睹。

听苏婉的声音有些不对,细弱无力,和平常

的娇媚任性完全是两个人,我急忙问他。婉,你怎么了?苏婉叹了口气,说,冤家,你欠我的实在太多了,快些来看看我吧,迟一步,只怕三生石畔约来生……

我吓了一跳,对着电话惊吼,婉,别做傻事,千万,等着我。

顾不得大家惊讶的眼神,也顾不得别人问长问短,一溜小跑下了楼,招手叫了出租车,脑子里全是苏婉的影子,她会不会躺在浴缸里,散乱的长发,玉腕被轻轻划了一下,有血流出来,和着花瓣染红了浴缸。又或者,穿着雪白的婚纱,像一个美丽幸福的新娘那样,在安眠药的作用下,静静地睡去?

她不会真的犯傻吧?大好的年华,还没有来得及开花结果就踏上了不归路。这样想着,我心疼痛难抑,苏婉是个好女孩,只是所托非人,像我这样一个有家有业,有妻有女的男人,实在不是一个好的对象,也不值得她为我如此,如果她有个三长两短,我就出家当和尚,去峨眉山清修苦读,以谢红颜知己。

三步两步爬上楼,掏出苏婉给我的钥匙打开房门,直奔浴室,天,哪里有苏婉的影子?返身回卧室,轻轻地打开门,苏婉并没有像我想象的那样,穿着雪白的婚纱,像公主一样躺在床上。

我糊涂了,这丫头搞什么鬼呢?正狐疑间,苏婉从门后跳出来,一把将我扑倒在床上,然后像一根藤一样攀上来,吻我的眉毛,吻我的眼睛,吻我的唇,把血红的唇印印得我满身都是,嘴里不停地嘟囔着,博瑞,你终于肯来了?

我翻身把苏婉压在身下,逼视着她的眼睛,一个字、一个字地吐

命犯桃花

出来,博瑞很生气,后果很严重。苏婉看着我的脸,忍不住笑出来,强词夺理地说,人家想你了吗!

想我不会好好说啊,这样搞会把我搞出心脏病的。

苏婉偏着头,斜睨着眼睛看着我笑,我是想看看你心里到底有没有我啊,天天说爱我,只怕都是假的吧!

我忍俊不禁,好你个不长良心的小丫头,为了你,我都快成谎话篓子了,看看我今天怎么收拾你……

苏婉求饶,我说那不行,博瑞不收拾你,你当博瑞是病猫。

2

一大早,林茹就起床在厨房里忙,做了我爱吃的皮蛋瘦肉粥、两样精致的小菜,女儿小朵爱吃的比萨。林茹很能干,温婉贤淑,在机关里做着一分不轻不重的工作,学城建的她,原本有着很好的发展机会,但是为了我和小朵,她放弃了,她把重心放在家里。

昨晚睡前,她洗了澡,特地换了一件透明的睡衣,洒了淡香水,收拾一下,她依然是一个有魅力的女人。躺在我的身边,侧身抱住我,我知道她想要我,但是之前的一天,刚刚跟苏婉走了私,哪还有心情再种自留地?只好装聋作哑,任由她抱着,假装睡着了。

看着林茹在厨房氤氲的湿气中晃动的背影,忽然有些愧对于她,她是一个无可挑剔的好女人,符合男人对传统女性的审美要求,今天是她爸爸——我的岳父过生日,我却在心中核计如何跟她请假。

我拿出早已准备好的瑞士产的机械表,对林茹说,这是我给爸买的生日礼物,今天我就不能去了,要加班,有个客户很难缠,再搞不定,老板会辞了我的。不知为什么,每次跟林茹撒谎,都会结结巴巴。语不成句,鼻尖冒汗。

林茹通情达理地说,少喝酒,多吃菜,下班早点回家。

我点点头,一溜烟撒丫子飞奔找苏婉去了。这个妖精约了我今天去月亮湾游泳。

月亮湾是近海的一个小岛,因为太小,所以僻静,但风景很美,蓝天,绿树,碧海,银沙。苏婉穿着金黄色的三点式,像一簇跳跃的火焰。她在水里游得像一条鱼,我远远地看着。

初次见到她,她约我在一家小得不能再小的快餐厅里见面,见到了才知道,我并不认识她。她嘻嘻笑着说,是你的朋友给我你的电话号码。

原来她是卖保险的,她和别人卖保险的方法不一样,别人是求着你,逼着你,缠着你,让你买。她不同,她不提卖保险的事儿,只说一些不相干的话,说她毕业的专科学校找不到好工作,说她在这个城市里漂着不认识什么人,但遇到的都是好人,说她下个月可能会被保险公司解雇,因为她已经好几个月没有业绩了。

她的口吻淡淡的,像说着别人的事情,可能就是那个时候打动了我,不动声色地掏走了我口袋里的钱,从她手里买了双份的保险不算,而且帮她找了一个大的保户,她感激地问我要什么回报,我开玩笑地说,把你自己送给我算了,她低着头,娇羞地笑了。

我知道那时候是有机可乘的,可是我什么都没有做,从此,苏婉认定我是一个可以依靠的男人。

不知道什么时候，苏婉上岸，躺在我的身边。她闭着眼睛悠悠地说，今天是我们相识三周年的纪念日，你有什么礼物送我？

天，我竟然忘记了，真是该死。但是，怎么能跟苏婉实话实说呢？她会心碎神伤的。

我说，亲爱的，怎么会忘记这么重要的日子呢？等着，我去给你拿。我从上衣口袋里找到那条给林茹买的犀骨手链，前些日子林茹说那条手链好看，我买了还没来得及送她，现在总算为我救急一把。

苏婉拿在手里，看了半天，说，好看是好看，精巧别致，但却不是我想要的，你知道我想要什么，我想要指环，哪怕那粒钻石比小米粒还小，我也是喜欢的，你打算什么时候送给我啊？

我打着哈哈，说，我哪知道你喜欢指环啊，我现在送你一个吧？我去绿树底下找了一棵狗尾巴草，编了一个指环套在她白皙的手指上。

她从沙滩上跃起来，扑上来咬住我的脖子，然后慢慢地松开，低下头，我看见她的眼泪滴在手背上，她哽咽，我等了你三年，已经27岁了，等得花儿都要谢了……

3

林茹这两天脸色有些难看，不理我，也不跟我说话，我问她，生病了吧？她没好气地说，你才生病了呢！

我百思不得其解，莫不是我和苏婉的事儿被她发现了蛛丝马迹？不可能啊，就凭我这 EQ，那不是一般人比得了的，三年了，左手情人,右手爱人,还不是相安无事?

有一天下班回来,林茹拿了一迭照片在桌子边上发呆,我问她怎么了,她把照片摔到我面前,说,自己看。

不看则已,一看大惊失色,那些照片全是我和苏婉在一起的,逛街,拥吻,甚至还有穿泳装的。我心中暗暗地骂了一句,真不知道是谁这么缺德,出卖我,让我后院起火。

我起咒发誓对林茹说,你听我解释,这中间一定有误会。林茹没有哭也没有喊,冷静得让人可怕,冷静的背后只怕隐藏着更大的波澜。她问我,她真的比我好吗?我说,怎么会呢?林茹冷笑,你不是说是误会吗?

我说真的是误会,一句话还没有说完,5岁的小朵从卧室里蹦蹦跳跳地跑出来,说爸爸,爸爸,那天我和妈妈在街上看到你和一个姐姐,手牵着手,那个姐姐真好看,你可以介绍我认识吗?

林茹挥手给了小朵一个嘴巴子。小朵哭得泪人似的。林茹站起来,说,博瑞,我们离婚吧!法庭上见!

林茹没有像小赵的老婆那样用长指甲抓我,但她跟我说离婚,比小赵的老婆更狠一招。

唉声叹气,心情郁闷,接到苏婉的电话,她欢天喜地地说,刚做了一个大单子,请你吃饭吧!我说好。

看到苏婉,她还是那么漂亮妖媚,穿着吊带小背心,短裙,水晶凉鞋,指甲上涂了艳红的蔻丹。我刚刚坐定,她就问我,你什么时候离婚啊?如果我没有记错,这是她三年里第251次问我,每次听到这句话从她润泽的红唇里飘出来,我都会心慌气短头皮发麻。

我说快了吧?不知是谁那么缺德,把我们的事情捅给她知道了,她已经跟我提出离婚了。

苏婉的嘴角牵出一抹嘲讽的笑,也就是说,如果她不先提出和你离婚,你是不会离婚娶我了?

我没有心情跟她玩字眼,有些负气地说,不排除这种可能。

苏婉听了幽怨地说,我跟了你一千多个日子,那是我一生中最美好的青春华年,想不到就换回你这么几个字,我认输了,我死心了,不再跟你要婚姻。

对了,忘了告诉你,下周日我就要结婚了,到时别忘记来观礼。

苏婉走出去老远,又折回来,轻佻地冲我眨眼睛,我以为她是为刚才气话向我道歉,谁知她附在我的耳边轻佻地说,向你太太告密的那个缺德的人是我,你离婚的日子,我们就两清了,谁也不欠谁的。

我牵了牵嘴角,努力想笑一下,但没有笑出来,想不到平常蜜里调油的苏婉,竟会向我扔飞刀。我傻愣愣地站在原地发呆,我比小赵更惨,连被抓成遍地河山的机会都没有,林茹不抓我,苏婉也不抓我。但是欠下的情债却总是要还的。

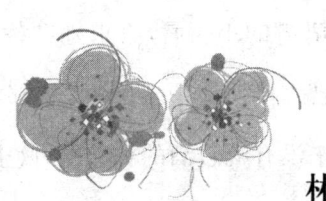

林替替的幸福生活

1

林替替有些缺心眼,办公室里的人都这么说。

比如上次,办公室里的大赵要出差,临时抓过林替替说:"我妈病了,你下班后买些药替我送去,这是地址和钱。"林替替笑眯眯地答应了。可是等下班后,把药买好了,她就傻了眼,尽管手中捏着大赵给她的地址,可是对于这个东北来的女孩来说,城市里那些复杂的街道无异于迷宫,她迷路了,绕来绕去就是找不到大赵的家,等她把药送过去,已是夜里12点多。那天晚上她在大赵的母亲家里将就一宿,第二天回来上班时,依然迷糊,绕来绕去绕回公司时已经晌午,结果被扣掉了一个月的奖金。

还有一次,老板要应酬一个重要的客户,那几天老板刚好患了重感冒,所以随身带着助理一起去,明眼人都知道,老板是要抓个酒替。老板的助理撅着红嘟嘟的小嘴唇,央求她:"替替姐,我这两天有些不舒服,你替我去吧!"林替替拍着胸脯,想都没想就答应了:"包在我身上。"结果,从来没有喝过酒的林替替,晚上怎么被人弄回家的都不知道,一直到三天后,一说话还满嘴酒气。

私下里,老板的助理说:"林替替真是单纯得可爱。"但谁都明白,她的潜台词是说,林替替这个丫头有些傻。

这样的傻事林替替也不知做过多少,办公室里几乎所有的人都找过林替替帮自己做事,比如叫外卖,比如冲咖啡,比如送文件,其实办公室里有专职的打杂人员,可是大家都喜欢支使林替替。林替替也乐意为大家效劳,每次都屁颠屁颠地替大家做这做那,眼睛笑眯眯地弯到一起,像月牙一样,散发着清淡的光。

早晨上班,我有些卑鄙地想,我要不要也找林替替帮个忙呢?

老妈怕我当剩女,动用了多年来积攒下来的社会关系,挖地三尺,帮我物色了一个相亲对象。据说是一个资产丰厚回国创业的海归博士。只可惜老妈的情报不准,据我私下里调研的结果,这个人不但离过婚。而且还很花心。所以坚拒老妈的好心安排,可是老妈说:"路阿姨那儿没法交代,一起吃个饭而已,又不能少了一块肉,去应酬一下吧。"

所以,我特无耻地想到林替替。

2

我硬着头皮找到林替替,吞吞吐吐地说了自己的想法:"那个什么,你能不能帮我一个忙?"林替替笑。林替替最大的特点就是爱笑,笑起来,眼睛弯弯的。用她那特有的西北普通话问我:"让俺替你做什么?"我叹了一口气,说:"我妈怕我嫁不出去,逼我去相亲,可是我已心有所属,怕耽误了人家,你替我去相个亲,找个借口,把人家推掉了,就算大功告成。"

林替替惊得花容失色,红着脸问我:"不合适吧?万一人家看上了俺怎么办?"我忍不住,笑得弯了腰,眼泪都流出来了,要不说林替替有些缺心眼,人家资产丰厚的回国创业的花心博士,怎么会看上她一个连普通话都说不好的乡下傻妞?一张嘴就把人家吓跑了。林替替被我笑得摸不着头脑,有些不好意思,用脚在地上画着圈圈,小声问:"心悦姐,俺说错了什么?"我拍着她的手心说:"你放一百二十个心好了,人家不会看上你的,我保证。"我举起了右手,向她信誓旦旦。

我以为这样说林替替就放心了,谁知林替替胆怯地问我:"我没有相过亲,有些害怕,你陪我一起去吧?"我想了一下就同意了。也好,我也想去见识一下这个花心博士的真面目。

我和林替替出现在"半岛听涛"时,花心博士江上元已经等在那里,我环顾四周,这是一个幽静雅致的地方,与江博士的身份匹配。林替替在我手心里的那只手明显有些发抖,我捏了她一下,暗示她别慌。

江上元毕竟是从外国回来的,很有些绅士风度,把我和林替替照顾得很周到,当他得知林替替是今天的主角时,眼睛里明亮的小火苗一下子熄灭了。看得出他有些失望,但为了把尴尬的场面支撑下去。他还是从容地讲了一些国外的见闻和一些并不好笑的笑话。林替替自始至终没有讲过一句话,她怕自己蹩脚的普通话吓坏人家。

刚过9点,我们就散场了,江上元送我们回家。他去拿车的时候,脸色苍白的林替替终于缓过来,她说:"妈呀,吓死俺了!"我逗她:"印象如何?"她缺心眼地说:"挺好的,又帅又有学问,就是人家未必能看得上俺。"

江上元并没有如我想象的那样,开着奔驰宝马,他开了一辆甲壳虫的休闲车,说实话,对这辆车,我倒是一见钟情,上一眼,下一眼,不错眼地打量着。

车过北京街的时候,林替替眼尖,一眼看见马路中间趴着一只白色的小狗,她憋了一个晚上没有说话,这会儿大喊一声:"停车!"

江上元显然被吓倒了,他一个紧急刹车,我和林替替的身体惯性前倾,尽管很努力地控制着,但脑袋还是不小心吻上了前排坐椅。我问坐在副驾驶位置上的林替替:"大小姐,怎么了?"林替替回头说:"一只小狗,可能受伤了。趴在路中间。"我不以为然地说:"还当什么大事,大惊小怪的。"

林替替没等我说完,拉开车门冲下去,把那只小狗抱回来,她大呼小叫地说:"果然受伤了。怎么办啊?"

江上元果然被林替替的西北普通话吓倒了,一直没有吭声的江上元说:"我们送它去宠物医院吧!"

那个晚上一直折腾到大半夜,我埋怨林替替多事:"弄一只脏不啦叽的小狗狗,不但掉毛毛,如果再生跳蚤,一路狂奔到我的衣服里,那美好生活岂不是乱了套?"

林替替对我的抱怨充耳不闻,专注地看着那只受伤的小狗,眼睛里散发着母亲般柔和的光芒。

3

相亲事件告一段落以后,生活重入正常的轨道,每天上班下班,林替替和我在一个办公室里,她的生活中发生了几件不大不小的事情,但却足以改变整个人生。

江上元,每天开着甲壳虫等在楼下,倚着车门的那份洒脱悠闲的样子,能迷死几个,惹得办公室里那些八卦女生纷纷探头观望。

其实我也纳闷,见过世面的江大博士怎么会看上这样一个乡下土妞?心里不禁有些隐隐地泛酸,一不小心,大好姻缘就此擦肩而过啊!江上元并不像传说中的那样,是个花心大萝卜,相反,晚报的二版曾做过一次他的专题,介绍他的奋斗历程,这样一个青年才俊,居然被我一时的判断失误,拱手相让出去,懊悔像一粒种子,在心中疯狂滋长。

有一次,我在林替替那儿遇到他,我用略有些嘲讽的口吻问他:"你看中了林替替什么?"他想了一下说:"我看中了她的热情、她的热情能感染她身边的每一个人,你不觉得吗?"我不甘心,又问了一句:"你们从什么时候开始的?"他说:"从她抱起躺在地上的小狗的那一刻开始,我就打算追她!"

在江上元的逼视下,我忽然感到一丝汗颜,我们这些所谓都市人,每天包裹在坚硬虚荣的铠甲下面,自以为是地生活着,其实内心里脆弱无比,不像林替替,像一团火,能够融化别人。

其实她不叫林替替,她的本名叫林萍,但是没有人记得她的真名,只记得她心甘情愿地替别人做这做那,所以给她起了一个绰号叫林替替,她也不恼,谁喊她林替替,她都很高兴地答应着,她最大的理想,就是早点在城里站住脚,然后把生病的母亲接到城里来。这样的人,能收获美好的爱情,也在情理之中。

林替替的好事远不止这些,大赵的妈妈认了她做干女儿,还举行了隆重的认亲仪式;老板正式宣布任林替替做行政管理的副经理……

幸福像长了脚一样,主动跑到这个"傻"女孩身边!

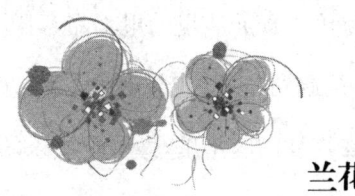

兰花小镇

那个小偷

春节前夕,我在打算和简易结婚用的新房里,第一次遇到赵毅,并且把这个不认识的男人当成了小偷。

那时,我已经答应了简易的求婚。我们认识了8年,别人都说我们是天生的一对,时间久了我也相信了这一点。简易,成熟稳重多金,事业如日中天,与我的身份和地位刚好匹配。我是正宗的广播学院的毕业生,是电视台的主持人,好歹也算这个城市里的名人。

相处一年以后送我钻戒,顺便向我求婚,一

年半以后在海滨的别墅区里买了跃层的大房子，足有 200 个平米，是能看到海景听到海浪的那种，亲朋好友去参观，艳羡之情毫不掩饰，直说这丫头命好，工作一帆风顺，婚姻幸福美满。我听了淡淡地笑了。

　　女人的青春很短暂，稍纵即逝，我只想把自己在如花一般的年龄嫁掉，如果沦为 5 元店里的甩卖品，可就太不幸了。

　　如果不是遇到赵毅，我想我会一直这样过下去的，在别人幸福的概念里，在物欲的满足里，做一个快乐的小女人。

　　那天闲着无聊，去买了一条自己喜欢的床单，就直奔新房。

　　天气真热，我冲进房间，把床单顺手扔在床上，然后去冰箱里找了喝的，可是什么也没有，我和简易不常住在这里。也罢，我索性脱了裙子，只穿有蕾丝花边的内衣，赤着脚去浴室，一边走一边解开挽在头上的长发。

　　打开浴室的门，我吓得张大嘴，尖叫着连连后退。浴室里站着一个年轻的男人，正在洗脸，他错愕地看我，瞬间，他的嘴角泛起了笑意，他说，丫头，你的身材一流。

　　我一下子红了脸，慌忙窜回卧室，套上衣服，找了一把藏式的小匕首握在手里，以备他劫财劫色。然后怒气冲冲地兴师问罪，看不出你这么年轻，这么帅气，怎么就不学好呢？他莫名其妙地说，我怎么不学好了？我恶狠狠地瞪他一眼，还狡辩，说你干这一行有多久了？他笑，我明白了，你是把我当成了小偷了吧？我还怀疑你呢，你是谁？怎么进来的，你怎么会有钥匙？

　　我的鼻子都被他气歪了，冷笑道，看不出你这人还属猪八戒的，这是我的家,你说我怎么进来的?

他尴尬地把手放到裤子上蹭了两下,过来握住我的手说,原来是嫂夫人,误会、误会。我甩掉他的手说,谁是你嫂夫人?快说你是谁?

他说我叫赵毅,是简易的大学同学。

后来才知道,因为他学的是园艺专业,毕业后去了一个小镇种兰花,过着半隐的世外生活,与红尘相离甚远,和简易之间来往极少,所以我并不知道简易还有这样一个同学,此次来参加一个什么园艺博览会,简易安排他在我们的新房里住下。

赵毅是一个好看的男人,他吸烟的姿势很帅,我盯着他看,心中却想,哪会有这么从容的小偷呢?不禁笑出声来。

他非常认真地问我,柠檬,你说简易如果知道了我送给他这样一个见面礼,你说他会不会收下?

我知道他是指刚才看到了没有穿衣服的我,我瞪了他一眼,心中并无恨意,但嘴上却不饶人地说,你看了他的柠檬,他不把你的眼睛抠出来才怪。

想念像发了芽的种子

采访回来的路上,非常意外地接到赵毅的电话,等了半天,他却连一句完整的话都没有说出来,叫了两声柠檬便收了线。这家伙最近常干这样的傻事,给我打电话,然后又一句话不说。

挂了电话,我看着车窗外发呆,想起上次简易为赵毅设的接风宴,这家伙真能装,像是第一次看到我的样子,说,简,你这家伙真是艳福不浅。不明就里的简易,被赵毅说得虚荣心得到了满足,拣了

一只虾放到我的碗里。

我想我是明白赵毅的话的,他一半是说给简易听的,另一半其实是说给我听的。我不动声色地剥着那只虾,然后轻轻地放进简易的碗里。

我知道赵毅有些喜欢我,他看我的眼神充满了内容。就像他那莫名其妙的电话一样,我不知道我们要这样纠缠多久。

终于有一天,赵毅打电话让我下楼,他所在的兰花小镇,离我这个城市有6个小时的行程,来一次也不是那么容易的。说不清楚为什么,那一刻我的心中溢满了喜悦,几乎是想流泪的感觉,我披了一件衣服奔到楼下,赵毅一把将我塞进车里,我挣扎着,被他抱住了,车一直开,我不知道是开向哪里,直到他把我带到了一家日式风格的小旅馆,清一色的跪式服务,环境温馨典雅。

进了房间,赵毅便迫不及待地拥住我,我用手臂撑住他的身体,他不能靠前,他说,柠檬,柠檬别这样,我只是想吻你一下。

我摇头,默默地看他。那一晚,我们就那样坐着,相对,看着彼此,除此之外,我们什么都没有做。

10点钟的时候,简易打我的手机,问我在哪儿,我看着赵毅,对简易说,栏目组拉了一个广告,制片非要我作陪。简易开玩笑道,等我出资赞助你们栏目组,那样你就只好陪我一个人了。末了,他又问用不用来接我,我说不用了,他们会送我回家。

挂了电话,我的脸红了,我不明白自己为什么要对简易说谎。

赵毅歪着头看我。我忽然觉得,有些人,纵然相识了一辈子,也不会燃烧,像我和简易;有些人只是偶然相遇了,便会偏离出轨,像我和赵毅。

此后赵毅常常来找我,我们在矛盾与甜蜜中挣扎,见不到的时候想念便像一颗发了芽的种子,在风中疯长;见到彼此,便是在矛盾与挣扎中默默无言。

私 奔

婚期越来越近,我不知道自己该怎么办,向左怕伤了简易这个厚道的男人,向右,心有不甘,我总觉得赵毅才是我此生要找的男人。

思念是一件折磨人的事,终于我抗不过思念之苦,跑去赵毅居住的小镇。

小镇上家家户户都种兰花,离得老远就闻到了兰花馥郁的香气。赵毅住在一间小房子里,他的书房里挂着一个条幅,上面写了四个字:生当如兰。我细细地品着这四个字,赵毅从身后抱住我,然后慢慢地吻下来,他的吻落在我的脖子上、我的头发上……我痛恨自己是个意志薄弱的女人,我无力抵抗。

连续开了6个小时的车,赶到这个小镇,只为了能和他在一起呆上2个小时。然后再开6个小时的车赶回城里。

两个小时的时间真的太短,我们舍不得睡,彼此看着对方,目不错珠,试图把对方印在心底,我甚至连茶都没有喝一口,但时间却不会为谁停留。

回程的途中发生了意想不到的事,因为疲于奔命,不是十分清

醒的我和前面的一辆小型货车追尾,我当场就昏了过去。

在医院里醒来,身上像散了架一样疼,简易与赵毅都在我的床前,他们终于还是不得不面对面地站在一起,那种尴尬简直令人难以忍受,谁都不肯说先退出来,三个人彼此对峙着,沉默着。

我的额上足足缝了五针,留下一个月牙般的伤痕,刺目,惊心。

简易的脸色青中透白,很难看,他看我的眼神冰冷得能杀死人,我知道他不能原谅我,我能看到他脸上明显的厌恶之情。我没有怪他,是我有错在先,我对他抱有深深的歉意。

我伤心得不能自抑,不是为了简易,是担心我从此再也不能在电视上出现了。赵毅安慰我说,没关系,我是你永远的观众,唯一的观众,他伸出手,轻轻拭掉了我眼角的泪。

在医院里整整住了20天,我的伤势并没有痊愈,但已经到了不得不出院的地步,再有两天,就是我的婚礼,作为准新娘的我,不能还赖在医院里不出去吧?

简易来看过我几次,但闭口不提婚礼的事儿。

赵毅打过若干次电话来,问我如何取舍?我只说,让我想想,再想想。

其实也没什么可想的,我不想像一粒沙子一样硬生生地揉进简易的眼睛里,我没有犹豫,带上爱情,去兰花小镇找赵毅。

也许简易发现了我的动向,只是为了维护自尊,佯作不知,睁一眼闭一眼给我溜走的机会;也许简易真的不知道,但不管怎样,我和简易的感情已是千疮百孔的破百衲,即便仍然可以遮风挡雨,但不是我想要的那一件,我在婚前的最后一刻,逃离了。

请重新追我

不久,我在一则晚间新闻中看到简易,他还是那么低调优雅内敛。画面上的他,手臂里挽着一个百合一般清新的女孩,女孩穿着白色的曳地婚纱,妩媚动人。他结婚了,娶了一个在知名企业当董事长的太太。

想不到他这么快结婚,我呆怔在那里,忽然想起了和赵毅认识的经过,种种巧合说明了什么呢?

赵毅跑过来关掉电视,笑道,别看了,吃饭吧!我做了面条,今天是你的生日。我看着赵毅笑了,一直笑得流出了眼泪。我逼视他的眼睛,简易真够卑鄙的,他把你当成礼物送给我,间接而人为地制造了我们相识的机会,成功地进行了和平演变。其实他真的不必这么用心良苦,我像那种赖着别人不撒手的人吗?

赵毅说,你别恨他,如果没有他,我怎么会认识你?他只是想把对你的伤害减到最低,所以才如此用心良苦。他的公司别人看着轰轰烈烈,其实只是一个空壳,他需要这段婚姻来挽救他的公司,因为那女孩的父亲据说非常有权势。

我冷笑,所以只好选择牺牲我?可是他不该选用这样一种方式,让我看起来,觉得自己更像一个小丑。

我有些歇斯底里,以最快的速度收拾好东西,离开兰花小镇,赵毅请我留下,我说,如果爱我你就重新追我吧!

赵毅回我,就算你跑到天涯海角,我都会把你追回来。

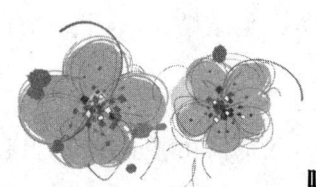

咖喱蟹的爱情味道

1

九月西风紧,螃蟹只只肥。路过超级市场,经不住诱惑,进去买了两只又肥又大的螃蟹,想着回家吃蟹喝酒赏菊花,不由得兴奋不已。路上遇到办公室里的李大姐,停下来说了几句话,谁知这螃蟹不甘寂寞,趁我不备,一路横行狂奔逃命去了。

当我发现时,我的螃蟹已经被一个大男孩提在手里,正反复观察研究呢,我跑过去,一把夺下来说,这是我的蟹,你拿着它干什么?莫非看上了?男孩不屑又有些无赖地说,谁能证明这是你的螃蟹？上面既没有写字，又没有标签，你叫它，它答应了我就还给你。

这么荒唐的逻辑，差点把我的鼻子气歪了。他得意地笑，抬起头来看我，不看则已，一看我不由得惊叫：林一凡。

林一凡看到我，眼睛亮晶晶的，惊喜地骂道，死丫头，吃螃蟹也不记得叫上我。

我挥起拳头，朝着他的胸口就是一下，谁知道你毕业后这些年跑到哪儿去了？

2

林一凡比我高两届，我上大一的时候，他已经上大三了，每天早晚捧一本书在学校旁边的小树林里读，令全校的女生对他着迷，我曾跟着同寝室的女生李开雨跑到小树林边上瞧他，只是我这样青涩的小女生，怎么会在他的眼里？也曾刻意接近过他，在学校的食堂，中午去吃饭，我故意碰掉了他的饭盒，他看我一眼，温和地笑了，然后问我是哪个班的，我的心立刻慌乱成一团，想好的对白也忘记了，所答非所问地说，我叫朱蓝，然后转头就跑。我听见他在身后说，慢点，别磕倒了。

那一天我的心都是慌慌的，被喜悦填充得满满的，我像个花痴一样，心里想着做他的女朋友。

可是左等右等也没有等到这一天，说起来很惭愧，我和林一凡在一起，见了面就没出息地讨论螃蟹的吃法和做法，有一次还一起翻石板，捉小螃蟹。除此之外并没有其他的办法，有一段时间我甚

至很自卑,觉得自己情商很低,加上李开雨说他爱上了校花,我有些泄气。

我上大三那年,林一凡已经毕业了。离校那天,我跑到他们宿舍楼下,想找他,哪怕说几句话也好。可是他们毕业班的同学,像凯旋的将军,弃了一地的旧物,匆匆离去,我悻悻地回到寝室,李开雨有些忧伤地说,算了,还是好好规划一下我们自己的未来吧!

毕业后,我进了一家合资企业,从小职员一直做到公关部经理,其中辛酸,各种滋味,只有自己能够体会,也曾装作漫不经心地和一些同学问起林一凡的下落,有同学说他去了新加坡了,我以为这辈子再也见不到他了,心中未免有点遗憾。

曾经以为再也见不到林一凡了,心中未免有些遗憾,却在此时不期而遇。

3

我带林一凡去一家新开的餐厅吃咖喱蟹,像多年前想象的那样子,只是时间整整迟了6年。手牵着手,像刚刚恋爱的那些小男生和小女生。我一直没有忘记他喜欢吃蟹,不管是蒸煮炒炸,只要是那个有着坚硬的壳、横行霸道的家伙,他都喜欢。这些第一手的资料还是在学校里,我用一顿肯德基作代价跟李开雨换来的,想不到6年之后竟排上了用场。

一凡皱着眉说,味道不够正宗,可不可以借你的地方用一下?我有些不可思议地看着他问,你会做蟹?

他笑,上学的时候是纸上谈兵,现在我可会做很多种蟹,比如香辣蟹、麻辣小河蟹、炒蟹、桂花蒸蟹。我忙摆手，没出息地对他笑，别说了，把我的口水都引诱出来了。

一起去超级市场，买了两只活蟹，回到寓所已经是下午4点钟了。我把蟹送到厨房，找了一个盆装起来，然后回客厅。

林一凡正站在我的一张照片前默默地注视着，照片中的我和生活中的我反差很大，他眼神温柔、慈爱，这个年纪只比我大2岁的大男孩，用慈爱的眼神看我的照片，我的内心有一种从没有过的波澜。我走到他的身后，轻轻地环起双臂抱住他，然后把头深深地埋在他的背上。

林一凡并没有吃惊我的举动，他慢慢地转过身，扳住我的肩，轻轻地抚我的长发，然后低下头吻我的唇。

我闭着眼睛沉醉在一凡的怀抱中，忽然觉得有什么东西爬动的声音，睁开眼睛一看，原来是一只螃蟹从厨房溜达出来，正奋力地往一凡的脚上爬，我禁不住"嗤"的一声笑出来。

4

我的心情空前的好，连办公室里的李大姐都看出来了。下班之后，我急急忙忙地离开办公室，不再加班恋战，因为我知道林一凡在等我。

老远，我就看到他等在楼下，烟灰色的粗线毛衣，深灰色的休闲裤子，两只手深深地插进口袋里，他的背影有一丝忧伤缓缓地流淌出来。我知道，他终究不过是我生命里的一个过客，可是还是忍不住，心微微地发抖。

朱蓝,我明天早上的飞机,回新加坡。

这个时刻终于还是来了,心头轻轻地一震,然后若无其事地笑,我去送你上飞机。但是,现在你告诉我,喝什么?茶?咖啡?啤酒还是柳橙汁?

我要你。我要把你装进口袋里带走。林一凡说得很认真,声音中透出一种与年龄不符的纯真。

我的鼻子酸酸的,但还是忍住了,嬉笑着,八脚鱼一样攀住了林一凡,开玩笑地问他,当初在学校的时候为什么不追我?

林一凡说,你骄傲得像只天鹅,那么多的男生围着你转,我哪有机会啊?

我瞪他一眼,几年不见,你倒学会了怎么讨女孩子开心了。

真是天大的冤枉,不信你可以去问你们宿舍的李开雨,她知道这件事。林一凡笑的时候,露出白净好看的牙齿。

我歪着头看他,疑惑地问,李开雨怎么会知道这件事?

林一凡不好意思地笑,你们宿舍的李开雨那时正追我。

我忽然有些想笑,李开雨原来也和我一样,都被林一凡所迷惑。

天渐渐地亮了,东方一片黛青的云渐渐被朝霞映红,我才安静地睡在一凡的臂弯里,眼泪无声无息地滴进了他的衣服里。本来我想告诉他,大学里我只喜欢过一个人,那个人就是他。可是终究我什么都没说。

5

醒来的时候,林一凡已经离去了,我揉了揉眼睛,爬起来看墙上的老式挂钟,这时的一凡只怕已飞在天上了,即使赶到机场,也已是见不到最后一面,我索性把脸贴在玻璃窗上,懒散地看着窗外的落叶,纷纷扬扬的树叶在风中舞着,有一种无依无靠的苍茫。

慵懒放肆地在身体里穿行,我破天荒请了一天假,什么都不做,躺在温软的大床上,嗅着林一凡留下的味道,睁着空洞的眼睛看天花板,寻找那些纹理的纵横走向。我知道,一凡此去经年,再会无期,可是还是忍不住心中悲怆,鼻子发酸。

我几乎是强迫自己什么都不去想,每天除了工作还是工作,下班之后,给一群孩子讲授剑桥英语,和一些同事吃饭,可是我再也没有去吃过螃蟹。

日子如流水一般,我并没有明显的不适的症状,甚至我自己都以为自己忘记了他。

尔后有一天,是多久?一个月?两个月?一个没有什么征兆的夜晚,我抱着枕头正睡得迷迷糊糊,被电话吵醒了。

我伸手摸过电话,放在耳边,听筒里并没有人讲话,刚想把电话挂掉,却传来一凡好听的声音,他说,蓝,你还好吗?

被我忍成坚不可摧的堤坝,瞬间一泻千里,眼泪蜂拥而出,一滴滴,落在棉布的纹理里,我以为自己忘记了,原来一切都只是隐藏在心底的某一个角落里而已。我哽咽地说,我要吃你做的咖喱蟹。

6

曾经觉得新加坡那么远,可是一凡每晚打来的电话令我有了错觉。有一次喝醉了酒,他甚至冲动地对我说,朱蓝,你来新加坡吧!

我已经无法忍受见不到你。那样脆弱的夜,在那样一个人的寂寞孤单里,一凡的电话成了我最甜蜜的药。

终于有一个机会,可以陪客户去新加坡,我并没有提前说给一凡,内心里存了一个傻念头,想着忽然而至,即便是不能给他一个惊喜,也可以看看他现在的生活状况。

在新加坡下飞机,陪客户办完事儿,然后分头行动,我搬去乌节路一家小旅馆住下,慢慢体味着一步步逼近一凡的心境。同屋住了一位日本女孩,身材娇小,眼睛细长,用半生不熟的英语,连说带比划地和我搭话,我奇怪这样子的半吊子英语也敢满世界乱跑,想想不觉笑了。

两个人搭伴去先得坊购物中心买东西,出来之后又去了远东购物中心,那个日本女孩买了几件精致的小饰物,我买了两双款式精美的凉鞋,然后两个人又一起去吃咖喱蟹。

选了一家看上去干净便宜一点的小店,刚刚坐下,就听见一个和我年龄相仿的女孩喊,一凡,有客来了。听到一凡这个名字从陌生的女孩子嘴里冒出来,我的心生生地被牵扯了一下,回头看那女孩,年轻、干净的眼神,是马来人种的那种美丽。

我回头,寻声看去,果然看见一凡,从里面转出来,穿着半长衣袖的衣裤,脚上穿了双拖鞋,左手牵着一个3岁左右的稚童,留着整齐的刘海。

我的心疼痛了一下,急忙别过头,用手掩住脸,避开一凡的视线,对身边那个日本女孩说,我不吃了,牙疼。日本女孩不解地随我匆匆走出店外。

　　一凡转头之间,忽然看到我,一下子抱住我,我在他的怀中挣扎,却挣不脱他有力的臂膀,我的目光渐渐落在女童的身上,一凡笑了,贴着我的耳朵说,是我哥哥的女儿,你不会当成是我的吧?

　　我的脸一下子红了,不好意思地笑道,你的身上全是葱花和咖喱的味道,你这个学经管的高材生,真的去炒螃蟹?他说,是啊!你看到了,我只开了这么一间小店,生活窘迫,不能给你富贵和荣华。我说没关系,我可以等着你慢慢地富起来,顺便还可以一辈子白吃你做的螃蟹。

　　他伸出手在我的鼻子上刮了一下,贪心的臭丫头。

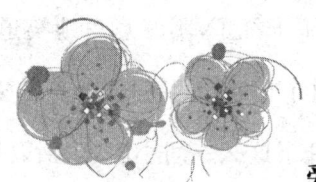

爱情底牌

苏小宁是玩具厂医务室的小护士,罗可是玩具厂财务室的小会计。

有一天罗可来医务室打针,一进门就先送了一个见面礼,一个喷嚏打得像惊雷,然后就开始咳嗽,腰都弯了,又是眼泪又是鼻涕,大家都掩住嘴笑,苏小宁吓得连忙后退,流行性感冒很厉害,被他传染了可不是闹着玩的。

上午罗可吊了一瓶水,下午又来医务室打小针,当时只有苏小宁一个人在,真是天赐良机,她把药推进针管里,没好气地对罗可说:"脱下裤子趴在床上。"罗可回过头来,大约看到了她眼里的凶光,不像在公车上那么张扬,有些害羞地对她说:"你能不能轻点?我怕打针,看见针头我就晕。"苏小宁讥讽道:"怕打针就别生病啊。"罗可有些委屈:"谁愿意生病啊?这由得了我吗?"苏绷着脸也不笑,说:"再说话,别怪我手下无情。"刚刚涂了消毒水,针头还没有扎下去,只听罗可"啊"的一声惨叫,吓了苏小宁一跳,下意识地把针头扎了进去。

罗可半天从床上爬起来,恶狠狠地对她说:"好你个小护士,公报私仇,我不就是在公交车上抢了你的座位给了另外一个女孩吗?你没看见她的腿有毛病啊?你可真小心眼,我要找你们主任投拆。"说着捂住屁股一瘸一拐地回办公室去了。

苏小宁忐忑不安地等了一段时间,并没有什么风吹草动,罗可感冒都好了,她的奖金也没有被扣,说明罗可并没有真的去主任那里投诉她,于是一直悬着的心终于放下来。

有一天,医务室里的小赵戴了一条镶钻的铂金项链来上班,大家都围在那儿看,小赵眉飞色舞地说,是她男朋友去香港出差回来给她买的。小赵比苏小宁还小两岁,都开始恋爱,而且男友出手大方,浪漫多情,把小赵宠得像一个公主,想想自己都二十好几的人了,还是孤家寡人,像一个被爱情抛弃的孤儿,心中郁闷。

正在这时,罗可来找她,她还以为是为上次打针的事儿,于是冷着脸没好气地说:"你还有完没完,想投诉找主任去。"苏小宁一脸豁出去的样子。

罗可大人不计小人过,好脾气地把她拉到走廊里,低声下气地说:"我妈病了,我想请你以后每天下班来我家,给我妈打点滴,如果你同意,上次的事儿我就不投诉了,我们私了好吗?"

想不到这家伙竟然用这件事威胁自己,够卑鄙。苏小宁刚想提出异议,他又说:"我不会白用你的,我可以按照钟点工的计费标准付你费用的。"天啊,亏他说得出口,我堂堂一个护士,只是一个钟点工的价码?苏小宁当然不愿意了,对他说:"干脆把你妈送到医院去住院多省事。"罗可说不行:"我妈年龄大了,住在医院里,生活会不方便的,另外医院里的费用太高,如果你愿意去给他妈打针,就不一样了,花不了多少钱的。"

最终,苏小宁还是答应了他,如果他真的去找主任投诉,她的日子就难过了,主任正好在更年期,抓住一点小事儿,唠唠叨叨地没完没了,让人厌烦得跳楼的心都有,为了耳朵根子清静,只好忍气吞声,暂时先答应罗可。

从此,苏小宁的苦难时代来临了,因为每天要与罗可见上一面,想想都令人难以忍受,这个男人大的缺点倒没有,小毛病倒是一堆,犹为显著的当属小气,什么事儿都要进行成本核算,当会计都当出职业病了。

罗可的妈妈是个瞎老太太,目虽不亮,但心却聪慧,比明眼人看世界看得更清楚。只因患了脑贫血,罗可才想起让苏小宁去家里给他妈输液这一招,按说他也算是一个比较孝顺懂事的孩子了,可是苏小宁就是看他不顺眼,特别是他那张嘴,说起话来简直让人受不了。

每次去帮他妈打完针,他都热情地留苏小宁在那儿吃饭,她坚辞不受,心里核计:要是吃了他的鸿门宴,我的计时工资不会就长了翅膀飞掉了吧?罗妈妈似乎看出了她的心思,轻声细语地说:"可儿,你带苏小宁去外面吃吧!人家姑娘天天往咱家跑,受累了,知道的,是为了我这个瞎老太婆,不知道的还以为是你的女朋友呢!"

这老太太更损,先把一顶女朋友的帽子给苏小宁戴上,不好冲老人家发火,只好对罗可瞪眼睛,顺便在他的胳膊上掐了一下。这种软功夫,别人看不见,但却够他受的。他龇牙咧嘴地对她皱眉,在老太太的眼皮子底下搞小动作,他不敢出声,苏小宁乐得嘴都合不拢。

罗可掩饰地说:"妈,您老没误会就行了,管别人怎么想干吗?累不累啊?"苏小宁瞪他一眼,心中暗想:"这个男人又呆板,又小气,就算我到了30岁还没有人要,我也不会做他的女朋友。"罗可才不管她怎么想,他继续说:"妈,外面餐厅里的东西都是中看不中吃,还贵得吓人,人家苏小宁就想吃我做的饭呢!又好吃又省钱。"

苏小宁扭头小声抗议:"自以为是,吃过西餐吗?红烛,玫瑰,银制的刀叉,带流苏的桌布,想想那样的氛围,不吃东西也会饱,你懂吗?这叫情调。"

罗可小声回应:"不就是那半生不熟的牛排,水果沙拉吗?看起来好看,吃起来不饱,哪有酸菜炖粉条来得实在?"

天啊,这个傻帽的观念根本就停留在温饱线上,跟他说情调,不是对牛弹琴?

苏小宁拿起手袋，逃也似的狂奔而去。还好，自己还不是他什么人，否则悔之晚矣，跟这种人一定要划清界限，站稳立场。

借故两天没有去罗可家里给他妈打针，苏小宁再也不想跟这个又土气又小气的男人纠缠下去。

周一的早晨一上班，小赵逮住她嬉皮笑脸地问："昨天看到你和咱们厂的小会计罗可在一起，快交代，是不是和人家恋上了？"苏小宁急得脸红脖子粗，分辩道："拜托你用脚指头想想，我会喜欢他？他妈让他请我吃顿饭他都舍不得，小气得恨不能一分钱掰成两半花，小眼睛跟冯巩似的，还有那光光的脑门，跟葛优似的，却没有人家葛优厚道出名，我会看上他？做梦去吧！"

正讲得兴高采烈，满嘴跑火车，小赵冲她眨眼睛使眼色，苏小宁不明就里地看着她，把她急得抹脖子上吊的心都有，看她仍不明白，干脆用手往她身后指。苏小宁慢慢转回头，天啊，罗可不知什么时候，悄无声息地站在医务室的门口，正淡淡地看着她笑。她的话被他听得一清二楚，一句不漏，眼见得无法兜转，只好老了脸皮，跟他打了一张十分难得一见的温柔牌："我刚才的演讲精彩吗？"罗可老老实实地说："精彩啊！肢体语言丰富，表情动作生动，如果是比赛，我想一定会拿奖的。"

苏小宁问他有什么事儿，他说："你两天没去给我妈打针了，她老人家的病重了，你看在我妈的分上，好人做到底行吗？"

苏小宁点了点头。她这人心太软，看到他期盼的眼神，又答应了他，可是回到家里就后悔了，干吗就不能狠下心来跟他划清界限呢？

周一去单位上班，看到小赵趴在厕所里哭得肝肠寸断，伤心欲绝，苏小宁忙问她怎么了，她看看四下无人，悄声对她说："他被抓进去了。"苏小宁知道她是说她的男友，吓了一跳，连忙问她为什么？小赵说："挪用公款，平常看他出手大方，舍得为我花钱买东西，以为他很爱我，谁知他的钱竟然来路不明。"小赵恨得玉齿差不多快咬碎了："早知如此，我才不稀罕呢。"

苏小宁呆怔在那儿，前两天还看见他们在香格里拉吃大餐，敢情是花自己的钱不心疼啊，这种浪漫打死我都不要。

忽然想起罗可，除了小气点，除了买东西爱算计哪儿便宜哪儿贵，除了不太浪漫，好像也没什么大缺点。再细想想，好像还有不少的优点呢，老实本分孝敬老妈热爱工作，这年头，这么朴实的人已经很少了，是不是应该重新考虑一下自己的定位？

苏小宁正胡思乱想着，忽然手机响了起来，是罗可打来的，手机里，背景声音一片嘈杂，他气息微弱地说："苏小宁，快来救我，我……撞倒了。"乱七八糟的声音盖住了罗可的声音，只听到他被撞倒了，苏小宁心慌意乱地收了线，顾不得找主任请假，冲出医务室去找罗可。

老远就看到一群人围住了罗可，她冲进人群，抱住罗可就哭了："小会计，你不能死啊，我不嫌你小气，也不嫌你土气，也不嫌你没钱，我愿意做你的女朋友。"

罗可一把将她抱在怀里，大概像她这样主动送上门来的女孩少

之又少,他激动得说不出话来,半天才说:"苏小宁啊,你说谁要死了?"

直到这时苏小宁才看清,罗可没有半分不行了的迹象。她生气道:"你不是说你被车撞了吗?"罗可无辜地看着她说:"是我出去办事,骑自行车可以省点钱,不成想把一个老人家撞倒了,刮破了点皮而已,想让你帮人家看看。"

苏小宁红了脸立在那儿,一场误会让她泄漏了底牌,那小子得意地揽过她的腰:"走啊,去我家里吃酸菜炖粉条。"

100 双纯棉袜子

大学毕业那年,宋淇淇还像个假小子似的在街上晃,短发,黑色的小背心,穿一条松松垮垮的牛仔裤,斜肩挎一只小布包,包里伸出一根耳麦的线,塞进耳朵里,摇头晃脑地从街上过。

叶丹姐姐伸手在她额头上点了一下,死丫头,疯疯癫癫的,没有半点淑女的样子,当心找不到男朋友,不如去我的店里帮我卖袜子吧!

宋淇淇嬉皮笑脸地摇着叶丹姐姐的胳膊,想抓劳工啊?那可不行,先把 money 拿来。

叶丹姐姐笑骂,你这个满身铜臭的家伙。

她是在替叶丹姐姐卖袜子的第二天遇到夏

寒的。

夏寒是一个个子很高,戴眼镜,眸子里有一丝淡淡忧伤的男孩,那天他在操场打球,不小心踩进了雨后兀自未干的一汪泥水里,白袜子霎时变成了泥袜子,他懊丧地扔了球,晃晃悠悠来到街边的专卖店里买袜子。

他看到她的一刹那,眸子瞬间有了光彩。其实宋淇淇是那种可爱的女孩,明亮的眼睛、宽宽的额头,嘴唇红润,没有涂口红,穿一条松松垮垮的牛仔裤,赤着脚穿一双铁灰的帆布鞋。

去的次数多了,他知道她叫宋淇淇,刚刚大学毕业,她的叶丹姐姐生 Baby,央求她好歹帮些时日,不然小店就得关门。她笑,说自己小时候,一直是叶丹姐姐的跟屁虫,看在多年情谊的面子上,只好答应了。

夏寒手里握着一张崭新的钞票,傻傻地听着宋淇淇说那些陈芝麻料谷子的往事,从不插言,不过从那一天开始,夏寒差不多每天都到宋淇淇的小店里买袜子,白色的、纯棉的那种,他只买同一个牌子的。宋淇淇想起他的时候,就忍不住想笑,买那么多的袜子,干什么用啊？这又不是面包,每天非吃不可。

这个问题一直纠缠着她,有一天,她忍不住问他,夏寒愣了一下,然后笑言,我的同学都喜欢这种袜子,是他们让我帮忙捎带的。对了,我刚好可以帮你多卖几双袜子,给我提成,抑或请我吃饭也行。宋淇淇乐得嘴巴都咧到耳朵后面,忘记了矜持,忙说,可以、可以,没问题。

有一次夏寒来买袜子的时候，刚好遇到宋淇淇胃痛。她用手抵住胸口，嘴唇苍白，脸色发青，额上冷汗涔涔，身体缩成一堆慢慢蹲在地上。

她的样子把夏寒吓坏了，宋淇淇虚弱地笑，说，老毛病了，胃寒，用热水袋敷一下就好了。

可是小店里除了袜子，什么都没有。夏寒急得不行，问她，我送你去医院吧？要不去我家里也行，我家就在附近。

她任由夏寒把她带回家里，她已经没有力气说不。他的家是一间小公寓，两室一厅，她躺在夏寒的小床上，白色的亚麻床单和枕套，有着淡淡的男人的味道，她的内心里纠缠着疼痛与欢喜，夹杂着一丝混乱，听着夏寒烧开水，然后慢慢灌进热水袋里，手忙脚乱地忙碌着。

像所有恋爱中的男女一样，宋淇淇的脸上写满了生动和幸福，天天盼着夏寒来买袜子。夏寒来买袜子，宋淇淇不肯收他的钱，他佯装生气，说小店又不是你的，是叶丹姐姐的，你总不能让人家亏本吧？

幸福的日子总是如风一样易逝。

有一天，两人约好去太平洋百货见面，给一对即将进入围城的朋友买礼物。路上，宋淇淇甚至想，自己和夏寒什么时候会有这么一天呢？

从车上下来，转车的时候，忽然看到夏寒，她揉了一下眼睛，没花，真的是夏寒，高高的个子，戴眼镜。他蹲在街边，给一个大了肚

子的女人系鞋带,然后慢慢地把女人扶到街边的长椅上坐下,跑去售货厅给女人买了矿泉水,女人接过矿泉水,用纸巾轻轻地擦拭着他额头的汗。

她看着他坐在女人的身边,脑袋里轰然一响,眼泪不争气地落下来,她看着那个女人,看着夏寒,视线模糊不清,内心绞痛。

那种体贴和安慰,就像上次他给她敷热水袋。

她呆住,只觉得晕晕乎乎,不能思想,混在一大堆的人群中,上车,车到下一站,她又挤下车,疯狂地往回跑,跑着跑着,忽然就停住不动了,跑回去又能怎样?揭穿他吗?揭穿他有太太?还是揭穿他和我的婚外情?

何必呢?好歹也是爱过一回。可是为什么会那么难过呢?宋淇淇蹲在地上,眼泪复又汹涌。有路人回头看她,甚至有好心人问她是不是丢了钱包。

哭过之后,舒服了很多,但那伤痛像刻在心上,一直都不能忘。她不再去叶丹姐姐的小店里帮忙卖袜子,因为她不想再看到夏寒。

夏寒曾经很多次去那家卖袜子的专卖店找她,可是她狠狠心肠不见他,她不想当第三者,和有家有太太的男人纠缠在一起,终究不会有什么好结果。

她躲在暗处,看着他一次一次去找她,一次比一次消瘦,她抿紧嘴唇,有好几次都忍不住要跳出来,质问他为什么骗她,为什么辜负她,可是到头来终究是理智占了上风,已经吃过一次亏,上过一次当,干吗还要跳出来当小丑,唯恐世人不知道自己的蠢和笨吗?

她去了一家大公司里做了白领,大冬天,穿着短袖的羊绒衫和及膝的短裙在空调屋里办公,优雅,内敛,绷着一张脸,不笑,也不和人打成一片,独来独往,别人在背后指指点点,她亦不介意。

夜深人静的时候,一个人孤单得想哭。也不是不想再恋爱,有男人和她约会,可是她爱不上,爱不上别人,曾经沧海难为水,夏寒害她不浅。

有热心人天天上门向她推销优秀的男人,仿佛她是菜场剩下来的最后的菜,粘了,蔫了,老了,没有水分了,再也卖不上好价钱,如果不及时找到买主,最终难以逃脱被处理或被扔掉的命运。

年底,公司举行联谊活动,邀请了很多客人,也包括客户方的代表,宋淇淇本不想去的,但是公司老总说,公司里女同事本来就少,如果都不来,活动肯定死气沉沉,提不上气氛。宋淇淇碰了个软钉子,没办法,只好打起精神,把长发挽起来,穿了及踝的晚礼服,衬得腰身玲珑有致,胸前别了一朵小小的风信子,脸上化精致的妆,微微仰起小小的下巴,站在门口迎接客人。礼貌,周道,又有那么一点冷艳,分寸拿捏得恰到好处,同人周旋。

忽然她看到一张熟悉的脸,是夏寒。

夏寒看到宋淇淇的瞬间也怔住了,语气淡淡地问,你好吗?宋淇淇心慌意乱,嘴唇颤抖,窒息得说不出话来。曾经无数次设想过见面时的场景,可是真的见到了,却一句话都说不出来。

好一阵子,宋淇淇才恢复常态,拿出全身的本事应酬夏寒,夏先生一向可好?怎么太太没同你一起来吗?想起那年街边看到的那个大了肚子的女人，内心仍然忍不住隐隐作痛。

夏寒看着她，傻傻地问，什么太太？你说谁的太太？

宋淇淇内心有些鄙夷地想，还想冒充单身男人，骗骗无知的小丫头还行，骗我，还是收收好，我早领教过了，再不会上你的当，再说这种暧昧的老套手法早过时了。

想只管想，脸上还是堆起了风情万种的笑，夏先生真会开玩笑，如果我没有记错的话，你儿子都快三岁了吧？

夏寒一把拉住宋淇淇的手，急吼吼地打断她，你说什么？谁的儿子三岁了？

宋淇淇挣不脱他的手，急得跳楼的心都有，很多同事已经探头探脑地望过来。他看出了她的尴尬，生拖硬拽地把她拉出了那间屋子。

夜，已经很深，很多地方都已经打烊，只好找了一家通宵营业的酒吧，刚坐下，夏寒就问她，你说谁有儿子了？

宋淇淇忍了半天，还是忍不住，说，我什么都知道，那次约好在太平洋百货见面，就是因为看见你和你太太在一起，所以我才不辞而别，她已经大了肚子，我是争不过她的，也不忍心和她争，所以我主动离开。

夏寒听了宋淇淇的话，脸色惨白，把一盎司啤酒一下子灌到肚子里，然后长叹，看来好人真的是做不得，那次和你约会，我也是偶然遇到那个大了肚子的女人，她行动不便，鞋带又开了，所以我帮她系好，谁知碰巧被你看到了，天，这是你我注定的劫？我曾经百思不得其解,不知道为什么你会突然在我的生活中消失了,我天天去那家卖袜子的专卖店等你,可是连你的影子都没有看到,可是我不死心,心里总是有希望的。

一直到后来,我偶然经过米兰婚纱摄影,隔着玻璃,我看到你在试婚纱,你穿白色的婚纱漂亮极了,像个仙子。当时我站在窗外想,如果你是为我穿的嫁衣,我一定会幸福得晕倒,后来,看到一个年轻英俊的男人穿着白色的礼服,跑过来喊你说开始照相了,我的梦被打碎了,我在那儿傻傻地站了十分钟,想着你已找到了你的幸福,我不便再打扰你。

我黯然地离去,可是你知道我的内心多么不甘吗?

宋淇淇傻傻地看着夏寒,自言自语道,这或许就是宿命吧!叶丹姐姐离婚再嫁,那天她去试婚纱,拉上我,让我帮她试试哪一款漂亮,仅此而已。

夏寒听了宋淇淇的话,心中狂喜,拉着她的手说,既然误会都说开了,那么我给你看一样东西吧!他不由分说,拉起宋淇淇的手往外跑。

那间小公寓宋淇淇是熟悉的,尽管只去过几次,可是在她的心里,在梦中,已经去过无数次,那便是夏寒的家。

房子里的摆设依旧和从前一样,夏寒把他拉到一个小小的五斗橱前,拉开抽屉,上下三层,满满的都是白色的纯棉袜子。原来那些袜子并不是替同事买的,是他为看她一眼的借口,去一次,买一双,抽屉里有一百双。

宋淇淇看得流出了眼泪,她一双一双地抚摸那些白色的纯棉袜子,眼泪滴进袜子里。

因为这一百双白色的纯棉袜子,宋淇淇嫁给了夏寒。婚后,宋淇淇开了一间自己的袜子专卖店,专心经营袜子,侍弄爱情。

木槿花开

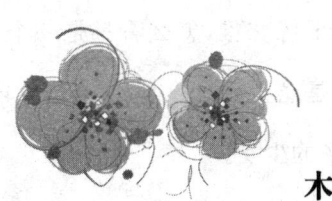

木槿花开

1

我在一个小俱乐部的私人派对上遇到陈离的。他在一群人中,远远地看着我,我对他露出一个明媚的笑脸,他就举起手中的杯子,冲我点头示意。

之后我辞了工作,跳槽去陈离的公司,做一份简单的办公室文秘之类的工作,轻松悠闲,但美中不足的是薪水不够丰厚,我有些失落,所谓鱼与熊掌不可兼得,所谓有得有失,我这样安慰自己。

陈离有应酬的时候,总会带上我,逢到有客

户劝酒，他总会巧妙地替我挡掉，因此心中除了一丝感激，也很乐意去吃一顿免费的午餐，潜意识中把陈离当成了一个不错的猎物。

听说他的老婆，跟着一个流浪画家远渡重洋去寻找浪漫去了，我开始相信，这个世界上真的有不爱钱的女人。陈离好歹也是身家千万，其精明干练儒雅，怎么看都是一个不错的结婚对象。缺点也不是没有，就是老了那么一点点，但毕竟还没有老到不堪，我又不是什么豆蔻年华的少女。

我承认自己不是一个爱情至上的人，相反倒有一点点看重物质带来的那一份踏实、令人心安的感觉。

每天从巷子口出来，我会遇到一个年轻的女人，穿着劣质的内衣，涂着国际名品的口红，挤公车挤出一身臭汗，省下一点钱，然后去星巴克喝一杯摩卡，这样的日子，想想都让人感到悲哀。

我把陈离当成了一棵改变自身处境的稻草，所以慢慢地接近他。

2

终于有一天，是春天，在去云水渡的路上，风中缤纷的落樱，细碎的花瓣儿随风起舞，这样的景致，毫无疑问地击中了陈离内心柔软的一面。他闭着眼睛微微陶醉地听着童安格的CD。他说他一直喜欢童安格的歌，有十年了。我忽然有一丝感动，一个男人，十年不变，是不是有一点点深情？

陈离从一个精致的盒子里取出一支烟，我掏出打火机替他点燃。他温情地说："我老了，只想有一个人陪着我，过几天安安静静的日子,在她的怀抱里好好地睡一觉。"我笑了:"这还不简单,只要你愿意,我保证会有一打青春漂亮的女孩子愿意。"陈离转回头看我,蔷生,你不懂,我要的是爱情而不是女人。我已经不惑之年了,没有野心了。我看着他,淡淡地笑:"你知不知道,你的想法很奢侈,还有那么点贪心。"

陈离听了哈哈大笑:"还没有人敢这样和我说话,小丫头,当心我炒了你。"他一边说着,一边俯过身来吻我,我没有躲避,不过他的吻,却不能令我眩惑,也没能令我窒息,我清醒地感受着他冰凉而柔软的唇。他贴着我的耳朵耳语,气息游离在耳朵附近,有一丝痒痒的温热。他问:"你愿意给我一个家吗?"不能不说我有些心动,打着哈哈问道:"算是求婚吗?"

陈离笑着点头。

我没有马上答应陈离,因为那次去云水渡风景区,在山的深处,偶然邂逅冷如风,很多事不能不说是宿命,只看他一眼,我便知道他是我的劫数,从此在劫难逃。

冷如风是一个风光摄影师,去云水渡采风拍照片,失足从悬崖边上滑下来,伤了胳膊,因为是初春,树叶还没有长出来,山还没有绿,所以游人稀少。受了伤的冷如风坐在树下的一块褐色石头上,皱着眉,脸色苍白。血滴下来,暗红的颜色。陈离让我回车上取纱布,帮他裹住伤口,冷如风痛得闭上了眼睛。

我有些心跳,陈离是看不到的。冷如风那张年轻棱角分明的脸、那双深邃秀气的眼睛,无一不让我迷惑,他身上有一种陈离所没有的味道，那种味道透着质感伴随着琳琳琅琅的声音击中了我。

我一直以为，我只要很多很多的钱，不要爱情，可是遇到冷如风以后，一切都变得不一样了。

3

为了感谢我的救命之恩，当然，这是冷如风夸张的说法，他请我去这个城市最好的西餐厅吃饭，位于21楼的旋转餐厅，窗外灯火辉煌，流光溢彩。

冷如风穿着旧旧的水洗布裤子，棉布夹克，背着一只帆布包，仿佛随时都要远行的样子，这样浪漫的氛围，却是一副旅人的打扮，够另类，我看了他一眼，他立刻敏感地笑道："我习惯了这样的穿戴。"

他送了我一本他刚出版的画册，很精美，是他过往的足迹。他耐心地给我讲着一张张照片的来历，构图，角度，用光，线条。碧海连天的草原风光，一望无际的沙漠胜景，海上日出，山上迷雾，古城遗址，在我看来，每一张都是精品，每一张都让我感动，甚至是发热，恨不能立刻背上行囊和他一起流浪，一站一站地走下去，永远没有尽头，这是我所能想到的最浪漫的事。

那个晚上，冷如风去了我的住处，细长的手指轻轻地抚着我的肌肤，给我的感觉和陈离是完全不一样的，那是狂放的、野性的、不安分的，像火星点燃了我心中最初的激情。

夜晚，我坐在露台上听阿杜，他的声音让我想起磨砂玻璃或夜晚开出的花朵，抑郁的、混沌的，心中很难受。我想离开陈离，可是想离开陈离就必须先离开他的公司，我在心中盘算着，开一家自己的公司,规模小点,自己当老板,然后慢慢脱离陈离的掌控。

4

打定主意,去找陈离摊牌,心中又有一丝犹豫,两年的时间毕竟不是一页就能翻过去的。想找一点铺垫的情节,可是又无从着手,除了面对之外别无选择。打好腹稿,傍晚早早地去陈离的寓所,亲手给他做了椒盐排骨、豆豉焖肉、水果沙拉。

陈离坐在客厅的沙发上看电视,我在厨房里忙碌,渐渐的,屋子里便有了家的味道,在厨房氤氲的热气中,我感到一丝温馨或者说是温暖。

其实我是个不爱下厨的女人,可是为了讨陈离的欢心,我的厨艺进步神速。我过去叫他吃饭时,他已经在沙发上睡着了,我看着这张既熟悉又陌生的脸,心中竟有些不舍。

陈离忽然睁开眼睛,看到我眼睛一眨不眨地盯着他看,便渐渐地绽开了笑容说:"蔷生,我是不是老了?"他这样问我。被他一问,我忽然觉得有些迷茫。我低着头,摆弄衣服上的第三颗纽扣,不知道怎样开口,半天,才冒失地问他:"还记得上次的那个冷如风吗?"

他点头,等着我继续说下去。

我忽然有些冲动,对他喊:"都是你不好,他流血,让他死,凭什么要管别人的闲事儿?""怎么了?蔷生。"良久,他突然醒悟似的问:"你爱上他了?"

我点头。

陈离伸手去拿茶几上的烟,手有些哆嗦,弹出一支烟,我拿起打火机替他点燃。吸完烟,他站起身去书柜里取出一只锦盒,打开来,是一枚铂金钻戒。他皱着眉头说:"我早就买了,一直放在那里,等着你爱上我。"

清醒如此,真不知道是好事还是坏事。

他看我的目光苍茫遥远,让人心里发毛。泪水流到腮边,他伸出手,轻轻地替我拭去。然后他拿起我的一只手,轻柔地抚了几下,却并没有为我戴上戒指,我的心才算安稳地落下,原以为他会为难我。

"你不会恨我吧?"我试探地问他。他摇头:"既然我不能给你幸福,就不该自私地奢望与你相守。"他伸出手,拍拍我的脸蛋说:"知道吗?我爱你。"

我的心跳了一下,以前陈离吝啬到从不肯说这句话。

5

迈出陈宅的大门,心忽然荒凉起来,这一扇大门,以后再也不会任我自由出入了。我理顺一下思绪,比原先设想得顺利很多,陈离就是陈离,他是睿智懂爱的男人。离开陈离之后,我并没有选择自己开公司,因为陈离建议我开美容院。

陈离最后的温情并没有阻挡我离开的脚步,我搬去冷如风租来的蜗居。原来我也并没能脱俗,内心深处一直向往着爱情,这么奢侈的东西。

白天冷如风不在家里,吊着一只胳膊,像一个幽魂一般在城市的四周转悠,寻找最佳的拍摄角度,城市的历史、风光、建筑、人物都是他镜头下的参照物,他有着敏感的触觉和良好的艺术修养。

而我则整天忙着打理美容院,刚刚开业,门庭冷落,让我烦恼不已。从前和陈离在一起,过着不用自己操一点心的日子。现在,我不但要打理好自己的日子,还要打理冷如风的生活,尽管笨手笨脚,但有冷如风在身边,日子想来还不至于涩而无味。

夜夜,我们在一起缠绵,冷如风用另一只没有受伤的胳膊绕住我,给我讲他从前的女友,给我讲他流浪途中的所见所闻,给我讲他受的苦,他说他热爱这种行走的生活方式。他对物质的那种不屑一顾让我崇拜,让我爱上他,让我感到自己的落俗,因为我爱钱,爱物质,爱一切能够使生活更加美好的东西。

我傻傻地问他:"现在有了我,以后你会在一个地方停留下来吗?"他几乎没有想,便用力地点头。

我开心地笑了。

尔后有一天,冷如风电话里跟一个朋友说出版画册的事儿,我在他的身后不安分地扯他的头发,又揪他的耳朵,或者吻他的手。他先是笑着摆手示意我不要闹,看我没有要停的意思,便用另一只手捂住话筒吼道:"你这人怎么这么讨厌?"

我愣在那儿,不知所措。

冷如风放下电话过来哄我:"宝贝,我这人就这坏脾气,时间久了,你就知道了,别生气好吗?"

我不理他,一个人推门出去。

在街上,走在很多人之中,忽然看到陈离开着宝马,极慢,孤独地在城市中走。看到我,慢慢地停下来,摇下车窗跟我打招呼。看着他身边的空位,心中仍然隐隐地痛,那个位置曾有两年的时间一直是我的。

6

街边的木槿花一树一树地开,纷纷扬扬的枝头,很热闹,我却无可救药地想起花开之后呢,我常常不可遏止地想到繁华背后隐隐的悲凉。就在那样的季节里,我收到了陈离的喜帖,他要结婚了。心中忽明忽暗,似喜似忧,明灭不清。似不舍,又似释然,如此矛盾的心情,只怕自己难以体会。

刻意去做了 SPA,躺在缤纷花瓣之中,心中仍然念念不忘陈离的新娘是一个什么样子的女人,好看是不用说的,不然凭什么打动陈离?出来之后,我又去做了头发,化精致的妆,穿 WHITE COLLAR 的水晶吊带的裙子,自认为无可挑剔,盛装告别不过是一个借口,内心里仍然是怕比不过陈离的新娘。

婚宴上,穿着白色婚纱礼服的新娘,不过是一个极平常的女子,从不曾设想过陈离会如此之快地踏入围城,而且是和一个平常得没有给我留下任何印象的女子,我有些失落。原以为陈离的新娘,即便不是娇艳如花,也一定是才貌出众。

我端着酒杯游离出人群之外,那些吵吵闹闹的人群,使我的心口堵得慌。陈离分花拂柳从人群中走过来,打量我,叹气道:"你还是那么漂亮。""老了,漂不漂亮有什么分别?"我自嘲地笑。陈离听了大笑起来:"这话听起来不像是你的口吻。""这么快结婚,也不像是你的风格。""没有你,和谁都一样。"

我听了心中绞痛。喝很多酒,大醉。陈离把我带到他的寓所,给我做了醒酒汤,然后便匆匆地驾车赶去他的洞房,今夜,他是新郎。

我坐在地板上,想着从前的过往,终于有泪涌出来,尔后不可遏制地汹涌起来。我一直以为,学会做菜,是为了讨他欢心,没有爱杂在其中。爱他,只为爱他的钱,后来我终于搞不清楚,自己爱他多一些,还是爱他的钱多一些。我一直以为有钱人,没有真心,不可能是我一生的依靠,他的钱,成了我和他之间不可逾越的一道屏障。

想到冷如风,心中便渐渐温暖起来,像一条冻僵了的蛇,在春天,渐渐地苏醒。

走了半宿,才回到家,远远地望着,房间里并没有开灯,黑乎乎的漆黑一片。进了屋,我并没有见到冷如风,有一丝冰凉的气息。打他的手机已关机,令我颇感意外。尔后发现冷如风视如珍宝,一刻不离的相机不见了,他的一只大大的帆布包也不见了,一股绝望的气息在屋子里弥漫,我不敢相信,冷如风就这样不见了。

事实上冷如风真的跑了,捎带着拿走了我的现金和首饰。是房东第二天上午来收房租的时候发现的,冷如风没有给我留下一毛钱。我竟然天真地以为,习惯了红尘羁旅的冷如风会为我停留。

我颓然坐在沙发上,想来我是一个贪婪的女人,生活在都市里,到处都是欲望与诱惑,把持不住自己,左手想要物质,右手想要爱情,贪婪的结果,只能是两手空空,轻易地舍弃了一份真心。

木槿花一树一树地开,绽放在风中的繁花依旧美丽,我仰着头看,一直看得流出了眼泪。一个小女孩从我身边经过,用稚嫩的童音喊着:"妈妈、妈妈,这个姐姐哭了。"我慢慢地蹲下身去,对小女孩说:"姐姐只是被花粉迷了眼睛。"

凉薄至此,令我的心冰冷而没有温度,我在自己的欲望中迷了路,找不到回家的路。

欠债还爱

1

遇到江小阳那天,是我最倒霉的一天。我的上司兼恋人朱大可,因为一单子合同,让我和他一起做假,被我无情地拒绝了,不是我有多么高尚,而是我不想违背自己做人的底线。

我第一次发现,他是那么虚伪,为了一点蝇头小利,居然做出这样为人所不齿的事情,我嗤之以鼻。他哀求我说:"展舒蕾,算我求求你了,帮公司渡过这一关,你就是公司的第一大功臣。否则……"

他的言下之意是,否则就走人。我才不稀

罕当什么第一大功臣,收拾东西,卷包走人,既然他不珍惜,我又何必念旧?

出了那幢西班牙风格的老式建筑,仰头看天,天还是那么蓝,太阳红苹果一样挂在天边。街上依旧车水马龙,红尘滚滚,现世安稳,并没有因为谁的心情不好而改变。

我买了两个汉堡,穿过马路,然后坐在广场的铁艺长椅上大快朵颐。广场上一派安静祥和,一个六七岁的小妹妹,梳两个羊角辫,穿公主裙,在喂鸽子。一些老人,穿了白衣白裤在打太极拳。有情侣在广场的一角窃窃私语,抵死缠绵。不远处的雕像下,有一溜艺术家在有偿画速写,江小阳就位列其中。

这么美好的世界,和我那点失恋失业之疼相比,的确算不了什么。我拖着小小的行李箱,跑到离我最近的雕像下,看艺术家画画。这一看不要紧,江小阳的画板上,居然是我坐在铁艺椅上吃汉堡,嘴巴里塞得鼓鼓的,和谁斗气似的,一副贪吃的模样,画面夸张又滑稽。

我一直苦苦修炼的淑女心经,顷刻跑到爪哇国,我指着江小阳的鼻子问他:"谁授权给你把我画成这样?"

江小阳不紧不慢地回应:"我正在画写生,谁让你不经允许,就私自闯进我的画面里来?我还没找你算账呢!"

很显然,江小阳是在强词夺理,因为他们这一溜五六个艺术家,都在画大头像,每张50元,明码标价,江小阳怎么会例外?

我伸出手去:"把画给我!"

江小阳痞劲也上来了,把手掌摊在我面前:"拿钱来!100元。"

我的鼻子都快气歪了:"有这么不讲理的人吗?你擅自侵犯我的肖像权,居然还好意思跟我要钱?"

江小阳甩了一下披肩长发,说实话,这家伙还真有点艺术家的气质,纤长的手指,略有些苍白的面孔,洗得发白的牛仔裤,一支画笔,在画板上游走自如,入木三分,但是说出来的话,却不那么动听:"我只是尊重自己的劳动,你想要画,就拿100元钱来,我这人心肠好,不趁火打劫多收你的,算你走运。"

为了防止我不雅的形象流传出去,我狠了狠心,把口袋里所有的零钞都掏出来,凑足50元,给了江小阳,怯怯地问他:"我没有现金,刷卡可以吗?"

江小阳翻着白眼上下打量我:"你当我是提款机啊?看你像一个体面的都市白领,想不到这么穷,这样吧,你再打一张50元的欠条给我,这张画就是你的了。"

万般无奈之下,我当真给江小阳打了一张50元的欠条,然后抱着那张破画,内心凄惶地走路回家,因为我已经没钱打车了。

2

在家养伤的日子里,日日睡到日上三竿,犹不能解除心中的郁闷,天生一个劳碌命,朝九晚五地过惯了,冷不丁一下停下来,还真有些不能适应。

朱大可天天打电话来,低声下气地检讨:"亲爱的,我错了,不该逼你做你不喜欢的事情,看在相识那么多年的面子上,我们从新开始好吗?"

我没好气地说:"你想上演马前泼水啊?覆水能收?"朱大可在电话那头吭吭哧哧地接不上话,我能想象得出,他涨红了脸的样子。

不是不珍惜那段旧情,只是经过商战的淘洗,朱大可变了颜色。他不是那种巧舌如簧,善于经商的材料,可是却偏偏抱定这棵歪脖子树,死也不松手。既然他不肯松手,只有我展舒蕾放手了,做不成恋人,也做不成朋友,那就做个陌路人吧!

我把手机关掉,扔在抽屉里,然后跟着朋友去攀岩、漂流、旅行,把自己调整到最佳状态,然后重新开始。

一个月后,我从丹巴古城采风回来,一打开手机,短消息蜂拥而至,父母的、朋友的、朱大可的,最可笑的还有江小阳的。这家伙居然在短信里质问我,为什么不回他手机短信,是不是为了逃债跑路了?

我忍不住笑出来,这家伙太搞笑了,为了区区50元钱,居然能想出我跑路了,简直太有才了。我给他打电话:"把你的银行账户给我,我把钱打到你的卡里。"他在电话里阴险地笑:"不行,还债的方式得由我选择,你请我去红梅餐厅吃西餐。"

"你有没有搞错啊?我只欠你50元钱,你居然要吃西餐,50元钱只够吃一块小小的牛排,外加喝一口西北风。"

江小阳也笑了,他犹豫了一下说:"这的确是个问题,这样吧,见了面再说。"

为了极早了结和江小阳之间的债务纠纷,我还是去红梅西餐厅见他。让我大跌眼镜的是,这家伙居然早早地等在那里,而且叫了满满一桌子东西,我扫了一眼,奶汁大虾、红菜汤、软炸马哈鱼、土豆沙拉、面包、黄油、果酱、奶油杂拌,还有红酒,天,点这么多东西,只怕500元钱都不够,这不是明目张胆地打劫吗?

江小阳似乎看出了我的不满,一个劲地说:"别那么小心眼,我们AA制好了。"

既然AA制,账单均分,我再无异议,更何况面对一桌子活色生香的美味,神经再坚强也经不起诱惑。

吃过之后,我就知道上当了,江小阳翻遍所有的口袋,居然没有带钱,也没有带卡,江小阳赖皮地说:"展舒蕾,我是一个穷画画的,没什么钱,饥一顿饱一顿,从来没有吃过这么好的,这样吧,等我有钱了,我一定加倍奉还。"

我哑巴吃黄连,有苦说不出,吃都吃了,总不能让他吐出来吧?我没好气地白他一眼:"从今天开始,我们之间的债务一笔勾销,互不相欠。"

江小阳正色说:"那可不行,我江某虽是一个穷画画的,但明白欠债还钱这个道理,我可不想沾你的便宜,毁了我一世英名。"

我不屑地说:"随便你,只要你不再找我的麻烦,你怎样都行!"

以为我以高于十倍的利息还上了江小阳的欠债,从此两清,再无瓜葛,就可以高枕无忧了,谁知道这下惹了更大的麻烦。

江小阳托快递公司每天送我一枝含苞欲放的红玫瑰,并附上卡片,声称这是欠账的利息。有几回,被朱大可碰上,他竟然来了醋

劲,说是一定要把我抢回来。我暗自好笑,在一起的时候,并不见他有多珍惜,见有人抢了他也来争,早知今日,何必当初呢?

3

一家动漫公司招聘模特,是为了一款网络游戏寻找原型,要求是古典、清秀、出尘、飘逸,待遇不菲。我动了心思,是因为待遇不菲那几个字。失业那么久了,也该正儿八经地找个事情做,省得老妈天天骂我不务正业。

去应聘那天,居然遇上江小阳,他西装革履,一改往日的浪荡不羁的风格,他穿正装的样子挺有派头的,仿佛一下子成熟了许多。我顾不得矜持,一下子有了他乡遇故知的感觉,上前拉住他说:"你也是来应聘的啊?"

他回头抵着我的耳朵轻语:"别拉拉扯扯的,让人以为咱们不清不白。"我的脸一下子红了,咬牙切齿地对他说:"真是狗嘴里吐不出象牙。"

江小阳坏笑:"等我哪天向你求婚,狗嘴里就长出象牙了。"一句话没有说完,那边有人喊:"江总,董事长来了,你要不要去见一下?"

我慌张地立于旁边,看着江小阳快步离开,半天没有回过神来。

江小阳这个疯子,根本不是什么流浪画家,而是这家动漫公司的老总。

我没有心情再去应聘,往回走,脚步起起落落,像我心中不能舒展的心事,七上八下。这个家伙为什么要扮成流浪画家,因为50元钱与我纠缠不休?劫财吗?显然不可能,因为我没钱。劫色吗?本姑娘充其量也就算五官端正,根本算不上倾国倾城,那他图什么呢?

脑子里像塞了糨糊一般,一会儿欢喜,一会儿忧伤,想不到江小阳开着皇冠从后面追上来,他摇下车窗,招手示意我上车,我假装没看到,对他不理不睬。江小阳就开着车缓缓地跟在我的旁边,不大一会儿工夫,他的身后就压了一长串的车龙,蜂鸣般的喇叭此起彼伏,我终于抵挡不住江小阳的赖皮,上了他的车。

我负气地说:"上了你的车,并不代表什么,你别想歪了。"江小阳并不理会我的自说自话,他把车里的音乐换成了《寂静的山林》,我喧嚣的心渐渐安静下来,他捉住我的手问:"敢不敢跟我回家去见家长?"我摇了摇头:"我凭什么去见他们啊?"

江小阳正色说:"凭你是我女朋友。"

我不吭声,看住他,他温柔的目光罩住我,我无处可逃。

4

江小阳的母亲是个妇科医生,穿丝绒暗花衣服,梳高高的发髻,坐在客厅的红木椅子上,高贵逼人。江小阳的父亲,早年闯荡商海,如今早已事业有成,江小阳不过是给父亲打工。

一入江家,我的第一感觉就是想逃,凝重的氛围让我无所适从。家宴尚未结束,江小阳就与母亲在另外一间屋子里吵了起来。侧耳细听,隐隐约约地听江母说:"这个女孩曾陪朋友到我那儿做过人流,想来她有那样的朋友,她也不会是什么好东西。"江母的话字字句句如万支细箭一下子射掉了我的自尊。是的,两年前,闺中密友终身误托非人,一失足成千古恨,是我陪她去医院了却那段孽缘的。

江小阳不知说了句什么,只听江母的声音陡然提高了八度:"我们江家是有头有脸要面子的人家,你若执意娶她,那么你就必须放弃你在江家的一切。"

江家的家宴,因为我,不欢而散。

本来,我也并没有什么奢求过什么,所以也就无所谓失去什么,只是,想起江小阳时,心中不知为什么会隐隐地痛。

三天之后,江小阳来找我,我拒不开门,我不想和这个家伙再扯上任何关系,不想让人一箭一箭射掉我那点可怜的自尊。谁知江小阳在门外小声嘟囔:"当初我并不是有意要骗你的,美院毕业以后,我一直没有真正地画过画,去广场画速描,是怕基本功就着饭一起吃下去了,当然,顺便能骗个美女就更好了。"

这家伙,就是改不掉油嘴滑舌的毛病。我不理他,他在门外低声下气地哀求:"我辞掉了动漫公司的工作,无家可归了,求求你收留我吧!"

眼泪无声无息地漫上来,打开门,我哽咽地说:"你怎么那么傻啊?"他嘻嘻傻笑:"看来我真得去当个流浪画家了,你会不会嫌我穷?"

我把手伸到他面前,手心向上:"我是你最大的债主,收利息了。"江小阳变戏法似的,从内衣的口袋里掏出一枝鲜红欲滴的红玫瑰。我拿到鼻子底下,深深地嗅了一下,馥郁芬芳,有爱情的味道。

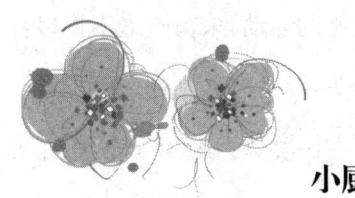
小厨娘

1

那时候，我和莲心结婚已经三年，婚姻生活正处于三年之痒的敏感阶段。

有一天傍晚下班后，办公室里的德语翻译朱茵，下楼梯的时候不小心扭伤了脚，脚脖子一下肿得很粗，她蹙着眉头坐在楼梯上，我忙问她，送你去医院吧？她点了点头。她的脚却不能走路，我只好抱着她下楼去拿车。

她不是很重，50KG左右的样子，我把她抱起来，她的双手吊在我的脖子上，我忽然觉得窒息，她离我很近，身上若有若无的一生之水的味道，清新淡雅，令我迷惑，刹时间不知身在何处？我想起妻子莲心，她的身上是永远也洗不净的油烟味，有时候夜里抱着她，我怀疑自己是在厨房里。

我低下头看朱茵，她红红的唇，饱满丰润，像一朵含苞的花蕾，我有想吻她的冲动，朱茵丝毫不畏惧我的目光，看得我心慌意乱，我只好转过头，眼睛看着别处。

那天在医院里折腾到很晚，拍片子，做X光透视，确定没有骨折之后，才敷了外用药，服了消炎药，顺便拿了一包子药，又把她送回到家里，看看天都快亮了，她说，别走了，在这儿凑合一宿吧！

我摇了摇头，开玩笑道，不了，我怕我会犯错误。她听了莞尔一笑，有几分委屈，似乎又有几分纵容，我当你是铁打的心肠，根本不懂浪漫这一说。

我几乎逃跑一样逃离开朱茵，直到回到家，我的心绪还不平静，在车里坐了半天，吸了一支烟，我真的喜欢朱茵这个女孩，青春，阳光，敢爱敢恨，特别是职场上的专业素质，令我刮目相看。

我悄悄开了门，蹑手蹑脚溜回家里，我怕吵醒妻子，我怕跟她解释。从洗手间出来去厨房喝水，灯却忽然亮了，吓了我一跳。原来她坐在厨房的餐桌旁边等我，桌子上是我平常爱吃的菜，看样子已经热了好几个来回，却并不曾动筷。她还是那样，不管多晚都会等我回来吃饭。

莲心并没有问我去哪儿了，和谁在一起，只是问我，吃饭了吗？我说没有。她说，我去给你热一下吧？我忽然觉得她很虚伪，前天中午,她明明在街上看到我和朱茵在一起吃饭,可是回来后,她只字不提,并没有问我那个女孩是谁,她爱我爱到不吃醋?怎么可能?

我觉得有什么东西如鲠在喉,很难受,我摇了摇头,但她还是执意要去热菜,我再也控制不住自己,对她吼,我都说了不吃。我伸手去夺她手里端着的盘子,不成想,一盘子的可乐鸡翅,在争夺中,"哗啦"一下掉到地上,盘子碎成了很多的碎片,她一转身,脚不小心踩到碎片上,立刻洇出一片红,她找到扫帚一语不发地收拾着。

2

她的隐忍令我觉得难受,更加想迅速逃离这个家。

当初她不是这样的,第一次遇到她,是在一个商务性质的谈判会上,她是一个优雅、睿智的女子,口齿伶俐,条理清晰,思维敏捷,一直把我逼到角落里,没有回旋的余地,脸上才露出恬淡的笑容。

那次针锋相对的谈判,我输了,输得一塌糊涂,输得心甘情愿,输得鼻尖上渗出了细细的小汗珠,但却对这个厉害的对手留下了深刻的印象。

她有一个好听的名字,叫莲心,

那时候她还不会做饭,十根手指修长,纤细,白皙,像雨后竹下冒出的嫩笋,不曾接受洗衣水和淘米水的浸染,我盯着她的手指看的时候,冲动地想捉过来,给她套上一枚指环。

后来经过我不懈的追求,她终于答应了我的求婚,梦想成真的时候,我把她的手捉过来放到唇边,轻轻地吻了一下,幸福得找不到北,从此过上了柴米油盐的家常生活。

不知道从什么时候开始,莲心变成了一个恋家和热爱厨房的女人,一有时间就驻留在厨房里,打理那些汤汤水水,她的拿手菜是可乐鸡翅,凭良心说,真的很好吃,可是即便是大餐,天天吃也可能吃腻了,更何况一道可乐鸡翅?我有些不解,一个职业女性,怎么一结婚就沦落到厨房里呢,吃饭这样的小事可以出去吃或叫外卖,把时间都搭到厨房里,不值。

再下班回家,按住门铃的手有些迟疑,结婚三年,她像变了一个人,不修边幅,说话很大声,唠唠叨叨,说那些我听过很多次的话,像一个苦大仇深的更年期女性。

门开了,她站在门里,头发散乱地用一根橡皮筋扎在脑后,穿着一件宽大邋遢的大T恤,下身穿了一条花短裤,颈下围着脏兮兮的围裙,右手提着炒菜用的铲子,左手在围裙上来来回回地蹭,看到我,笑得没有分寸,露出嘴里两颗小龅牙。

从前我是那么喜欢看她笑,那两颗小龅牙,虽然没有巩俐的那么精致,可是我喜欢。现在看到她笑,我竟然忍不住说,哪天找个好一点的牙医,把那两颗龅牙修一下。她听了,笑容一下子凝在嘴角。

夜里,抱着她,闻着她身上的葱花味,竟然有睡在厨房里的错觉。

3

我开始喜欢在办公室里耽搁,下班了不肯回家,因为公司里来了一个年轻漂亮的女孩,是公司新招的德语翻译,她大方,能干,敬业,眸子里闪着职业女性那种特有的自信,给死气沉沉的办公室里注入了新的活力。

女孩和我握手的时候,嫣然一笑,落落大方地说,请多关照。我的心忽然"嗵嗵"跳了两下,那种久违的感觉令我心慌意乱。

我越来越频繁地加班,妻子莲心总是打电话问我,回不回家吃饭,问得次数多了,我就不耐烦起来,在电话里对着她喊,你自己吃吧,别老是问我,你烦不烦啊?后来,她不再问我,不管我回不回家,每天晚上都做好两菜一汤,然后坐在餐厅里等我,凉了热,热了凉,常常我深夜回到家,她依旧坐在那儿,像一尊雕塑,一动不动。

她下班回来,总是先去超市,精心挑选上好的鸡翅,给我烧可乐鸡翅,她像做一项非常严谨的工作一样一丝不苟地做那道据说有独家秘方的可乐鸡翅,像喂她的宠物狗一样喂我吃东西,我的心中自然而然多了几分厌烦。

耽搁了许久,我们一直在冷漠中对峙,最终分居,是妻子提出来的,她终于下决心放我走,她没有哭也没有闹,我原来的担心完全是多余的,她冷冷地说,留不住你的心,留住你的人也没什么意思,只是希望你过得比我好,找到你所谓的幸福。

她依旧住在原来的家里,而我转身搬去了朱茵那里。临走那天,她给我收拾了几件衣服,非常简单,好像不是分居,只是出差。最后她把一瓶胃药塞进包里说,记得吃,你的胃不好,不能吃生冷硬的东西,别忘了,还有内衣,别忘了两天换一次。

我不知道说什么好,坐在床边看着她收拾,我想好了,只要她说,你别走了,留下吧!我就留下不走,尽管此前我曾多次幻想着离

开这个黄脸婆,过一种全新的生活,而这种新生活只有朱茵能够给我。可是真的盼到了这一天,我竟有些犹豫不决。

最终,她还是掉了眼泪,为我的绝情。我也掉了眼泪,为她的通情达理。但眼泪却阻止不了我的脚步。

4

我和朱茵同居了,年轻的女孩多半不喜欢下厨,朱茵也不例外,她怕油盐熏坏了漂亮的脸蛋,她怕身上沾染上难闻的油烟味。我们很少在自己家里做饭,大多数时间一起去饭店里吃,我们俩的工资即使天天在饭店里吃也花不完。朱茵不喜欢洗衣服,她怕长长的指甲洗衣服洗花了,外衣大多拿到干洗店里,小衣物统统丢进洗衣机。

她的身上没有葱花味,只有好闻的甜香型香水味。我并不在意她是否下厨,男人和女人在一起,并不是为了吃东西,而是因为相爱。

朱茵喜欢我骑摩托车载她兜风,我喜欢女孩坐在我身后的尖叫,令我觉得很刺激。

有一次去郊外,在一段劈山路的悬崖边上,开满了金黄的野菊,她怂恿我爬上去踩,为了博得心爱的女孩一笑,我真的爬上去踩花,结果摔下来,右膝骨折。拍片子,做X光透视,不停地换药,在医院里折腾了好长一段时间,终于吃厌了医院里的饭菜,忽然想吃从前妻子莲心做的可乐鸡翅,但却不敢对女孩说,只说想吃女孩亲自下厨烧的菜,一定非常香,怕女孩不答应,加重了语气,说得很诱惑,没想到女孩答应得非常痛快,我安慰地在女孩的脸蛋上捏了一下。

女孩回家做饭的时候,我趴在窗台上看外面的小鸟打架,目光渐渐落至街边行人的身上,一个女孩窈窕轻盈,穿着长靴,酒红的长发在风中张扬地飞,真的是她,我看着她进了街边的一家饭店里,我盯着那家饭店进进出出的客人发呆,很久。

女孩回来,我笑着问她,你给我做了什么吃的?一定非常香吧?女孩笑,说,是可乐鸡翅,你尝尝。我拿了一块放在嘴边,问她,是你亲自下厨做的吗?女孩点点头说是,问我好吃吗?我说好吃、好吃,脸上笑着,心里却在流泪,因为她骗我。

在那个黄昏的斜阳下,我想了很多,我想起从前,每次下班回家,妻子必定是在厨房里迎接我回家,做很多很多好吃的给我,我曾无比厌烦地吼,我找的是妻子,不是厨娘,你为什么就那么贪恋厨房呢?想起她曾经调皮地说,我是你美丽的小厨娘。

5

想起过往的种种,脑海里不由得冒出一个傻傻的念头,妻子还会为我做上一盘可乐鸡翅吗?

我想给她打电话,几番犹豫之后,终于鼓足勇气拨了她的手机,长久的铃声之后,听筒里响起了那个我熟悉的声音,我心跳如鼓,像当年追她那样忐忑,怕她拒绝,怕她沉默。

我嗫嚅着,我生病了,住在医院里,没有人照顾,你能来接我吗?她犹豫了半天,在我就要放弃的时候,想不到她答应了。

我高兴地哼起了歌,有一种久违了的狂喜,想着那么久没有见到她,不知她会变成什么样子,会不会更邋遢了?

当妻子站在我面前的时候,我一下子傻掉了,整个房间都亮了起来,她穿着精致的真丝衣裙,高跟鞋,身上隐隐地逸出鸦片香水的淡香,长发飘逸,一如我初次见到她时的样子,优雅、睿智,而不是我熟悉的炒菜炝锅的葱花味。

她接我回家,家里什么都没变,一切还和从前一样,只是厨房里,再也没有油烟味,干净得一尘不染,仿佛很久都没有做过饭的样子。厨房的灶具上落了一层薄薄的灰尘,我伸手摸了一下,问她,你可以再为我做一次可乐鸡翅吗?她答应了,我看着她换掉高跟鞋,熟练地穿上围裙,起火,炝锅,半个小时之后端出一盘色香味俱佳的可乐鸡翅。

我忽然明白,没有人天生愿意做饭,哪怕为自己,我离开的日子里,她必定没有为自己做过一餐饭,只有为所爱的人,才会心甘情愿地忍受烟熏火烤。相爱的人在一起,过的是烟火生活,而我却一直停留在风花雪月的表层,连我喜欢的那个做德语翻译的女孩,其实亦不过是她从前的翻版,可是那女孩却不愿意为我下厨,怕下厨弄坏了十根手指上精致的蔻丹,怕被烟火熏成黄脸婆。我知道女孩亦爱我,但如果有一个参照物的情况下,我才发现她其实更爱自己,她的爱,其实很苍白。

活了小半辈子,我终于明白了一个道理,那个肯为你下厨的人,那个肯为你忍受烟熏火烤的人,一定是最爱你的人,比如小时候的父母,长大后的妻。

金房子在哪里

有一个女人,总觉得远处的山顶上有一幢更漂亮的金房子,于是她翻过高山,趟过大河,越过丛林,千辛万苦地到达山顶的金房子……

生活的旁观者

那天和平常并没有什么不同,博文下班回来,左手提着鱼,右手拿着碧绿的西兰花,一头扎进厨房开始忙碌。不大一会儿,就做了两个菜一个汤,清蒸鳕鱼、西兰花炒虾仁、紫菜蛋花汤。

我在阳台上给绿萝浇水,闻到厨房里窜出来的香味,心中生出令人窒息的疼痛,手一抖,

水流到花盆外面，犹不自知。博文在厨房里喊我："小馋猫，吃饭了！快来。"

博文的声音其实并不大，但是对于我，却像打雷一样，我惊醒过来，放下手中小巧的喷壶，抹了一把快要奔突而出的泪，内疚难过之情，像乌云一样，压境而来。博文跑过来，说："柏菲，你磨蹭什么？吃饭了！"

他拥着我去厨房，啰啰嗦嗦地说："馋猫，这都是你喜欢的菜。"

我点点头。

结婚5年了，他待我犹如女儿，宠我犹如公主，繁琐的家务活不让我插手，朝九晚五的工作也帮我辞了，理由是我的心脏太脆弱，经受不起任何的刺激和劳累，太剧烈的运动不能进行，太疯狂的社交派对不能参加，甚至连饭都不能吃得太饱，因为我那颗娇弱的心脏随时会罢工。

我每天除了侍弄那些花花草草，就是听和缓如轻风一样的音乐，像一条鱼，活在氧气相对充足的鱼缸里，很安逸，但却成了生活的旁观者。我厌倦了这样的日子，没有冲动，没有激情，一成不变。博文像一个苛刻的监工，总是规定我不许做这，不许做那，我厌烦他对我的生活指手画脚，规范条条框框，我想打破这些，过一种全新的日子。

吃完饭，博文拿着摇控器在沙发上打盹，我轻轻地关掉电视，在灯下注视着这个日日奔波、回家后却要像老妈一样照顾我的男人，心中不是没有不舍和依恋，他才32岁，鬓边居然有了一根白发……

博文突然睁开眼睛，问我："馋猫，我脸上开出花朵、还是结出大米了？怎么这样看着自家的男人？"

我沉默了一会儿，忍不住说："博文，我想离婚。"

宋博文的反应很大，他"嚯"地一下从沙发上站起来，不相信地问了一句："你说什么？离婚？"我点点头。他重重地坐回沙发里，点了一支烟，很久，悻悻地问了句："为什么？我那么爱你，你说个理由，有人比我更爱你吗？"

我咬住嘴唇，义无反顾地说："我爱上了一个前卫艺术家。"

最初，博文死活都不同意，他说："没有我这棵树，你会像藤一样萎地。"我梗着脖子回他："这个家一点生气都没有，每一天都是前一天的翻版，生活呆板得让人窒息，我过够了，我要尽情地绽放生命，像烟花，哪怕只有一天，我无悔。"

他呆住。愣愣地看我。

前卫艺术家

我是在一个朋友家里认识的那个前卫艺术家，他的名字很特别，土洋结合，叫阿P，摄影绘画行为艺术样样都能来几下。

那人博文也见过，长发飘逸，手指颀长，脸色苍白，神情忧郁。宋博文不屑地讥讽："那样颀长的手指怎么会为你下厨？那样忧郁的眼神肯定长着一个天才诗人的头脑，怎么会体会到人间的柴珍和米贵？"

可是我爱上了，爱得无比迅速，犹如飞蛾扑火，跟着他去酒吧喝酒到天亮，跟着他去私人派对上疯狂和尖叫，璀璨的灯光下，我和他相对而舞,一直舞到晕倒。

宋博文低声下气地求我:"柏菲,求你爱惜自己,为你自己,好吗?"我摇摇头:"如果你爱我,请放手,是谁说过,放手也是一种爱。"

我以绝食相逼,终于求得了自由。

阿P是个性情中人,待我很好,我和他在一起,很快乐,过着一种和过去截然不同的生活。过去在家里,一天吃三顿饭,现在什么时候高兴了什么时候吃,有时候两三天不吃,饿得两眼冒金星。有时候,倾家所有,跑去全城最豪华的饭店吃大餐,接下来的日子都喝西北风,生活充满了惊险和刺激,永远不知道下一天会发生什么事情。

有一天傍晚,阿P在他简陋的公寓里弹钢琴,华丽的《水边狄阿丽娜》从他的指下缓缓地流出,音乐把我带进了另外一个天地,我蜷缩在墙角的地板上,喝啤酒,想博文。这个时间段,他该下班了,他该在厨房里忙碌。阿P的手能奏出华丽的乐章,博文的手能做出美味的食物,我的耳边仿佛又响起了博文的声音:小馋猫,吃饭了!眼泪不听话地流出来,不能遏制,我仿佛闻到了清蒸鳕鱼的香味。

不知道什么时候,阿P走到我身后,他伸手夺下我手中的啤酒说:"今天,你老公给我打电话了,他说你有心脏病,不能受刺激,他那么爱你,你干吗一定要离开他呢?"

我瞪了阿P一眼:"我们是凡夫俗子的烟火之爱,你当然不会懂。"

我和阿P其实很清白,没有感情上的纠缠不清,更没有身体上的纠缠不清,我没有上过他的床,他也没有要过我的身体,我们有的只是惺惺相惜,他只是我离开博文的借口,这一点,我们都很清楚。

金房子在哪里

阿P去西藏采风的时候,我终于病倒了。

从前被博文捧在手心里,玻璃一样脆弱的人,像一株颓败的植物,蜷缩在医院的一个角落里,心脏病复发,可是需要支付医药费的时候,我发现自己根本没有这个能力。

我穿着条纹病号服,长发散乱地披在肩上,靠着床头,终于像一只猫一样安静下来,内心里拼命抵制着想给博文打电话的冲动。

焦躁把我点燃,我跑去走廊里吸烟,劣质的纸烟在苍白的指间燃着,冒着袅袅的白烟。不知道什么时候,博文真的来了,他悄无声息地站在我的身边,轻轻地把我指间的烟夺下来,狠狠地凶我:"你不要命了?好端端的,干吗跟自己过不去?"

猛然看见博文,我的心狠狠地疼痛了一下,他瘦了,头发也有点长,脸上的神色有些清凛。我仿佛一个受了委屈的孩子,眼神虚弱地看着别处,拼命压抑着要奔突而出的泪,冷冷地说:"我是一个不知好歹的女人,你干吗要来看我?"

博文不怒,他的笑容还是那么温暖,他是这个世界上对我最好的男人,他说:"我给你讲一个故事吧,有一个幸福的女人,住在一座漂亮的金房子里,可是金房子住久了,总觉得远处的山顶上有一幢更漂亮的金房子,于是她翻过高山,趟过大河,越过丛林,千辛万苦地到达山顶的金房子,可是那所所谓的金房子却是一处断垣残壁。

她回过头来,看到远处的山底下有处金碧辉煌的金房子,那正是她原来的家。"

他牵起她的手说:"回家吧!阿P打电话来,说你住院了,让我接你回家!"

我没好气地骂阿P,真是个多事的男人!一边揉他:"你可真够死心眼的,干吗还要回来找我?我就是那个不知好歹到处找金房子的女人。"他说:"我给你交了住院费,你安心养病,好了咱就回家!别再折腾自己了!"

我把他往门口推,任性而倔强:"我不会跟你回去的!你找个能给你生宝宝的好女人过日子,忘了我吧!"

博文站在门口不动,他说:"我知你那点小心思,在我心里,你是最好的,没有孩子,我们一样能相亲相爱到老,不是吗?以后别再上演这样的苦情戏,我心里不好受。"

我停止了动作,看着他,一直看,三十秒,如同一个世纪,泪水顺着脸颊无声无息地滑落。我和博文恋爱3年,结婚5年,在一起整整8年的时间,因为那个该死的心脏病,不但没有给他生个孩子,而且成为他生活的负累,他白天上班,怕我在家里犯病,随时随地找借口往家里打电话,因为分心,失去了很多升职的机会。夜里睡觉,因为怕我犯病,总是睁一只眼,闭一只眼,半睡半醒,结婚5年,他没有睡过一个安稳觉。我又不是铁石心肠的女人,怎么会不知道?怎么忍心拖累他一辈子?所以我想把自由还给他。

他轻轻地把我拥进怀里,附在我的耳边说:"小馋猫,你可真傻,没有你我的生活一片空白,我习惯了回家看到你,习惯了为你忙碌,习惯了你管着我。"我的心疼痛得像一片片莲花的花瓣,终于在他的臂弯里妥协:"我再也不会离开你了,死也不离开你,缠你一辈子。"

　　幸福攥在手里的时候,除了珍惜,还是珍惜,懂得珍惜的人,幸福才会长长远远。

爱情遗物

他匆匆离去的时候，留给我的遗物不是名车豪宅百万家产，而是一个日记本和一个男人……

写着秘密的日记本

能够平静地面对他的那些遗物，已经是一年以后。

彼时，我看着陆生在医院里耗尽最后一点力气，带着诸多的遗憾和恋恋不舍，匆匆撒手人寰，顿时觉得天昏地暗，犹如掉进万丈深渊，天地间混沌一片。这个世界上从此再也没有可以和我牵手的那个人，雪天为我捂脚，雨天为我送伞,心烦的时候可以和他吵架,快乐的时候可以和他分享,这个狠心的人独自去了一个叫天堂的地方,留下我遗世独立,我的快乐便像一树繁花,从此凋谢。

我像一只孤单的鸟儿,纵然飞翔,也是寂寥无比。孑然一身,宛如深谷里见不到阳光的花朵,纵然绽放,也不会绚丽。苟且偷生,犹如一根绵软细长的藤,没有了他那棵树的支撑,瞬间萎地。失掉他,那份疼,犹如剜心割肝,一波一波袭来,终于心痛成伤。

坐在灯下,翻看陆生留下来的那些旧物,一个精致的湖蓝色缎面日记本、上大学时他写给我的情书、我送给他的生日礼物。那时候,经济上窘迫,他过生日时,我只能送他一枚廉价的领带夹,他当成宝贝一样,珍藏在小盒子里。还有我给他织的绒线手套、长围巾……

那时候,他总是红着脸对我说:"走,我请你吃饭去!"然后带我到街边的小拉面馆,一人一碗面条,相对而坐。在袅袅的热气中,吃到最后,我的碗底总会有两只荷包蛋,而他的碗里没有。那时候我就想,毕业了,我一定会嫁给他。

翻看的时候,泪水不知道什么时候轻轻地爬上了睫毛,如果早知道在一起的时间这样的仓促和短暂,我不会为了过年去谁家而和他争吵不休;不会因为他在街上多看了一眼美女,就任性地指责他花心没有责任感;更不会因为他把家里弄得一团糟这样的小事而负气地离家出走。太多后悔的事,却是不能一一弥补的,因为这世间根本没有后悔药。

陆生曾在最后的时候,曾笑着跟我说:"遇到合适的人,就把自己嫁了吧,别让我牵挂。"他是当笑话说的,但我却知道,那是他最后的遗言。我也笑:"别丢下我一个人,你舍得吗?我知道你会好起来的。"我知道,这样的话语是多么苍白无力,给他披了披被角时,手有点不听使唤,分明是笑着的,可是笑容里却浸满了泪水。

我抱着那本湖蓝色的缎面日记本,想起陆生生前种种,这些事像过电影一样,在我的脑子里反复了很多次,每一次都是在讨债式的追索中睡去。梦里,我看到他在朝我笑。我跟他祈求,跟我回家吧,我不会再撒娇任性,把日子过得皱巴巴的,我会好好珍惜和你在一起的时间。他只笑,不说话,笑容还是那么好看和温暖。我想抓住他的手,可是却怎么都抓不住……

醒来,枕边是一滩清泪;窗边,是清冷的凉月。

他留了一个男人给我

一度,我几近崩溃与迷失,常常一个人半夜里惊醒,睁着眼睛到天明,不能睡,一闭上眼睛梦里梦外都是他。可是,睁开眼睛,仍然是想他。想起他的时候,两个人一起上班,一起下班,一起买菜,一起旅行,几乎从来没有分开过,就算是吵架,现在想起来,亦是甜蜜的。我看着床头柜上他的笑容,已经被封存在时间的记忆里,定格在时光的尽头,泪水忍不住落了又落。

没有了他,我几乎不能正常地生活,我真的是被他宠坏了。

去交水电费,找不到缴费的地方,在街上转了好几个圈之后,终于想起给他的朋友打电话,结结巴巴地说:"子良,我在街上迷路了,你能过来一下吗?"子良答应一声,开着车很快就赶到了。缴费这样的小问题,对于他来说,根本不算什么问题。

子良是陆生的朋友,他的喜好品位几乎和陆生差不多,两个人是从小玩到大的好朋友,上大学的时候我就认识他,因为他常常会在假期来找陆生。子良是一个有些腼腆的男生,话不多,但很真诚。陆生去世前,曾叮嘱我:"有事找子良,他是个好人,会帮你的。"

子良以陆生的朋友的身份介入了我的生活,照顾我,陪伴我,劝慰我,尽心竭力。我一个人孤独地生活在这座北方城市里,除了子良便无可依靠。他陪着我选墓地,操持葬礼,疗伤。家里的事情更不在话下,修水龙头,换灯泡,搬运重物,甚至夜里失眠,他都及时赶过来陪我。

有一天,我忽然发现自己对这个人产生了深深的依赖。陆生去世以后,我以为自己从此心如止水,如深山古刹里无欲无念的老尼,身虽在,心已逝,此生再也不会爱上别人。可是,上天偏偏跟我开了一个玩笑,想不到这么快就对另外一个人有了感觉,而且这个人还是陆生的好朋友,我的心里有了深深的负疚,睡不着的时候,我一遍遍地问自己,我是坏女人吗?对爱情不忠的坏女人?我究竟有多爱陆生?是像自己想象的那样吗?

夜里做噩梦,忍不住又给子良打电话,子良带着睡意的声音说:"别怕,我马上就到。"可是当他轻轻地把我揽进怀里,慢慢平静下来之后,我又本能地开始拒绝,拼命地把他往门外推。

我陷入了深深的矛盾和自责之中,觉得自己是一个没良心的小

爱情遗物

女人,这么快就辜负了深爱自己的男人。

可是当我早晨起床后,看到子良蜷缩在门外,倚着墙壁睡着时的样子,心底的柔软和吝惜又悄悄泛滥开来,我怎么可以这样对待一个喜欢我爱我的人呢?

三个人,一段爱

泪水落在那本湖蓝色缎面的日记本上,我轻轻地拿起来,慢慢打开,一行字跃入眼帘:汀兰。汀兰是我的名字。有着茉莉花香味的蓝色印花底色上,是陆生洒脱有力的笔迹。汀兰,你看到这段话的时候,说明你已经从失去我的痛苦中走出来了。我辜负了自己的诺言,不能照顾你一生一世,我托了我的朋友子良照顾你,我活着的时候就知道他喜欢你,如果你也喜欢他,我愿意看到你们幸福,如果你不喜欢他,也别勉强自己,一段爱情结束了,新的生活开始了,新的开始,并不意味着忘记过去⋯⋯

我悲恸得不能自抑,伏在陆生那些遗物上,失声大哭。

决定和子良结婚的时候,第一个想到要告诉的人不是父母,不是朋友,不是同事,而是陆生。我和子良抱着大束的白菊花去看陆生,那段路,仿佛很近,又仿佛很远,我的心中各种滋味混合在一起,独眠于苍松翠柏之中的陆生,一定会看到我和子良是一起来的。

阵阵松涛有如我的呜咽,看着墓碑上陆生的照片,近在咫尺,却又天地相隔。我用手轻轻地抚着他的照片,泪水像断了线的珍珠。我哽咽:"陆生,你真的愿意我嫁给子良吗?你告诉我,你真的愿意吗?爱到底是什么?"

子良扶起我说:"爱不是香车豪宅更不是银行卡上的数字,爱是我要你幸福,看着你幸福,一生一世的幸福。"

我抬头看子良,子良说:"别看我,这些话是陆生说的,他临终前曾嘱托我要好好照顾你,一辈子。"

我泣不成声,给我做月老红娘的人,想不到竟然是陆生。

我很不幸,结婚三年,就失掉爱人,成了一只孤雁。我又很幸福,遇到两个深爱我的男人。

很多时候,我们以为,爱就是那些看得见摸得着的物质,没有了物质这个载体,再美好的爱情也是空洞和乏味的,像电视《蜗居》里说的那样,若爱,先奉上钞票和房子,让流浪的情感和身体有一个归宿。可是,谁能说陆生给我的,不是爱?

真爱,只有那些经历过痛苦和磨难的人才会懂得和珍惜,就像蚌里的珍珠,那是泪和血成就的光彩夺目。

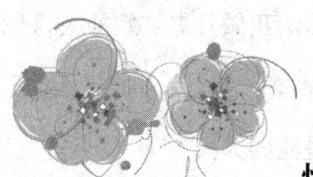

快乐的城堡

1

著名导演冯小刚有一句经典的调侃：我最大的本事就是迅速将事情庸俗化。我嘲笑老公徐非凡也有这本事，他从被窝里伸出一只脚踢我，振振有词地反驳道，庸俗并不可怕，凡俗的婚姻生活会把每一个人都变得庸俗不堪，试想，柴米油盐，煮饭洗衣，种种繁琐俗事是婚姻城堡里的必修课，只要不媚俗，只要不自甘堕落，庸俗一点怕什么！

他的奇谈怪论，差点没把我鼻子气歪。

闺蜜林婉莹也是结了婚的人，看看人家，怎

么就没有被琐碎凡俗的婚姻生活拖下水呢？林婉莹是滨城里小有名气的服装设计师，结婚三年，至今没有要 BABY，依旧和老公保持着同屋分居的状态，两个人永远像初恋那样保持着新鲜感，想要说说私房话，也会跑到名典咖啡，像情人那样深情款款地执手凝望。而家里永远没有烟火的气息，林婉莹的香闺铜床，从上至下罩着圆顶的白纱帐，像公主的城堡，令我艳羡不已。

快乐的城堡

他们之间永远不会像我和林非凡那样俗套，晚饭后坐在沙发上，非常八卦地讨论一个什么电影节上，老外评委竟然拜倒在章子怡的石榴裙下，林非凡不无得意地说，真替中国人争光，等我有时间，咱们也制造一个那样的女儿。间或也讨论鸡蛋怎么又涨价了，色拉油怎么全是转基因的。谈恋爱那会儿也曾讨论过凡·高，村上春树什么，可是婚后不知怎么就跑题了，我非常痛恨这样庸俗的讨论，但是有时候控制不住自己，自然而然地加入了林非凡的话题，这家伙就有这样的本事。

有一天，我和林婉莹在一家小俱乐部做瑜伽，林非凡打电话来，说他忘记带家里的钥匙了，一会儿过来取。来就来吧，手里竟然提了两棵大白菜，说是在路边看到的，觉得挺便宜的，就买了两棵。大约是看我无动于衷，又变戏法似的，拿出一只烤鸭塞到我面前，说，刚刚跟同事们去吃饭，觉得这鸭子挺好吃的，外酥里嫩……

没等他说完，我已经气得有些发抖，这个男人不是坍我的台吗？也不看看这是什么地方，左手一只鸭，右手两棵菜，就知道吃吃吃，怎么这么庸俗啊？抬头看林婉莹，她双手合十，盘膝打坐，优雅从容,只是脸上露出一丝淡淡的、不易觉察的笑容。我的脸一下子红了,忍了又忍,终于调匀气息,挂出笑容,我要保持优雅。心平气和地对林非凡说,老公,回家等着我,我一会儿就回去。

和林婉莹分手,我气急败坏地回到家里,劈头盖脸地骂他,你这个男人怎么这么庸俗啊?出去应酬,竟然把吃剩的东西打包带回家给我吃,而且当着我朋友的面,你让我的脸往哪儿搁?林非凡也火了,你这个女人太不讲理,你哪只眼睛看到是吃剩下的,想着你爱吃,巴巴地跑去买来,你不领情就算了,还跑来冲我大嚷大叫,庸俗怎么了?庸俗落实到实处就是实实在在的日子,庸俗的人吃吃喝喝,不庸俗的人就不用吃了吗?

我张口结舌,瞪圆了眼睛看着他,这个家伙简直太不可理喻了,自己做错了事,还跑到我这儿振振有词,可是打架我不是他的对手,吵架我也没有他的嘴皮子利索,剩下的,只有干生气的份儿。

我开始后悔,当初不顾父母的反对,跟着他义无反顾地跑到这个海滨城市,哪只眼睛也没有看出来,他竟然是那么庸俗的男人。

2

结婚以后才发现,这个家伙有很多的坏习惯,出去应酬,喝了酒回来也不知道刷刷牙再上床,吃了大葱大蒜也不知道嚼两片口香糖,在卧室里吸烟,吃饭的时候讲笑话,穿着拖鞋过街,衬衫没有熨烫就穿着上班,公众场所不会小声讲话,这些细节贯穿了整个生活,离我理想中的时尚优雅的生活状态相距甚远,我愤愤地指责他庸俗。

直到坐在办公室里,我还在想昨天的烤鸭,林婉莹肯定以为林非凡是在酒桌上拣别人的剩饭剩菜,天,这要传出去,我的光辉形象岂不毁于一旦?

胡思乱想着,办公室里的小赵探头探脑地推门进来说,楼下有位先生找你,长得很帅,还开着宝马,是个实力派,说着丢下一个暧昧的眼风,一溜烟出去了。我叹气,真是世风日下,连男人也会抛媚眼。

起身走到窗前,往楼下看,二十八层啊,只能看到楼下蚂蚁一样蠕动的小人儿,分不清谁是谁?左思右想,我好像没有这样的实力派朋友,会是谁呢?

一直走到近前才看清,是张大卫,上高中时坐在我后排的男生,一直到高中毕业都在暗恋我,可是我看不上他那对招风耳,一看到就莫名其妙地发笑,后来人家考上了名牌大学,又远渡重洋到彼岸的礼仪之邦留学归来,早已是今非昔比。

张大卫这个男人让我大跌眼镜,当初他是一个活泼好动搞笑的男生,每次捉弄女生都有他的份。都说女大十八变,男人也不例外,坐在我面前的张大卫已经不再像当初那么毛躁,温文尔雅,戴着无框眼镜,一口地道伦敦腔英语,就连那一对招风耳也变得充满了智慧。

他推了推眼镜,目光温和地说,我回来很久了,一直没有你的联系方式,前两天看到旧同学,说起你,才知道你在这儿上班,所以过来碰碰运气,想不到运气这么好。

我没有出息地心跳加快,莫非?莫非这个男人还暗恋着我?如果当初他不出国留学,我们会不会有戏?那还有林非凡这个家伙什么事啊?

想什么来什么,真是冤家路窄,林非凡这个家伙不知什么时候站到我的身后,他推了我一下说,小丽啊,你在这儿干什么?我刚想给你打电话呢,咱妈说她今天晚上蒸包子,是你爱吃的萝卜馅的,让我们晚饭回家吃。

我转头看林非凡,他和一帮同事大约是来这儿吃午饭的,想不到狭路相逢。这个家伙就知道吃,每次看到我,不搞出点花样坍我台决不罢休。我和张大卫好好的一场风花雪月的怀旧,被他搞得乱七八糟,那么浪漫的聚会、那真诚的情感,被他包子、包子的,彻底庸俗化。

我对林非凡绽开如花的笑容,说,知道了,老公。然后压低声音恶狠狠地对他说,等回家再收拾你。顺便在他的掌心里掐了一下,林非凡疼得龇牙咧嘴,说,你们接着聊,我不打扰了,一阵风似的离去。

3

下了班,去林非凡的母亲家里吃包子,才知道自己上当受骗,所谓包子是林非凡一厢情愿的虚构事件。

我气急败坏地回到家里,看到林非凡睡眼惺忪地起来开门,我忘记了优雅和淑女风范,两手叉腰,做河东狮吼状,林非凡,你这个臭男人,存心要气死我啊?你说你干吗骗我?不说清楚,我跟你没完。他嬉皮笑脸地说，我不是怕你犯错误吗？我被他气得乐了，你怎么那么庸俗啊？看到男人女人在一起就想到了床了吧？我怎么就瞎了眼了，嫁给谁不好，嫁给你这么小心眼的男人。

我收拾东西、衣服、化妆品、简单的行李，打算离家出走。林非凡从后面抱住我的腰，说，老婆别走，我知道错了。我说，别拦我，你一个人在家，刚好反省反省自己错在哪里。

他的手像钳子一样箍住我的腰，怎么都挣不脱，我低下头，在他的手背上狠狠地咬了一口，林非凡痛得大叫一声松开了手，他指着我说，小丽，有本事你永远别回这个家。我仰起头，不屑地说，不回就不回，没有什么了不起的！

出了家门，眼泪还是忍不住掉下来，和林非凡结婚以后，大吵三六九，小吵天天有，吵架的原因都是一些不值得一提的芝麻琐事，吵到后来，竟然忘记了吵架的初衷和起因，妈妈说，女孩子结婚以后，日子都是这么过的，我就不相信，婚姻都是这样庸俗，人家林婉莹就不像我们这样，想到林婉莹，我的眼前豁然开朗，我决定此次离家出走就去投奔林婉莹，刚好学学人家的夫妻相处之道，既彼此独立又浑然一体，既轻松自如又和谐美满，这是理想中的婚姻状态，不像我们，睁开眼睛就是吃喝，还有那个什么，简直庸俗到极点。

打定主意，招手叫了出租车，去了临海的花园小区住宅，和想象中的一样，林婉莹穿着漂亮的有蕾丝花边的睡衣来开门，长发卷曲地披在肩上，依旧高雅美丽。我和她在她的小工作室的地毯上席地而坐，林婉莹起身去拿了一瓶酒，瓶颈细长，颜色淡红，晶莹透明，酒味醇香,两个女人各怀心事,一杯接一杯,不知不觉喝得多了。

我终于不再遮遮掩掩地要面子,一把眼泪、一把鼻涕地哭诉林非凡是怎样骗我的,林非凡是怎样庸俗的,像一个受了委屈的怨妇一样。

林婉莹并不插言,安静地坐在那儿倾听,时不时地递一张面巾纸给我,我说我快崩溃了,我不能忍受林非凡的庸俗和平凡。林婉莹伸出一根指头,指着我笑,你这个女人不知足,他那么关心你,爱你还不够吗?庸俗平凡不过是婚姻的本来面目,那天他变戏法似的拿出一只鸭子,你知道我想什么吗?如果有人这样想着我记挂着我,以我的喜好为喜好,不惜委屈自己,那么我愿意在家里给他端茶倒水,容忍他在家里一切的自然状态。

我大吃一惊,酒醒了大半,惊讶地问她,你们不是一直很好吗?我还羡慕你们的生活方式呢。林婉莹苦笑,他自私、冷漠,不肯要BABY,上周我们协议离婚了。

林婉莹的话不亚于八级地震,给我的冲击是前所未有的,看来我真的应该重新审视我的婚姻,它真的像我想象和说的那么糟糕吗?

早晨起来,我和林婉莹看着她空空落落的家,没有一点烟尘的味道,像宫殿一般空寂和寥落,心中不由得很难受。

一大早,门铃被摁得震天响,林非凡扯着嗓子在外面喊,小丽啊,快开门吧,我知道你在里面,我都找了你一宿了,你想累死我啊?我的眼圈红了,林非凡的腿有抽筋的老毛病,天一冷就容易犯。再说不趁此时就坡下,更待何时?

回到家里,他把我按到餐桌前,拿出用毛巾裹住的一包东西,层层打开,里面竟然是两个热气腾腾的烤地瓜,微波炉里热着鲜奶,家的气息扑面而来。林非凡笑道,快趁热吃吧,待会儿凉了,你的胃又该疼了。

我笑着骂他,就知道吃啊吃的,怎么还是这么庸俗啊?明明是笑着的,不知为什么却有泪落下来。还是家里好,庸俗的婚姻是我快乐的城堡。其实细想想,婚姻本身并不庸俗,是婚姻生活的琐碎成就了庸俗,因为不甘心庸俗,所以才会吵吵闹闹,而吵吵闹闹本身就是婚姻的本来面目。

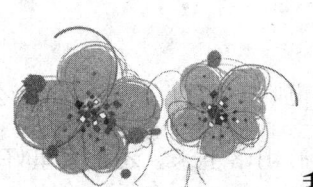

我爱你与你无关

1

有一段时间，我的内心挣扎得很厉害，有时候夜里睡着了会突然醒来，在黑漆漆的夜里想起若水和伊莲，我的心便纠结在一起，我不知道该如何选择，选了伊莲会负了若水，选了若水，伊莲会伤心，两个女孩我都不想伤害，可是我又不想在三个人的感情世界里纠缠一生，脚踏两只船，最后肯定不会有好结果。

若水是我大学时的同学，相识8年，是个素淡雅致的女子，喜欢穿棉布长裙，针织开衫，眼睛细长，有些吴倩莲的味道，说话时低声细语，仿佛是怕吓着谁。

8年,我身边的女孩子来来去去,而若水却一直和我保持着不远不近的距离,像我生命中的一道风景,从不曾淡出我的生活。而她身边却好像从来没有男孩子,有时候我也会跟她开玩笑:"若水,该交男朋友了,有没有男孩子追求你啊?要不要我帮你介绍一个?"若水淡淡地笑了:"你觉得现在这样不好吗?不然你帮我登个征婚广告吧?""征婚广告倒不必了,我们分公司新来了一个部门经理,人很优秀,我帮你介绍吧?"若水痴痴地笑:"相亲啊?拜托你别这么八卦,让同学们知道了还不笑掉大牙?"

相亲自然不了了之,若水还和从前一样,有什么事,依旧请我帮忙,比如水龙头坏了,比如换灯泡什么的。他们公司年底举行的舞会,她仍然请我当她的舞伴,好几年都不曾改变。

我很愿意和若水交往,有什么烦恼也愿意跟她讲,因为她不会逼我太紧,给我极宽松的氛围。有时候,连我自己都糊涂了,我和若水,说到底是朋友还是恋人?好像我和她更适合做朋友,可是我们的关系却比朋友分明更进一步,多了暧昧的东西,若水看我的时候,眼眸如水,像烟雾。

若水像一幅纯美的山水画,但我却走不进她的世界。

伊莲不一样,她不会像若水那样,坐在那里安静地听我讲话,她的身上释放出来的是热情,像火。我曾经告诫自己,不在自己的公司里找女朋友,兔子还不吃窝边草呢,可是我还是不小心被伊莲烧着了。

　　和伊莲认识也快两年了，从我在这家公司开始升职的时候起，身边总会有她的笑声。她的风情、她的妩媚、她的善解人意，是男人一生中梦寐以求的理想中的女人。她穿大红大绿，会穿出清新雅致的境界，不会让人感到恶俗，她穿皮草也不会露出暴发户的粗劣，一大堆人之中她总会成为焦点，十个手指上，染了绿色的蔻丹，竟然与她的个性配合得天衣无缝，恰到好处。我惊叹她是一个天生的女人，女人中的女人。

　　伊莲也很能干，在公司里的销售业绩总是位居榜首，她总有办法把东西卖给她想卖给的客户，她的优秀全公司有目共睹，当然追她的男人也很多，可是她偏偏喜欢我。伊莲常挂在嘴边的一句话是：亲爱，亲亲我。她要很多很多，爱。我叫她贪婪的小东西，她便仰起脸看我，看得我不忍心拒绝。

　　我承认我的身上有男人的劣根性，可是哪个男人没有呢？当然，这样说有点找借口为自己开脱的嫌疑。

2

　　接下来发生了一件事，让我理所当然地做出了选择。

　　有一天下班后，若水约我去一个日本人开的店里吃寿司，说实话，对于这种日本风味的食物我根本不感兴趣，可是若水约我，我就去了。很多年，和若水在一起，更像一种习惯，一起吃饭，一起逛街，一起看电影，除了上床，恋人之间的节目，我们都毫无保留地演练。

　　那天，若水因为受到上司的骚扰，所以找我倒苦水，说到气愤处，渐渐红了眼圈。我忙安慰她："一个女孩子在外面打天下，都会受到这样的困扰,你要学得坚强些,聪明些,既不吃亏,又不得罪人,才是真理。"我知道这些都是纸上谈兵,落实不到实处,可是我不想让若水更加难过。若水抬起头来看我,哭笑不得地说:"你当我会降妖十八掌啊?"我忍不住笑了起来,握住若水的手说:"我喜欢看你笑的样子。"若水的眼睛里含着泪,竟然真的笑了起来,那笑容像绽开的栀子花带着朝露,我看着心动不已。

我冲动地问她:"若水,你爱我吗?"我等着她回答,像当年在课堂上,考试后等着老师公布结果,心中忐忑,既想知道答案,又怕知道答案,那种矛盾的心态和现在一样。我看着若水的嘴,红的唇白的齿,我从来不知道自己会如此紧张。

过了半天,若水才说:"你是我生命中遇到的最重要的人,除了父母就是你。"显然,这是若水深思熟虑的结果,可是却不是我想要的结果,我想要的就一个字,爱。失望在我心中渐渐地泛起涟漪,过往的那些细节、那些温暖、那些情话,终于被理智隔离起来,终于没有泛滥成灾。

我和若水对望着,可是我分明看到若水的眼睛里,情生意动。一波一波地暗涌。

不知什么时候,伊莲站在了我的对面,她和朋友来这家餐厅吃饭,我和若水的深情相望,被她尽收眼底,笑容凝结在她的脸上。其实她不知道,她看到的只是表面上的风花雪月,而我的内心却被悲凉充斥着,忧伤像水一样漫上来。

我不是一直想要个答案,做个抉择吗?可是真的有了结果,我却并不快乐。8年。和若水在一起,尽管从来没有说过一个爱字,但其中的默契却是没有人能够了解的。我过生日时,她送给我Zippo打火机;我生病时,她逼我吃药,像哄小孩子一样,我吃一粒药她就给我一颗糖;我遇到挫折时,她会耐心地听我发泄烦恼;可是她为什么单单吝啬一个爱字呢?

伊莲不知什么时候不在了,我也没有在意。这是我和若水相识以来,吃过的一餐最没有情绪的饭。我想是我不应该问这么愚蠢的问题吧!我有些后悔。

和若水在餐厅门前分手后,我沿着街边的法国梧桐往回走,走到半路,接到伊莲的朋友打来的电话,说伊莲吃安眠药自杀,已经被送到医院抢救了。

我听了,吓了一跳,急忙招手叫了的士往医院赶。一路上我都在想,我不会负了伊莲。若水爱我,只说我是她生命中最重要的人;伊莲爱我,不惜为我吃安眠药,我除了感动,还有些许的骄傲和虚荣。

在医院里看到伊莲,她被医生洗胃,折腾得七荤八素,脸上苍白得没有一点颜色,看到我,她扭结在一起的眉头渐渐松开了,露出了笑容。我看得疼惜不已,握住她的手说:"伊莲,我不值得你为我如此。"伊莲坐起来,搂住我的脖子说:"我爱你。"我掰开她扣得紧紧的手指说:"先躺下休息,身体恢复好了再爱我也不迟。"伊莲气喘吁吁地说:"你答应我和她做个了断,不然我就不听你的话。"

这话多少有些撒娇的意味,但还是被我认可,我点了点头,我怎么忍心违背一个为了爱我连命都不要的女孩的意愿呢?

3

在若水公司楼下的小茶馆里等她,并不是迫于伊莲给我的压力,而是我自己真的想和若水说清楚,在一起纠缠了8年,并没有纠缠出一个结果,说清楚对我对她都好。

看着她从门外进来,还是那样素淡的妆容,连笑容也透着轻淡。她走到我身边,身上带着一股凉风,然后在我对面坐下来。她笑道:"今天怎么想起请我吃饭?良心发现?"她的玩笑我并不觉得好笑,我变得笨拙起来,搓着手说:"有一件事,我想跟你说清楚。"我不敢看她的眼睛,只好看着别处,有些艰难地说:"我们认识8年了,我们一直是好朋友,是不是?"若水疑惑不解地看着我:"你想说什么?"我从来不知道我这么笨,面对若水竟不能说一句完整的话,半天才说:"我只是你生命中一个重要的人,是一种习惯的衍生,是很好的朋友,没有我,你一样会很好;而伊莲不同,我是她的生命,是她的全部,没有我,她会活不成……"

我不知道自己跟若水说了什么,半天才发现她低着头一句话都没有回应,像一枝午后时光中失水的玫瑰。我有些不忍,但又有些庆幸,庆幸若水并没有为难我,并没有像我想象中的哭哭啼啼,可是我为什么又有一丝失落?是因为若水真的不在意我吗?那种复杂的心情犹如五味搅在一起,让我忐忑不安。

看着若水一句话都没说,慢慢地转身离去,消失在窗外的人流中,她的背影有些孤单。

回到家里,意外地发现伊莲来了,正在厨房里,手忙脚乱地做水果沙拉,这个时尚的女人,难得进厨房,为了我她竟然肯进厨房重地,真是特大新闻。我在她的身后抱住她,深深地嗅了一口她卷发上洗发水的香味:"宝贝,我们结婚吧!"伊莲咯咯地笑,转过身来,把做沙拉用的奶油抹到我的鼻子尖上,她说:"亲爱的,我不当这是求婚,没有房子,怎么储存我们的爱情?没有钻戒,怎么见证我们的婚姻?"我松开她,笑了,这丫头说话总是这么深刻,总能落到实处,是一幅写实派的画,与若水的虚无缥缈相比,她的身上更多了烟火味,不过,烟火味也好,总是要过日子啊!

4

都说爱情与事业两得意,才是人生的幸福境界。

我的事业本来一直做得很顺手,只用了两年的时间,就做到了公司里的高层主管,是传说中新任经理的人选。谁知道,一切竟和想象的相距甚远,新任经理没有从公司中选拔,而是总公司直接指派的。

我的心情一直不好,想给若水打电话,好不容易忍住了。想说给伊莲听,好像伊莲最近来得少了。有一天在公司的二楼走廊里遇到她,匆忙地说了几句话,她说她最近很忙,我问她忙什么,她说不上来,有些不耐烦地说:"回头我给你打电话。"她的态度明显地生冷了很多,像是有意和我保持距离。我怀疑她是不是因为我没有当上经理,令她失望。

下班后,我找了一间小酒吧去喝酒,喝得酩酊大醉,回到家里,想起白天伊莲的态度,我有些不解,当然,也为自己那样怀疑她感到惭愧,一个为了爱我连性命都不要的女孩,我有什么理由怀疑她?

心情再不好,太阳还是照旧升起来。早晨从床上爬起来才发现自己没有脱衣服,揉了揉仍然有点疼的太阳穴,洗把脸去上班。路上,接到若水打来的电话,从上次说过分手之后,我和她之间倒很彻底,既没有通过电话也没有见过面。

让我感到非常意外的是,若水在电话里说:"我现在是去机场的路上,其实我早就办好了手续,一直没有下决心离开。你不用送我了,打个电话跟你告别一下,好运!"我非常外交辞令地说了一句:"一路顺风。"除此之外,就不知道该说什么好。若水也不说话,却都不肯挂电话,就那样抱着电话听着彼此的呼吸。

那一天,我的心情简直糟透了,去新任经理的办公室汇报工作,刚要伸手敲门,忽然听到里面说话的声音像伊莲,细听,果然是她。只听她软软地笑:"谁说我为他自杀了?那都是谣传,怎么会是真的呢?就算是真的,也不过是一种手段,和那傻小子斗斗智商,乐趣无穷。"伊莲娇媚地笑,隔着墙,我依然能清晰地听出。

我的手抖个不停,但却并没有推门而入,扭头回了自己的办公室。想起若水,那么心痛地想起若水,不由得冷冷地笑了,我笑自己,沙金不分,真假不辨,岂止是近视,简直是睁眼瞎。

5

我没有找伊莲理论这件事情,还有什么比从此陌路更好?她不值得我去想她,哪怕是恨,更不值得我去跟她吵架,她和我根本是两个世界里的人。

我每天晚上打开电脑爬上线，等着QQ里若水的头像亮起来，那是我最后的希望，可是每一次都让我失望。

有些人，一旦错过了就永远不再，像我和若水一样，我怀着无限悲凉的心情日复一日地等待着，等待那个远在澳大利亚的人浓缩成QQ上的一个符号，一个ID。

有一天下班后，跟朋友们出去喝酒，回到家已是午夜之后，爬上线，意外地看到了若水的头像亮着，我的心里刹时充满喜悦，有了想流泪的冲动，我的手指在键盘上舞指如飞，我怕再也遇不到她，所以想把心中憋了很久的话一次跟她说完。我迫不及待地问她："你为什么放弃我？"等了半天，若水才回复说："我爱你与你无关。"我说不懂。若水说："其实你问我的时候，我已经知道你跟别的女人在一起，因为我爱你，所以我给你更宽泛的自由；也因为我爱你，所以给你选择爱的权力，因为你幸福，我才幸福。"

若水的话让我感到从来没有过的震撼，我一直以为，和若水在一起是一种习惯使然，再想不到若水的爱，如此厚重，爱一个人爱到容忍，爱到放弃。

我一句话说不出来，忽然觉得自己是一个笨蛋，那么轻易地放弃了一直握在掌心里的幸福，有一种疼慢慢地由心脏向四肢散去。

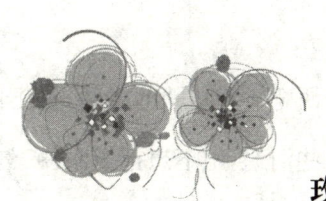

玫瑰口红

1

说起来也有两年的时间了,两年的时间说长不长,说短也不短。许多的记忆也许都会被时间湮没,唯独西娜不能,她跟翔在一起时点点滴滴的时光就像昨天的事,不能忘。

两年来,西娜无论怎么折腾,比如玩命地工作,在公司加班,累到吐血;比如玩命地享乐,在迪厅跳舞,跳到晕倒。可是这一切终究不能使她忘记那个黄昏,那个黄昏真美,如血一样的云霞洒遍西天的半个天际。翔就是那时节走了,被一辆急驰而过的卡车带到了天堂。

西娜梦见自己在梦里一遍一遍地喊着翔的名字,可是翔并不曾回头,任凭西娜喊得喉咙出血,翔也没有回头。醒来时,枕上是一摊冰凉的眼泪,西娜捂着狂跳不止的心,无力地倚在枕上,看着下弦月透过窗帘洒进屋里惨淡的清晖。西娜就这样睁着眼睛到天亮,再也不能睡。

早晨起来西娜揉着红肿的眼睛,洗把脸,抹了一点眼霜,希望红肿的眼睛能快些消退,她不想把黑眼圈、红眼圈带到公司去,同事们会开她玩笑的。

母亲熬了绿豆稀粥,弄了两样清爽的咸菜,凉在桌子上,等着西娜过来吃。西娜捧着蓝花的瓷碗,勉强喝了两口,放下碗说,妈,我去上班了。

母亲疑惑地看她的眼睛。

西娜走在楼道里,隐约听到母亲给许可打电话,声音极小,仿佛怕她听到一般。母亲在电话里说,许可,西娜今天的情绪不对,拜托你照顾照顾她……西娜感到好笑,随之而来的是心中一阵隐隐的疼痛,笑容冻结在嘴角,收不回去。都这么大了,母亲还把她当小孩子一样。父亲去世得早,她跟母亲一直相依为命地度日子。

这些年幸好还有许可这个朋友,不然,真不知道日子怎么过。

2

西娜在商业街上一家外资的广告公司做事,这些年的摸爬滚打、勤勤恳恳,总算做出一点成绩,爬到了公司副总的宝座,着实不容易,没有复杂的背景,也没有张扬的个性,总会比别人多付出一些努力。

西娜再想不到会在电梯里与她的顶头上司——罗杰,狭路相逢,彼此点头算是打过招呼。电梯到了21楼,两个女孩子说说笑笑地出去了,剩下西娜和罗杰两个冤家对头,气氛有些尴尬。罗杰看看左右无人,便笑嘻嘻地说,西总,今天你的衣服真漂亮。

西娜淡淡的,一副拒人千里之外的样子说,对不起,我姓林,不姓西,拜托你下次别忘了。另外,谢谢你的夸奖。

写字楼里的人就是这样,脸上笑得跟花朵一样,但谁知道心里在想什么。

罗杰依旧笑嘻嘻地说,对不起,下次一定记住。

说着话就到了28楼,一同走出电梯,进了写字间。

同事们看见公司的核心人物,水火不相容的罗总和林副总一起进来都感到惊讶。许可早来了,坐在办公桌的后面朝西娜眨眼睛,西娜装着没看见,进了自己单独的办公室。

商场从来就是不见硝烟的战场。

9点整在小会议室讨论一个洗发水的广告创意。这份创意计划书是许可做的,没什么新意,都是陈词滥调,被罗总给枪毙了。这也难怪,这些年,电视上的洗发水广告已经泛滥成灾,随便打开哪个屏道,洗发水的广告便狂轰乱砸,不把你砸晕不算完。

中午吃饭时,西娜和许可去了公司对面的肯德基,一杯碳酸饮料,一个汉堡,速战速决。

许可拿着一张纸巾优雅地擦拭着嘴角,一边苦着脸说,人家熬

了几宿才弄出来的计划书,你们当经理的就那样草率地枪毙掉,太不珍惜人家的劳动了吧!

西娜喝了一口饮料抬起头来,摇摇头笑道,你这个人就是这样,这样一件事何苦放在心上,不行再重做一份就行了呗。

许可撅着个嘴说,你说得倒轻巧。这就帮他说话了,不知道他怎么收买你的,快说呀!是不是爱上他了?

你这个疯丫头,我不过才说了你一句,你就叽叽呱呱地说了一大堆。

那早晨你们为什么成双成对?

像个长舌妇,不过是路上遇到而已。

还而已呢,只怕爱上人家自己还不知道呢!

全世界的男人都死光了,我也不会爱上他。

别嘴硬,谁知道将来会怎样。

将来怎样也不会那样。

正说笑间,西娜突然间就不笑了,从手袋里掏出一只装维生素的小瓶子,倒出两粒放在手心里,用矿泉水吞下,把瓶子递给许可。

3

上午西娜好不容易才搞定了一个客户,出来时已近中午时分,在路边的小馆子里随便将就着吃了一碗面,面已经冷了,凝结在一起,西娜不由得想念母亲做的香喷喷的饭菜。

刚喝了一口矿泉水,还没有吞下,手机就催命似的叫起来。西娜放下矿泉水拿起电话,是罗杰。要她立刻回公司,老板来了。

老板是个40多岁的日本男人,叫岩仓,会说中国话,有时候也说英语,个子不太高,戴副眼镜。每次来必定找西娜陪他,让西娜厌烦透顶,可又没有勇气当面拒绝他,因为拒绝他就意味着连同这份工作一起拒绝,也并不是不做这份工不行,只是做了两年,做熟了。

回到公司,罗杰正在给老板回报工作情况。其实他也不容易,上要顶住老板的压力,下要安抚员工的情绪,西娜夹在中间还时不时地跟他作对。可是从来看不到罗杰脸上有阴的时候,工作的时候尽心尽力地投入,私下里并不板着一张面孔,而是有节制地和员工开玩笑。玩是玩,工作是工作,分得很清楚,这一点和西娜很像,也是西娜最欣赏他的地方。

下班后,西娜和罗杰陪着岩仓去喝酒,然后唱歌。岩仓好酒,几乎每酒必醉;岩仓好歌,每歌必跑调,只有西娜和罗杰牺牲耳朵,谁让自己是他的下属,只能舍命相陪。

街上,华灯初上,说不尽的热闹与繁华。在一家饭店里刚坐定没多大一会,还没去唱歌,岩仓已经酩酊大醉,可见此君今晚意不在酒。

罗杰开着车送岩仓回酒店,后视镜中看到岩仓紧紧地攥着西娜的手,西娜徒劳地挣扎着想把手抽出来,岩仓闭着眼睛,手却越攥越紧。西娜的脸阴得能拧下水来,恶狠狠地瞪了罗杰一眼,也不知道他看见没有。

到了酒店门口,岩仓执意要西娜送他上楼,就像史前没有进化

好的动物一样，一切都写在脸上。西娜站住不动，心里的气终于忍不住，骂道：你以为你是谁？去你妈的大头鬼，一边玩去，我不侍候你了。

西娜当然是被罗杰送回家的，一路上橘红的灯光照进车里，一闪一闪的，如梦幻一般不真实。罗杰说：西娜，你何苦呢？西娜不做声。

第二天，岩仓给西娜打电话，冷冷地说：你不用来上班了，你已经被解雇了。

西娜冷笑说：你的通知已经晚了，昨晚我就给罗总打了辞职报告了。

岩仓无奈地干咳两声，收了线。

西娜觉得脸上有泪水在流，痒痒的，摸一把，冰凉。一个年轻的女子混在一大群以男人为中心的主流社会中，谈何容易，简直处处是陷阱，步步为营，还得提防脚下。

4

一转眼，秋深了，门前的法国梧桐树叶已经飘落了大半，仿佛这是上天向人们传达的天籁之音。这期间听许可说，罗杰向日本总公司提出了辞呈，公司如果不处理岩仓，他将辞职。结果是总公司降了岩仓的职，还请西娜复职。

西娜与罗杰相约国泰门口见，他们并不是去逛街的，只是相约去见一个客户。

走在来来往往的人流之中，西娜突然觉得有些前所未有过的孤单，毕竟25岁的人了，手里还有多少青春可以挥霍，去日无多。可是翔呢？毕竟也忘不了翔，不能为了爱而爱。

近来，办公室里的小赵在追她，每天送一枝玫瑰，醒目地插在西娜办公桌上的玻璃花瓶里，公然昭示全公司的人。连罗杰也意味深长地对西娜说，玫瑰花真漂亮。

其实西娜对这个男人并没有好感。

远远地看着罗杰的车停在国泰门口的停车位上，他闲闲地依车而立。从那个晚上开始，西娜对他的印象改变了许多，不明白自己过去为什么一直和他作对。其实罗杰也挺不错的，虽不是风流倜傥，可那张脸上也是棱角分明的硬汉形象，将来也不知哪个有福之人与之执手。

西娜胡思乱想着走过去跟他打招呼，一起去见客户。

客户是一个50岁左右的男人，胖胖的脸上长着一双小眼睛，西娜觉得他长得很好笑，肚子大得像皮球，可能他自己都看不到自己的脚。但酒量却很好，一桌饭吃了大半时间还不能进入正题，东拉西扯，西娜和罗杰都有些着急，互相交换了一下眼神。

胖子说，只要西小姐能陪他喝了这瓶酒，他马上就签下这一单。

西娜问道，怎么喝法，

你一杯，我一杯，如何？

一言为定。

罗杰在旁边急得像一只热锅上的蚂蚁，他说，那哪行，要喝也得我跟你喝。

胖子不依,说,我只同西小姐喝。

西娜说,不胜荣幸。

胖子说,西小姐果然是女中豪杰。

罗杰在旁边只有干着急的份。

5

合同是签了,可是西娜醉得一塌糊涂,人事不知,吐得污物弄了她和罗杰一身,罗杰心疼得替她收拾干净,顺便把她送回家。

第二天,西娜头痛得厉害,起不了床。迷迷糊糊之中仿佛又见到翔,翔穿街而过,到街那边去给她买冰淇淋,只在一转身的刹那,一辆急驰而过的卡车把他带到了天堂。那一瞬间,西娜的嘴张成了O型,忘了哭。那疼痛就那样永远地留在了她的心上,挥之不去,永不愈合。早知道那样,何必去买什么狗屁冰淇淋呢!西娜醒来满脸是汗水和泪水,心"嘭嘭"地跳个不停。一转头看见罗杰坐在她的床边,半睡半醒之间她以为那是翔,紧紧地攥住他的手不放,说,你去哪儿了?你去哪儿了?

罗杰怜惜地看着她那张灰白色的脸,任由她攥着他的手,并不挣脱,倒是西娜的母亲,连忙说,罗先生,不好意思。

罗杰说,伯母说的哪里话,你叫我小罗就行了。

正说着,许可提着一大包水果来看西娜,见此情景,掩嘴而笑,把罗杰搞了一个大红脸。

没几天,西娜又变回了从前那个生龙活虎的职业白领,许可跟她说起病中的事,西娜大笑不止,随之而来的是滚滚而落的泪。

6

日子还是那样不紧不慢地过着,时间从指缝间流逝,握不住。西娜跟罗杰没有了从前的硝烟味,倒也相安无事,可也并没有向前更进一步发展的意思。

转眼都春天了,街边的法国梧桐已经抽出了几枝细小的嫩芽,细雨漫天飘洒着,像雾,像在追赶春天的脚步。4月1日那天,西娜接到了一个意想不到的电话,是罗杰,想不到近在咫尺的罗杰竟给她打电话。

电话的彼端,罗杰没有了往日说话时笑嘻嘻的样子,他说,西娜,其实我喜欢你很久了,一直不敢说,怕你拒绝。

西娜说,真的吗?有一刻西娜竟有些心跳,有些恍惚,毕竟很久没有这样真实地面对一个男人,可想想罗杰正儿八经的样子,又说,今天可是愚人节,我已经被老天愚弄过一次了,再也玩不起,输不起,你就不要开玩笑了。

罗杰说,是真的,如果今天不是愚人节,我怎能说得出口。前段时间公司里的小赵老是送花给你,我嫉妒得都快疯了。

西娜有些疲惫,有些伤感地说,你就别逗了,愚人节也不能光愚我一个人,再换一个人玩吧!

罗杰急了,他说,西娜,我知道你不信,你从窗口看出去。

西娜慢慢地走到窗前,罗杰就站在街边的梧桐树下。

西娜对着镜子涂完玫瑰红颜色的口红,"嗵嗵嗵"地下楼去了,一如她此时"嗵嗵"的心跳。

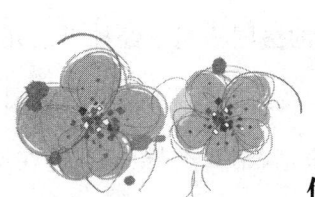

像老鼠一样地生活

1

从海南回来之后,很长一段时间,夜里我根本无法入睡,偶尔迷糊一会儿,便会梦到小武,小武指着我的鼻子恨恨地骂道,你真是一个贪得无厌的小女人,把你的心掏出来给我看看,我要看看是什么颜色。说着便恶狠狠地伸手过来抓我的胸口。我吓得到处躲藏。醒来,脑门上全是涔涔的冷汗,摸一把,冰凉。

我惶惶不可终日,躲在一处从朋友那儿借来的小房子里,提心吊胆地挨着时间,担心小武随时会找上门来。

小武说得对,我的确是一个很贪婪的女人。之前,在海南,小武第一次看到我,便叫我贪婪的小东西,他说我的眼睛里写满了欲望。是的,我爱钱,爱到赤裸裸,爱到毫不掩饰,不然,以我21岁青橄榄一样的芬芳年龄,怎么会不计名分地跟了快到50岁的小武呢?因为小武有钱,做房地产的小武,能够满足我一切大大小小的物欲,能够满足我做一个物质女人的快乐。

遇到小武之前,我是一个小歌舞团的演员,不出名的一个小角色,混在一大堆的舞蹈演员中跳舞,或者给哪个歌星伴舞,累得一身臭汗,挣几元钱微薄的津贴,揣在口袋里,只够上街买两件小饰物,成功和机遇离我那么遥远,渺不可见的未来使我非常压抑。是小武在一大堆人中发现了我,然后刻意制造机会与我相识,金屋藏娇,水到渠成。我不爱小武,可是我爱他的钱,所以只好委屈自己。

可惜好景不长,半年之后,小武因为偷税漏税的问题,被抓了进去。我在他的大房子里坐立不安地等了一个星期,做出了一个果断的决定,把小武买给我的房子、车,寄存在我名下的有价证券,全部出手,然后带着那些钱,还有小武买给我的那些名牌服饰,塞满了整整两个箱子,连夜逃回了北方,那一刻我心中有一种说不清楚的快乐,因为我从此摆脱了小武,还有了那么多的钱。

我以为有了很多很多的钱,我便会快乐,可是快乐是需要付出代价的,每天都担心小武会突然出现在我的面前,恐惧像潮水一样随之而来,折磨得我寝食难安,我的快乐因此日渐一日地枯萎。

可是日子一天天地过下去,并没有什么风吹草动,渐渐地,我的胆子大了起来，开始出去走动，出去吃饭，天天关在小屋子里，我会疯掉的。

2

我一改过去张扬的本性，开始低调地生活，买了一辆不起眼的白色奇瑞，开着去超市购物，去很远的郊区，我母亲的墓地在哪里，我常常去找母亲说话，坐在一大片的野花中，我的心灵会获得片刻的宁静。

有时也会趁天黑去一家小俱乐部坐一会儿再回家。我担心小武会来找我，所以像一只畏首畏尾的老鼠，专找人少的地方去。

我记得很清楚，那天，我开着奇瑞去郊区，走到半路上，车子突然坏了，打不着火，猛踩油门也无济于事，我急得不行，下了车，围着车子转圈，就是找不到毛病，气得我狠狠地踢了车子一脚，偏偏坏在马路中间，身后是一片震天的喇叭声？

就是那时，我遇到了钟志远，他不知什么时候站在我身后，淡淡地笑着对我说，别拿哑巴物出气，我帮你看看吧！我吓了一跳，转回头看他，阳光下，这个男人大约二十七八岁的样子，长得清秀而又不失阳刚，嘴角牵出一抹淡淡的笑容，我不置可否地点头。他趁机说，如果我帮你修好了，你可不可以请我喝杯茶？我没有犹豫就答应了。心想，只要能帮我解除眼前的困境，别说是喝茶，就是要钱，我也会考虑的。

那是我第一次遇到钟志远。

男人对机械大约是天生的无师自通，钟志远三弄两弄，没用 5

分钟的时间,便把车子打着火了。他有些孩子气地对我说,看来你要履行诺言了!我忙说没问题。

钟志远开着他的一辆八成新的本田,跟在我的奇瑞后面,七拐八绕地找了一家小茶馆,地址有些偏僻。北方人不善饮茶,所以街上的茶馆也少见,不知道钟志远怎么会想到喝茶。

我和他隔着桌子相对而坐,茶香在我们中间袅袅升起,聊了几句不咸不淡的话,喝了两壶茶,吃了几颗松子、几颗杏仁,便分手了。

3

我不是一个甘于寂寞的人,是那种开朗的性格,生活沉闷而单调,并没有因为有了钱就有了快乐,我觉得非常压抑,怕小武找到我,只能小心地夹着尾巴做人。

白天不敢出门,晚上有时候我会去一个小俱乐部,会员性质的,来来往往就是那几个人,虽然不见得知道他们叫什么名字,但是我明白,他们都是和我一样无聊的人。在一起比较谁手指上的钻石大,谁穿的品牌衣服又到了新款,谁又认识了新男友,聊一些不痛不痒无关紧要的话题。

朋友带我来过一次,我就喜欢上了这里,身心放松地坐在角落里,用眼睛的余光扫视那些衣冠楚楚的男人和时尚美丽的女人。我差不多每周来一次,极少和人搭讪,一个人坐在固定的位子上喝酒,有时碰上对心思的音乐,也下场子跳一曲,只是很少有这样的兴致。

那天晚上,强劲的音乐响起来的时候,我把杯中一盎司的薄荷酒,仰脖灌了下去。我摇摇晃晃地走到舞池中间,一个人随着乐曲舞起来。

这么久以来，我很少把自己置于这样焦点的位置，我压抑自己不去公共场所，不在人多的地方露面，或许过一段时间，小武就会把我忘了。

我曾经学过12年的舞蹈，做过4年的舞蹈演员，如果不是遇到了小武，说不定会成为一个舞蹈家，只是我没有足够的时间去等待，何况，即便真的成了一个舞蹈家又如何？我知道我的舞跳得很好，腰身有着极强的爆发力，对音乐有着很好的领悟力，肢体语言非常准确，随着雨点般的音乐，身体扭动得如蛇一般，妩媚轻灵。

我疯狂地舞动，发丝零乱，渐渐地，身边的人们纷纷停了下来，把我围在中间，注视着我罂粟一样盛开。音乐忽然转缓，我像一个突然失去了依傍的孩子，身体慢慢地倾倒下来，然后我遇到了一只大手，非常及时地伸过来，有力地握住我的一只纤手，而他的另一只手恰到好处地扶住了我的腰。

我回头看了一眼，是钟志远，他出现得恰到好处，多亏他我才没有出丑，我的心中有了一丝感激，回头看他的眼神也有些粘糯。

4

和钟志远巧遇了几次之后，我曾经怀疑他是小武派来的奸细，所以钟志远打电话约我出去的时候，我便婉拒推脱。

可是每次看到他纯真的眼睛我便有些好笑，可见人真的不能做亏心事，我现在已经达到草木皆兵的地步，精神不能集中，做事常出差错。以至于2005年4月1日那天，我开着奇瑞去郊区，竟然在高速路的出口撞到了栏杆上,迷迷糊糊之中,摸出手机,我竟然下意识地拨了钟志远的手机号码。

醒来之后,发现手脚都不能动,头上缠满了绷带,胳膊上吊了点滴,看着一滴、一滴流下来的盐水发呆。我想我完了,就是有再多的钱,我也不会快乐了。

钟志远去住院部续交医药费回来,看到我醒了,过来捉住我的手,快乐地说,你终于醒了,你都睡了两天了,我担心死了。我冷漠地看住他的眼睛,他有些不好意思地说,想吃什么?我去给你买。我摇摇头,他说,我在楼下的饭店订了鸡汤,我去给你取回来。说着他穿上外套,转身出去了。

我看着他急急忙忙地出了病房,一个年轻的小护士给我输液,一边对我说,你爱人对你真好,他守了你两天两宿没合眼,你被送来的那天晚上,因为失血过多,他还为你输过血。

我忽然明白她说的是钟志远,我的心就柔软起来,眼睛里一下子涌出了太多的眼泪,一直流进枕头里。

钟志远对我说,大难不死必有后福,我苦笑地点点头。幸好那天我的车速比较慢,否则后果不堪设想。我惊出了一身的冷汗,真是一个黑色的愚人节,尽管我的身体上并没有留下后遗症,可是我仍旧怕开车,出院后,我忍痛割爱,把奇瑞卖了。

钟志远就这样慢慢地走进我的生活中,他对我真的很好,我去郊区他便会亲自开车接送我,我想吃巴西烧烤,即便是下雨天,他也会跑出去买给我,我对他不再本能地抵御,我甚至开始有些依赖他,迷恋他带给我的温暖。

5

我和钟志远恋爱了,那种感觉真的很甜蜜,我和他常常碰面,有时候一起吃饭,温暖的午后,相约去茶馆小坐,还一起跑去看电影,我像一个初恋的女孩,心中被一种幸福的感觉涨得满满的。

我忽然觉得生活不再寂寞,我开始渐渐地忘了小武,逛街的时候,我会不自觉地在男装部滞留一会儿,觉得这条浅灰的领带配钟志远的那件深灰的衬衫刚刚好,那套西装的颜色刚好与钟志远的肤色相配,大到手机,小到剃须刀,零星的物件,只要我中意的,就买下来,一起送给他。

可是,不知为什么,最近却越来越少见到他,他总是告诉我说他出差了,一去就是一个星期,我给他打电话,他的手机总是不开机或者不在服务区,这时,我的心情特别沮丧,我发现,除了一个手机号,我对这个男人,根本就是一无所知,和他在一起的时候,我们极少说到自己的生活。

钟志远出差的日子,变得单调沉闷起来,我想念他的身体,他的强壮和健硕,还有温柔的眼神。有一天,我睡觉醒来,突然发现钟志远站在床边,静静地看我,眼睛里充满了温柔和某种说不清楚的东西。我从床上鱼跃而起,搂住他的脖子哭了。钟志远掰开我的手指,在我的额头上深深地吻了一下。可是没过两天,他打电话来告诉我说,又要出差了。我第一次对一个男人有了牵挂的感觉。

6

我想我是爱上他了,我的心情因为他而改变,看不到他就会心情不好,我清晰地感觉到,钟志远是在有意地疏远我,故意避开我。

有一天在太平洋百货闲逛,买东西成了我唯一的乐趣。忽然看见钟志远和一个女孩在一起,那女孩很年轻,二十一二岁的样子,和两年前的我很相似,她吊在钟志远的胳膊上,手指扣在一起,傻子都能看出来,那是恋爱中的男女。女孩幸福娇嗔地笑,看得我心痛不已。他和另外一个女孩在恋爱,那我算什么?

趁着女孩去试衣间试衣服的间隙,我走过去,看着手里拿着购物袋,一副清纯好男人形象的钟志远笑,他慌了起来,紧张地看着试衣间的方向对我说,她很单纯,别伤害她好吗?我会慢慢地跟你解释。

我看着钟志远,内心深处是多么希望钟志远能够否认,哪怕辩白几句或者是抵赖,对我来说也是一个安慰,到后来,我的眼神带着明显的乞求,可是钟志远不为所动,倔强地梗着脖子回望我说,我不是好人,你忘了我吧!

我咬紧嘴唇,一直咬出了青紫的牙印,渗出了血,血像梅花一样开在唇上。出了购物中心,被冷风一吹,我清醒了许多。想起和钟志远相识的经过,的确有太多的巧合因素。

钟志远大约怕我想不开,抑或是心中还残存着一点仁慈,他一直跟在我的身后,亦步亦趋。走到街心花园,我在一处石凳上坐下来,一直坐到天黑,我回头对他说,你别跟着我了,你走吧!钟志远在我的旁边坐下来，半天，仿佛下了很大决心似的，他说，你忘了我吧！我只是小武花了2万块钱雇来报复你的，不值得你为我如此。我需要钱，需要钱跟女友结婚，所以接受了小武的雇用。

　　黑暗中，我看不清钟志远的脸，但是我知道他哭了。

　　小武，又是小武，小武像一个阴魂不散的影子一样，纠缠着我。人真的不能走错路，俗话说，一步错了百步歪，果然不假，只是现在回头，还来得及吗？

　　我傻傻地笑着，眼泪不知不觉流下来，我是小武的情人，我骗了小武的钱。钟志远是我的情人，钟志远骗了我的感情，情人是什么？情人不过是一朵开败了的花儿，看着难受，丢掉可惜。

我的美丽女友

1

秦打电话来约我去天津街附近新开的一家酒店去吃晚饭时,我正打理着手头上几件乱七八糟的琐事,忙得焦头烂额,不可开交。自从我爬上了公司销售部经理的位子,遭受了公司许多同仁的白眼不说,销售额成了我为之奋斗不止的理想,最让人发愁的还是公司每个月的例会,老板的目光,总让我感到欠了他什么似的,恨不能变成"土行孙"在他面前消失得无影无踪。

等我赶到酒店门口才知道秦带来一个如花

似玉的美女,这个家伙行事总是让人出其不意,甚至始料不及。商场得意,情场也得意,好事都让他一人占尽了。一副成功人士的嘴脸使我讨厌,不就是有点臭钱吗？逮着机会,我就"撮"他一顿。没有机会,创造机会,把小刀磨得飞快,宰他没商量。

美女穿着棉织的衫裙,长及脚踝,使她看起来更像一个学生。"圣罗朗"香水淡雅的芬芳从她的脚踝处袅袅升起,沁人肺腑。可惜我并不知道这种牌子香水价格的昂贵,我被她的美丽所吸引,像一只扑火的飞蛾一样,寻香而去,义无反顾。

她笑靥如花,俊秀的媚眼儿几次看过来,我不由得骨头都酥软了。

我在秦的耳朵边小声嘀咕:你什么时候开始喜欢这样清纯的女孩子,你不是一直喜欢辛辣浓烈的食物和女人吗？你不是说女人只有像一匹烈马才够味吗？什么时候风水转了呢。

秦贴在我的耳朵边说:你别胡说,她是我姐姐的女儿,叫清芷。又故意大声对我说:我喝多了,你送清芷回去吧!

我当然乐意接受这个任务,会心地冲着秦眨了一下眼睛。

2

我主动当起了护花使者的重任,希望能和她之间发生点什么故事,其实,那一夜我和清芷之间并没有什么事发生。

我没有直接送她回家,我们俩去了街角的红玫瑰酒吧。

酒吧内,射灯制造的局部光亮透着一种未知的神秘,甚至给我一种荒凉的感觉。芳香浓郁的红葡萄酒像血一样,一杯接一杯地,却怎么也喝不醉人，我喜欢一半是沉醉一半是清醒如梦如幻的感觉。

她的眼睛清澈而纯净，歪着头，听我讲一些经年的故事，偶尔插上一两句话，不多不少，总是把握得恰到好处。有时候学会聆听也是一种魅力。在这个浮躁的年代，在这个喧嚣的都市，没有哪个人能静下心来，认真地听一段与自己无关的故事。我一下子把清芷引以为红颜知己。

过了一会儿，她站起来对我莞尔一笑说："我去洗手间，请你稍等。"

我点头。目送她离去，她走到拐弯处又回身冲我眨了一下眼睛，我不由心花怒放，这女孩子还蛮懂风情的。

我傻傻地坐在那儿等她回来，喝了一杯又一杯，可是她终究没有回来。我想离去，心里又有些不甘，万一她回来了呢？凌晨时分，酒吧要打烊，我被赶到街上。

我就这样被清芷当猴耍了一回，走在空旷的大街上，我心里恨恨地想着："小女巫，看我怎么收拾你。"

隔天，我打清芷的手机约她出来。她在电话里"咯咯"地笑了一会才说："最近很忙，没有时间。"我说："可是那晚在红玫瑰酒吧，我的手机丢了，你能帮我找找吗？"她犹豫了一下才说："好吧！"放下电话，我高兴得跳了起来，招引得同事们都伸头看我。老板的女秘书过来摸摸我的额头说："你没事吧？昨天还像一只被霜打过的茄子，今天又抽风。"

我打掉她的手,被同事看到说不清的。老板的女秘书有一张刻薄的嘴,以至于在办公室里没有同事敢靠近她。

那晚在红玫瑰酒吧并没有找到我的手机,因为我的手机此刻就在我的口袋里,并没有丢。清芷仿佛洞悉一切似的,并没有问我手机的事,坐在那儿安静地陪我说了一会儿话,样子很可爱。

3

转眼认识清芷已经快半年了,可是我和她之间并没有一点实质性的进展,愁得我头发都白了。朋友给我出了一个主意,他说:"你们公司的于大姐不是给你介绍女朋友吗?何不这样、这样……"

我说:"这能行吗?是不是损了些?"

朋友说:"不这样你能知道清芷对你的态度?"我想也是,只能这样了。

在"肯德基"快餐店,我见到了于大姐给我介绍的女朋友,我惊讶得张大了嘴巴,天啊,你知道是谁,原来是老板的女秘书,我吓得恨不能钻进老鼠洞。

于大姐说:"她呀,刀子嘴,豆腐心,相处久了你就知道了,你们谈谈,我有事先走了。"

于大姐一走,女秘书就温柔地对我说:"小至,其实我喜欢你很久了,你不知道?"

女秘书甜腻腻的声音使我身上起满鸡皮疙瘩,紧张得额上冒汗,她又说:"难道你就没有一点点喜欢我?"

我正无以作答,清芷拎着一个纸袋走到我的旁边笑吟吟地说:

"小至,昨天你让我给你买的内裤,我给你买了三条,够你用一阵子,顺便给你买了两双袜子。"又转头像突然看到女秘书的样子,说:"你朋友啊,怎么也不给我介绍介绍?"又冲着女秘书说:"对了,你说这种牌子的内裤质量好不好?"

女秘书说:"不知道。"神态大义凛然,"嗖"的一声从座位上站起来,恶狠狠地对我说:"李小至,你有女朋友还来相亲,简直就是道德败坏的色狼。"转身头也不回地离去。

清芷笑得直不起腰,眼泪都流了出来,指着我上气不接下气地说:"李小至,大色狼。"

我佯怒道:"你干的好事,还笑。"

清芷依旧大笑不止,说:"李小至,难道你就没有一点点喜欢我吗?"明知道清芷是在学女秘书的口吻,可是在我听来竟有些心跳和恍惚。

我满脸坏笑地说:"清芷,谢谢你给我买的礼物。"

清芷像是被点了穴道一样立刻停止了笑,红着脸说:"谁说是给你买的。"

我故作吃惊的样子说:"刚才不是你说给我买的?"

清芷说:"那是你听错了。"

我说:"你耍赖。"

4

自从和清芷正式进入恋爱的状态,工作也做得顺手了许多,销售业绩直线上升。美中不足的是在公司里,老板的女秘书见到我

时,再不像从前那样有说有笑,她心情好时就冷着一张脸,从我面前过,像没看见我一般;心情不好时走到我面前她会恶狠狠地吐出两个字:"色狼。"用哪种方式要取决她的心情好坏。

我从不回言,在某种意义上说,我要感激她,要不是她,我和清芷还不知道到什么时候才能好上。

清芷每隔一天就要到我租住的"狗窝"去收拾一遍,但从不留宿。我和她的亲热也仅限于拉拉手,亲一下面颊而已。但是我们在一起却是很快乐。一起泡吧,什么酒吧、陶吧、网吧,甚至玩具吧,她快乐得像一个孩子;一起穿街过巷,到街角的音像店淘碟,淘到一张从前没有的,便快乐得像一只小鸟。她喜欢王菲,几乎收集了王菲所有的碟片。一起去吃小吃,路边摊什么的,她从不皱眉头。我和她一起疯,享受着从没有过的快乐感觉。

有一天,清芷满脸落寞地来到我的"狗窝",她说:"我大学时的男朋友从国外回来了,昨天来找过我。"

我紧张地说:"你想怎么办?"

清芷说:"我不知道。"

我有些生气地说:"你怎么会不知道,他和你拥有的是过去,我和你拥有的是现在,怎么选择你会不知道?"

清芷叹息道:"听说你和女秘书重续前缘了,有人看见你和女秘书一起逛街来着。上次如果不是我及时出现,你能抵住那句'难道你就没有一点点喜欢我'。"

我说:"真是天大的冤枉,我和她是纯粹的革命同志的关系。"

清芷听了"扑哧"一声笑出来。

我说："好啊,清芷,你耍我。"说着我就去挠她的痒,她最怕痒了,笑得上气不接下气,还说:"小至,救命,饶了我吧!"

我说:"再敢不敢了,小妖精?"

5

有一天,我正在上班,突然接到清芷打给我的电话,她在电话里说:"小至,我就在你们公司旁边的咖啡店,你过来好吗?"

我犹豫着说:"我正在上班,走不开。"

她听了之后沉默了一会儿说:"你不来会后悔的。"

我一听着急了,说:"什么事这么严重?"

清芷不语。我急忙向老板请假,下了电梯,飞奔到旁边的咖啡店。清芷正临窗而坐,目光穿透玻璃,看向很远很远的地方,不知道在想些什么。

我一直到她面前她才回过神来。我说:"你有事吗?"

她说:"没事就不能找你吗?"

我闻听此言哈哈大笑起来,厚脸皮地说:"你是想我了吧?"

清芷打断我的笑声说:"我的签证下来了,星期一就走,到加拿大的多伦多大学留学。"

我一下子呆住了,想起从前她告诉我说她有男朋友,还不是骗我、逗我玩?我又接着笑道:"清芷你又骗我,看我怎么收拾你。"

清芷说:"你别笑了,是真的,下个星期一就走,还有三天的时间,我等这个机会等得太久了,等得很辛苦。"

我说:"你不去行吗？这样说虽然有些自私,可是我真的舍不得清芷离我而去。"

清芷的眼睛里一点一点地积满了泪水,从她那漂亮的玫瑰红嘴唇里吐出两个字:"不行。"

我觉得我的世界在这一刻坍塌了。

6

这三天我不知道是怎么过的,时而发烧,时而糊涂,时而爱她,时而恨她。一个人跑到曾经和清芷一起去过的地方,一待就是几个小时,我从来没有像现在这么绝望过,我想我是真的爱上她了。一个人喝得酩酊大醉,一天一夜才醒过来,发疯似的给清芷打电话,没人接。这个女人心真狠,都要出国了,还在这儿泡我,真是愈美丽的女人愈坏,相信不得。

我大病一场,星期一的早晨,我还是挣扎着从床上爬起来,"打的"去了机场,本来不想去,可不知怎么了,脚不由心。我站在候机大厅里,透过落地玻璃窗眼睁睁地看着加拿大的航班腾空而起,把我心爱的女人带到了异国他乡。那一刻,我的心似乎一下子被掏空了,茫然地站在原地一动未动。

不知过了多久,一双女人柔软的手从背后抱住了我的腰,那是一双被我拉过无数次、熟悉得不能再熟悉的手,我猛然转过身,清芷就在我的眼前,如梦一般的不真实。她穿一件黑色高领无袖T恤,牛仔裤,一件银制流苏长项链挂在脖子上,清新、雅致、脱俗。

刹那间经过大喜大悲的起承转合,我的眼睛竟有些湿润,我一把抱住清芷说:"你没走啊,吓死我了,你这个害人不浅的小妖精,我要杀了你。"

清芷幸福地依偎在我的怀里笑而不语。

我常想:很多时候,两个相爱的人在一起,要相互做出牺牲,互相体谅,才有幸福可言;要让对方明白你的心迹,明白你的思想。宽容与真诚是获得爱情的最佳途径。只要我们心中充满爱,就会离幸福很近。

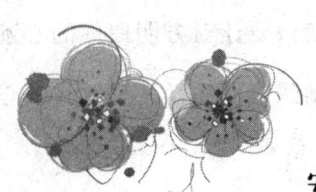

安娜玛德莲娜

1

5月,是一个怡人的季节,空气中漂浮着甜甜的槐花香。

我好像忘记了那些伤心事,主动向公司请求去渤海边上一个中等城市创建分公司,虽说有些累,可是能离开人浮于事的总公司和伤心地,总是一件好事吧。

白天忙得焦头烂额,倒不觉得怎样;夜里,一个人在异乡的土地上,总觉得不踏实。一个人在酒店大堂混到12点以后,才上楼睡去。

夜夜我都能看到一个女孩子,穿一件中性

色灯芯绒长裙,裙摆处装饰着毫不张扬的蕾丝花边,使她看上去优雅、精致。她专心致志地弹着钢琴,我每天晚上都能听到一首保留曲子,就是《安娜玛德莲娜》。我猜想女孩一定是和这道曲子有渊源,她弹琴时的状态专注而投入,脸上洋溢着几许陶醉,甜蜜中夹杂着淡淡的忧伤。

《安娜玛德莲娜》是巴赫写给太太的小步舞曲,这个女孩单单喜欢这样一首舞曲,我觉得她像一个谜一样,让我猜不透,令我好奇。

我坐在角落安静地看她,只能看到她的侧面,清晰的轮廓、专注的神情,看上去很美。我盼望着她能看我一眼。可是女孩高傲得像一只天鹅,偶尔有人从她身边走过,她就像没看到一般,波澜不惊,手指从琴键上滑过,琳琳朗朗的琴声流水一般倾泻而来,我被音乐紧紧地裹住了,不能思想。

我像一个傻子一样,整晚坐在角落里,想起从前,心中还会隐隐地痛,相恋三年的女友跟一个韩国人跑了。

前女友从她那涂了深玫瑰红颜色的红唇间,轻飘飘地迸出一句话,其实我还是爱你多些。如果不是我有足够坚强的意志和神经,我想我会被她的话感动,甚至砸晕。

我有些落寞地告诉她,忘记这一切吧!没有什么会比这样的结局更好,更让我安心。其实这样说不是我的本意,违心地说出这句话,有些想安慰自己的意思。我不敢看她流满泪水的脸,倒像是我负了她似的。

我们就这样分手了。

夜,已经很深了,我看着弹钢琴的女孩开始慢慢地收拾东西,然后和一个瘦弱的男孩一起离去,背影少顷便隐没在夜色里。

我弹掉落在膝上的烟灰,怅然若失地回楼上睡觉。

2

渐渐地,听女孩弹钢琴,好像是我每天必须完成的一项工作,有时候在外面有应酬,心中却惦记着她弹钢琴的样子,这样想着便觉得很温暖,急急忙忙地赶回去,只要一看到她,便觉得很安心似的。

直到有一天晚上,女孩没来,我慌了神,坐立不安,在酒店的大堂里走来走去,猜测她会出了什么事。

第二天晚上等到她一来,我就过去问她,昨天晚上为什么没来?她呆怔地瞅着我,问道,你是谁?

一着急,我忘记了我还不认识她,唇齿便有些不清,特别是在喜欢的女人面前。我告诉她我是李逸晨。她清澈的眼睛一直看着我,看得我有些心跳。她说,李逸晨?我认识你吗?

我有些沮丧地说,你不认识我,可是我认识你。

她浅浅地笑了,我叫安可心,认识你很高兴。她淡淡的样子,好像拒人于千里之外。可是不管怎么说,就我内心来讲,我还是很高兴的,我终于知道了这个女孩叫安可心。我鼓起勇气对她说,我请你喝咖啡好吗?

她迟疑了一下说,不了,再弹两首曲子,我该走了。

果然,没多大一会,门口的亮处,那个瘦弱的男孩子戴着一顶咖啡色绒线帽出现在春夜的光影里,他是来接安可心的。

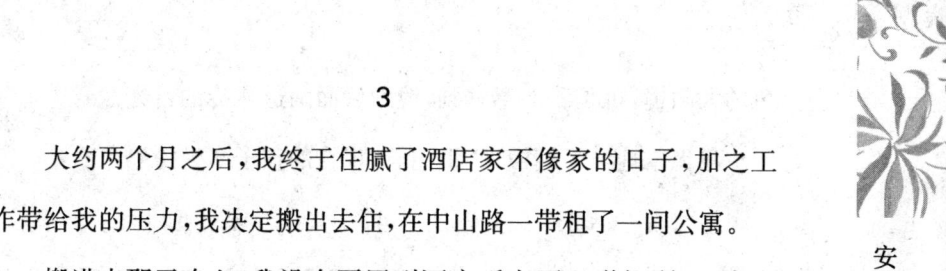

3

大约两个月之后,我终于住腻了酒店家不像家的日子,加之工作带给我的压力,我决定搬出去住,在中山路一带租了一间公寓。

搬进去那天晚上,我没有再回到酒店听安可心弹钢琴,一个人的夜,落尽繁华,夜显得尤为漫长,不知不觉中,烟蒂按满了烟灰缸。

只隔了一宿,我便开始怀念安可心弹钢琴的样子,那是怎样的一个女孩,眉若春山,眼含秋水,神情专注,乌黑的长发落在背上,手指在琴键上飞舞。

我从来没有想到自己会这么快就陷入另一场恋爱中去,和一个只说过一次话的叫安可心的女孩子,并且是单方面的一厢情愿。我从来都以为恋爱是双方的事,一个人单恋,也许称不上是恋爱。

一个人上班下班,重复着单调的日子,有时候路过从前住过的酒店,会驻足想一想安可心在里面弹琴的样子,却从没有想过要进去。

一直到很久之后,有一天,在公寓的楼梯里遇到了安可心,安可心有些兴奋地说,你怎么会在这里?

我惊喜道,我搬到这里很久了。

可是我怎么从来没有遇到过你,我也住在这里。

安可心的身边是那个瘦弱的男孩,眼睛里射出冷漠的光,像暗器一样。安可心沉吟了一下说,他是我弟弟,安源。

我伸过手去说,认识你很高兴。可是安源并没有要和我握手的意思,我的手只好停在半空之中,然后无奈地放下来。安源戴着蓝

色的太阳镜,可是我能感觉到,镜片后面两道冰冷的目光。

我无奈地笑了两声,心里想着,现在的孩子真爱扮酷。

4

有一天夜里,我刚回到住处,便听到楼上的音乐声和跺楼板的声音,我很生气,还让不让人睡觉了?本想打电话给物业管理员,可是,又一想夜里找不到人,还得等到天亮,可是这一夜我将如何渡过?

我上楼去敲门,门开后探出一张女孩没有化妆的脸,是安可心,我的气忽然全消了。安可心笑道,有事吗?

我违心地说,没事、没事,我不知道你住我楼上。

可心伸过手来要拉我进去,说,我有几个朋友正在聚会,你要不要一起来?

我刚刚抬脚准备进去,就看到安源从客厅里走过来,一边甩了甩了齐耳的长发,冷漠地看着我,不说话。

我不知道自己怎么就得罪了安源,可是他是可心的弟弟,我又不好和他计较什么,抬起的脚只能又落下来,退出去。一边对可心说,下次吧,今天太晚了。话还没说完,门就被安源"咣"的一声关上了。我气恼地叹了一口气,何至于当我是仇人一样呢?

一天,我正在屋子里听巴赫,恶补钢琴知识。忽然听到有人敲门,打开一看是可心,可心额前的一缕头发凌乱地垂下来,神情慌乱地说,逸晨,我屋子里的水管爆了,你快去看看吧!

我急忙跟她上楼,险些摔了一跤,还把可心差点撞倒了。本不想在可心面前出丑,可是慌乱之中由不得我,赶紧回头对可心说,对不起。

可心笑了,说,本来就是这楼梯没教养,怎么能怪你,再说我家里都闹水灾了,还不快点上去!

第一次发现,可心还挺风趣的,我也顾不得看安源拉长的脸,最多假装没看到就行了。

5

从上次可心家里闹水灾开始,我和可心之间的距离好像近了许多。下班之后请可心吃饭或喝茶,可心不再借故推脱。有时候吃完饭之后直接送她去酒店弹钢琴。

我对可心说,那时候,我住在酒店里,看到你每天都去弹琴。

可心说,是了。我是以此为生的,有什么奇怪的,除此之外我还在一家有钱人家做家庭教师,教一个6岁的小女孩弹钢琴,有时候也给时尚杂志写点稿子,混点稿费。

我笑,想不到你还挺能干的。

可心说,你是第一个称赞我的人。很多人都认为我不务正业,不好好去上班。我受不了拘束,所以选择了这样一种生活方式。

我说这样也没有什么不好,你又没有妨碍别人。

可心伸过手来跟我握了一下说,知音啊。

我哈哈大笑,以前我一直以为可心是一个非常柔弱的女孩,以为这样的笑会把她吓坏。想不到她是这样一个人。

有一次请可心去一家新开张的酒店喝咖啡,听说那家的"咖啡

座"很有名,虽说贵了那么一点点,可是为了追女孩子,再贵也是舍得。那晚,可心穿上漂亮的棉布衫裙,画了淡绿的眼影,看上去很美。

安源气得直翻白眼,我看了他一眼,挑衅似的梗着脖子离去。心里想,安源你气也是白气,就不带你去。

在酒店大堂,一个30岁上下的男人,正在弹《安娜玛德莲娜》,可心停下脚步,专注地倾听,一直听到曲子弹完了,她走过去对那个男人说:你有一个章节的一个音符错了。

我担心那男人会一巴掌打在可心的脸上,粉面开花,所以走过去站在可心和那个男人的中间。没想到那男人沉吟了一会儿,很绅士地向可心点头,可心也对那男人淡淡地颔首。

那次我问可心,你为什么喜欢那支曲子?

可心说是因为深情,那是情人之间爱恋的表达,你呢?为什么喜欢?

我说,我也喜欢。最早是因为这样一个同名的电影,我很喜欢。后来听到你弹这首曲子,好像是专门为我而弹,我有这样一种感觉。

可心笑,你臭美。

我也笑,那是错觉还不行吗?我总觉得可心的笑里面有一种淡淡的哀愁。

晚上回到家里,我把可心带回到家里,其实并没有什么企图,只是单纯地想和她待在一起。

可心踮着脚,伸长了脖子,脑袋稍微后仰,伸手去拿书柜上面一些乱七八糟的碟片,她的样子极可爱。我从后面慢慢地抱住她的纤腰,吻她的长发。我把她扳过来,她看住我的眼睛,足足有一分钟。我本想吻她的唇,可是她的眼神之中有凌厉的光芒,之后,眼泪一点一点蒙住她的眼睛。

我说,可心

她说,嗯。

我又说,可心。

她依旧看着我的眼睛,慢慢地说,逸晨,你知道安源是谁吗?

我说,不是你弟弟吗?

可心摇头,再摇头,眼泪滚下来,她说,他是我的男友。

我迷茫地看着可心,眼泪纷纷而落,匆忙离去。人生最遥远的距离不是生死相隔;也不是天各一方,而是我就站在你的面前却无法说出我心中的爱。

6

想了很久我才想明白,原来安源这个男孩一直是我的情敌,怪不得他那样恨我。可是,可心怎么会爱上他呢?

去找可心,她的脸清瘦而苍白,让我心痛不已。可心说安源曾救过她的命,所以她发誓今生要用全部的爱来偿还欠他的情。

我摇着她的胳膊,似乎是想摇醒她,报恩有很多种形式,一定要用这种方式吗?

可心闭上眼睛,长长的睫毛上挂着泪水,她说,是他认定了这种方式,他喜欢我。

绝望在我心中升起，或许从一开始就是个错误，比如爱上可心。我和衣躺在床上，好几天都不曾起来，不吃饭也不睡觉，空洞地睁大一双眼睛，我不明白，命运为什么给我开这样的玩笑。

终于在第5天之后，我从床上爬起来，带了简单的东西回我的城市里去了，通过安检门的时候，我下意识地回头，我心里盼望着可心会突然出现在我的身后，把我留住。可是身后什么都没有，没有安可心的身影。

爱留了下来，带走的只是我的躯体。

回去之后见过我的同事和朋友，笑嘻嘻地同他们打招呼，就像什么事也没有发生过，偶尔在什么场合听到《安娜玛德莲娜》这支曲子，我会捂着耳朵发疯似的跑出去，朋友们担心我这样下去会疯的，可是我知道自己没有疯，只有一种叫想念的东西在我心头疯狂地滋长，我想掐灭它，可是所有的努力都是徒劳的。

生命有无数种形式，活法也不止一种，而我却选择了想念。

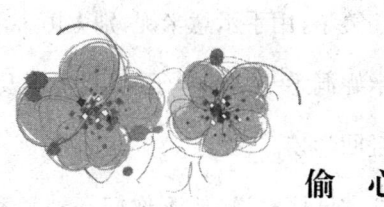

偷 心

1

大四那年的上学期,同学们都在忙着毕业去向,大有山雨欲来风满楼的意味。只有我闲得无聊,常常和米妮溜出学校,找地方消磨时光。

那天,刚到米妮家,就听到有人喊她,原来是米妮的邻居,一个比我们大五六岁的男人。米妮听到喊声就跑出去,我跟在她身后像个小尾巴。忽然一阵风吹过来,门"咣"的一声被锁住了。

米妮气得直跺脚,指着那个男人说,欧文,

都是你干的好事,你说怎么办吧?

那个叫欧文的男人竟然红了脸,在旁边说,傍晚你妈下班了,门不就打开了?

这年头,脸皮厚的男人满街都是,爱脸红的男人还真不好找,我忍不住笑了,用手示意米妮,别太厉害了,看把人家吓坏了。

米妮洞悉一切的样子说,我等不及到傍晚,现在要回家取东西,然后赶回学校。

欧文试探地说,要不你们俩到我家里等着,我现在就去找你母亲拿钥匙。

事到如今,也只好如此了。米妮耷拉着脸不说话,我跟在米妮的身后,进了欧文的家,那是我第一次去欧文的家。屋子里很干净,没有单身男人的那种邋遢。

目光所能触及的地方,除了书就是唱片、碟片、绿色的植物,没有次序地散放在各处,窗台还有一盆木本海棠,开着粉红的花,墙角有一只席梦思床垫,席地而放,大约是欧文的床,屋子里唯一还算奢侈的东西就是靠近窗子的一架钢琴。

我惊喜地问米妮,你的邻居是音乐家?

什么音乐家?充其量是个发烧友而已。米妮不屑地撇撇嘴。

可是他有那么多的唱片。

能当饭吃啊?他不过是个音乐老师而已,弄得自己多有学问似的。米妮的一张嘴有些刻薄。正说着,欧文就回来了,气喘吁吁地站在门口,额上的汗水一直流下来,脸上是厚道的笑,站在门口,把钥匙隔老远就扔过来,米妮伸手接住。

米妮转身就要走,我故意在她身后磨磨蹭蹭,走到欧文身边时,我小声说:我想借两张唱片回去听听。

欧文说好。

米妮回过身来骂我没出息。

我不理她,返身回去挑了几张,有理查德的钢琴曲和卡伦的《昨日重现》,卡伦的歌我找了很久都没找到,此刻忽然看到,欣喜之色悄然爬到脸上。

那天回到学校,果然没有逃脱被老师训话的命运。米妮愤愤地说,都是被欧文害的。

我笑嘻嘻地问她,你为什么一直骂欧文?反应这么大,不是喜欢人家了吧!我给你们做红娘。

米妮气极反倒笑了,跑过来挠我,一边还说,这么帮他说话,是你喜欢他了吧?

2

那年春天,我开始准备毕业论文,实习、找工作占去了我大半的时间,无忧无虑的学生生活,仿佛在一夜之间就离我们远去了。

这期间去了欧文那里一次,还盒带,恰巧米妮也在欧文那里。欧文热情地接待了我们,并且亲手为我们煮了咖啡。

米妮最终去了一家大公司做了文秘,我去了一所中学,当了语文老师。这虽不是我的终极理想,可是我却喜欢这样一种远离尘世的生活。

闲时,去找欧文讨论教学中出现的一些问题,跟欧文学弹钢琴。有时候坐在他旁边,看着他的手指从钢琴上滑过,流水一般的音乐倾泻而来,把我紧紧地裹住。欧文爱弹的一首曲子是《水边的阿狄丽娜》,我也想学,可是我却很笨拙,欧文就手把手地教我。我隐隐地觉得他不快乐,他是寂寞的,他忧郁的眼神深深地打动了我。

因为欧文,我留在了这个城市,没有回故乡。有时候,如果我好几天没去找他,他就会打电话来说,你在忙些什么?

我调侃,忙着想家啊!

你来啊,我给你做了好吃的,有了好吃的,就乐不思蜀了。

去了一看,他果然做了一些好吃的,站在厨房里,一只手拿着菜谱,一只手拿着铲子,腰里系着围裙,样子有些滑稽。腰果虾仁的腰果已经糊到发苦,糖醋排骨的排骨像是从醋缸里捞出来的,只酸不甜。看见欧文的样子,我忍不住笑了。

有时候也和欧文去喝喝茶,泡泡吧,但只是偶尔,欧文除了上班之外,不大去外面的,我便陪他在家里看动画片,打电脑游戏,有时候玩得晚了,欧文会煮牛奶给我喝。

在欧文的温情中,我彻底放弃了挣扎

米妮提醒我说,欧文虽是我的邻居,可是他搬来还不到一年,有些来路不明啊。我笑着抱住米妮的肩笑道,知道了。

3

有一天去找欧文,欧文不在,我就在他的屋子里等他,一直等到很晚都没有等到,却接到一个让我意想不到的电话,是个陌生的男人,他说,我是派出所的,你是欧文的家属吗?

我含混不清地回应,既不否认也不确认,我想知道派出所找欧文的家属有什么事。只听那个陌生的男人说,欧文已经在派出所待了三天了,你去把他领回家吧!

我大骇,问,你们不会搞错了吧?

陌生人肯定地说不会。

放下电话,我软软地倚在墙上。我怎么都不会相信,欧文,会弹钢琴的欧文,为人师表的欧文,怎么会和派出所有联系。

去接欧文,站在风中,望着从台阶上下来的欧文,他仅仅在里面待了三天,下巴上的胡子就像青草一样刚露头,脸色憔悴。

欧文看到我,有些暗淡地说,本不想告诉你的,可是除了你我不知道还能告诉谁。

我默默地看着他,不知道说什么好,他在心里把我当成了最亲近的那个人了吧!

回到家里,我给欧文煮了汤面,欧文背着光影坐在那儿,有一些萧瑟,端着面却一直没有吃。

他看着我,一直看着我,然后说,我不是一个好人,关于我,你了解得太少了。其实,我出生在一个有地位的家庭,虽不说大富大贵,可也是衣食无忧。不知从什么时候开始,我就有了这样一个毛病,常常顺手牵羊,最爱坐公共汽车,总觉得有一种诱惑在无形之中牵引着我,我想改,可是改不掉,有时候我都想剁去我这只手。你知道我为什么一个人住在这里吗?

我摇头。

他叹了一口气说，是为了惩罚我自己。良久，他又说，你不会因此看不起我吧？

我和欧文隔着桌子泪眼相望，我使劲地摇头，除此之外，我不知道我还能做什么。

欧文说，不过这次，他们是冤枉我的，我什么都没做，因为，我有了你，再不会做那种事了，你相信我！

一股难抑的酸楚在心中涌动，眼泪流进了嘴里，有咸咸的苦涩。

走出欧文的家，路灯已经亮起来了，像一只只眼睛闪耀在夜里。我一遍一遍地问自己，我爱欧文吗？

答案无疑是肯定的。

4

我过生日那天，欧文意外地跟我玩了一回浪漫，他送了一朵蓝色的玫瑰给我，说是寓意相亲相爱的意思。我接过来，看到玫瑰的花瓣上的一滴露珠。我笑道，你看这像不像玫瑰的眼泪？

欧文很迁就我，说，是有些像眼泪。

他磨蹭了半天，从口袋里掏出一只粉红的锦盒，唯唯诺诺地对我说，这个也是我送给你的生日礼物。

我疑惑地看着他的眼睛，他的眼睛虚弱地回避了。我伸手接过那只锦盒慢慢地打开，是一枚做工精巧的铂金镶钻的戒指，虽说那钻，只有米粒大小，可是我知道，这样一点点小东西，没有万八块是买不来的。

我转回头看着欧文,我知道我的眼神太过锐厉,看得欧文有些心虚,你又犯了老毛病,你真的就改不了吗?就算是为了我。说到后来我几乎是在嚷,我清楚地看到,我的心碎了。

欧文说皱着眉头,这个东西绝对不是我偷的,我……

我打断他说,那是哪来的,不会是天上掉下来的吧?你哪来的那么多的钱?

到后来,我终于抑制不住,眼泪掉下来。我一边说,一边把那个锦盒狠狠地摔到他的怀里,连同那束玫瑰和玫瑰花瓣上的眼泪。

我发疯一般的冲出门去,正好一辆出租车路过,我钻进去绝尘而去。透过车窗玻璃,我看到欧文在汽车带起的烟尘里脚步踉跄地追来。

我的眼泪一路上流个不停,像自来水开了闸门,直到看不清他的身影我才转回头。

爱一个人真的很累。

我对欧文失望至极,连夜乘火车赶回父母家中,我怕我会心软,面对欧文的时候,我总是心软,可是和欧文那样一个偷东西的人在一起,会有什么出路呢?爱情只会把我伤得体无完肤。

冲动之下,我对父母说,我打算去德国留学,如果你们愿意,借我点钱,将来我会还给你们的;如果你们不愿意,我只好想办法勤工俭学。

母亲看我去意已决,就哭了,她哽咽地说,我们支持你。我再也忍受不住,拱到母亲的怀里,眼泪流下来。

走的那天,是 1998 年的年底,天寒地冻,我一个人孤独地走在去异乡的旅途中。我谁都没有通知,一个人提着一个小行李箱,不像是出远门,倒像是出门旅行,好像过不久就会回到这个城市里,而不是一别经年。

飞机起飞的一刹那,我就后悔了,我回头看了一眼身后的城市,心中想着不知多久才能回来,有一种酸涩在心底涌动。

5

再回来,已经 5 年之后,身边多了一位异族的男人。

我给米妮打电话,米妮见到我又是哭又是笑,抱怨我走的时候没有告诉她一声。我说告诉你也没用,你还会跟着我一起去吗?

米妮说,那可说不定。

这期间米妮已经结婚了,嫁了一个什么公司的 CEO,一脸的甜蜜与幸福的样子。米妮沉吟了一会儿,犹豫地问道,你见过欧文了吗?

我笑嘻嘻地说,我走之前就已经跟他分手了。这么多年之后,再提起欧文,我的内心仍然不能平静。

欧文得了一种怪病,大夫说叫自闭症,他已经很久都没有说过话了。米妮说。

我听了心往下沉,有一种酸酸的东西泛上来,我再也笑不出来。我说,米妮,他现在在哪里?

米妮说,他还住在原来的房子里,我帮你约他好吗?

我点头。

我坐在从前常去的那家咖啡馆等欧文,想不到我还会有心跳的感觉。是米妮陪着欧文来的,当他坐在我对面的时候,我仔细地打量他,他的样子一如从前,只是脸色更加苍白了。

欧文看到我,眼睛亮了一下,有一种光在闪烁。

他慢慢地张开嘴,一个字、一个字地往外蹦,那枚钻戒是我给你买的,你为什么不听我解释呢?

可是你哪来的那么多的钱?

欧文的脸有些扭曲,他说,你怀疑我是偷的吗?

我盯着他的眼睛不说话。

欧文说,你为什么不仔细地看看那枚钻戒就还给我呢?其实那只是一枚假的钻戒,我不会用偷来的东西送给我心爱的女人。当时,你并不听我解释,连一个机会都不给我,那时我就想告诉你,我会改的,可是你不听。这些话在我心里整整憋了5年,我很难受。欧文说到后来,话语已经流畅了许多。

我早已是泣不成声。

良久,我说,在异国他乡,我终于学会了那首你教给我的《水边的阿狄丽娜》,要不要我弹给你听听?

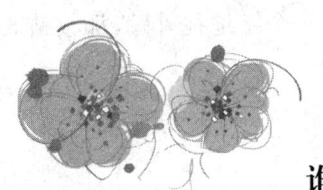

谁的眼泪遗漏在光阴里

1

我和苏小娅是两种完全不同类型的人,她灵动、柔美,留着短短的头发,抱着书本在校园里穿过,不和人打招呼,不和班里的女生打成一片,不参加学生会组织的活动,我行我素,是一个极有性格的女生。而我就不同了,平常拘着书本,犹喜唐诗宋词,人送雅号:老夫子。可是这样的小娅却偏偏和我有着异乎寻常的友谊,有时我也想不明白这是为什么。

十年。从7岁一直到17岁。大人们开玩笑说我们是青梅竹马,我倒是不介意,也不往心里去,小娅听了就皱起眉头纠正道,什么青梅竹马?庸俗,我们是"哥们"。我听了笑嘻嘻地刮她鼻子,叫一声"弟弟",她满不在乎地答应着,然后开怀大笑,露出一排细密的贝齿。

每天早晨,我们相约在街角的一棵硕大的银杏树下碰头,风雨无阻,然后骑着单车一起去学校,这个习惯保持了很多年。

小娅不经意间渐渐地长大,有着一双修长的腿,不用下单车,一只脚支在地上,在树下等我。那棵银杏树伴随着我们成长,见证了我们成长,枝枝杈杈舒展地伸向天空,金黄色的银杏叶落满了一地,像一把把小扇子,我喜欢这样的季节。小娅立在风中,银杏叶在她身边起舞,像一幅美丽的油画。看见我过来了,她便会笑着冲我摆手,我远远地看见,心中便会被温暖踏实的感觉充盈着。如果哪一天没有见到她,心中便会像丢了东西一样怅然若失。

我把这种感觉告诉小娅,她只是笑笑,并不说什么。

2

坐在我前排的男生路远,是一个英俊的家伙,喜欢穿阿迪达斯的运动鞋、牛仔裤,运动场上常常能看见他矫健的身影,是班里女生的目光焦点所在,可是他却一点不为所动,我有些想不明白。有女生和他说笑,他便骄傲地从她们身边经过,不理不睬。私下里,我跟小娅说,路远最爱扮酷了,是为了吸引女生的视线。

小娅不屑地说,不成熟。

我听了,在小娅的身后吐舌头,不敢吱声,怕她连我一起损。

有一天放学后,路远非要拉我去"必胜客"吃比萨,我犹豫了一下，平常在班里并不是走得很近，何故请我吃饭？该不会是鸿门宴吧！

路远似乎看出了我的心思，说，没什么事儿，只是想和你聊聊，请教一下柳永的《雨霖铃》那首词，我一听要解宋词，便来了精神，跟他径直前往。

从必胜客出来，路远不紧不慢地说，老师说《雨霖铃》这首词是写友谊的，你感觉呢？我想了想说，既然老师说是，我想应该是吧！作者写了一种依依惜别的离愁。

路远笑了，你真是个老夫子，在我看来应该是写给情人的，比如那句：执手相看泪眼，竟无语凝咽。那种意境只有情人之间才会有的。

我惊讶道，你找我来就是为了讨论这个？

路远红了脸说，不是。我喜欢上你的"哥们"苏小娅，你能不能帮我问问？路远的坦白，让我一时不知说什么好，差点从椅子上掉下来，心中老大的不舒服，但却说不清楚是为什么。路远盯着我，紧张得直搓手。

其实路远和小娅在性格上外表上都是蛮相配的，小娅的孤芳自赏、路远的骄傲。

嗨！俗语说得好，拿了人家的手短，吃了人家的嘴软，既然吃了人家的必胜客，就得为人家去做说客，心中纵有不甘和悲凉，但还是拍了胸脯说，这事儿包在我身上了，我去跟小娅说。

路远感动得一塌糊涂。

3

回到家里,我就有些后悔了,不知道该怎样跟小娅说。小娅如果知道了我替人家保媒,该不会赏我嘴巴子吧?想想有些怕。

星期天没有课,跟妈妈说去同学家里借一本参考资料,妈妈说早去早回,我答应着,一溜烟地跑到街上,掏出磁卡电话,在街上的公用电话亭给小娅打电话,约她在上岛咖啡屋见面。小娅答应了,我才松了一口气。放下电话,手心里竟微微地出汗。不就是给小娅打个电话吗?至于这么紧张吗?我摇摇头笑了。

一个人先去上岛,找了一个临窗的位子坐下,这个地方真好,要上一杯咖啡,可以坐上一个下午。算起来和小娅还从来没有如此正式地约会过,今天竟然为了路远,约会小娅。胡思乱想着,一双女孩子秀美的脚映入我的眼帘,抬起头一点一点地看上去,竟然是小娅,今天竟然穿了裙子而来,嘴唇上依稀画了淡淡的唇彩。我定定地看着她,真真是女大十八变,小娅不再是当年的那个黄毛丫头了,已经有男生追她了。

看什么啊?不认识我了?小娅嘟着嘴问道。

我不好意思地挠头,说有件事要跟她说。

她说什么事在路上在班里不能说,巴巴地跑到这里?

我嗯嗯啊啊地嘟囔了好一阵子,才费力地告诉她说,路远喜欢你,问你愿不愿意做他的女朋友,说完不敢抬头看她。

正等着小娅生气、掉眼泪,抑或赏我一个嘴巴子什么的,没想到小娅却笑了,她说,想不到你是为人家做说客的。就这事啊,你告诉他我愿意。这么帅的男生我能不愿意吗？你说呢？告诉他明天放学后,我在取单车的车棚里等他。

始料不及,苏小娅这么痛快地答应了,我心中酸涩,都说女人贪慕虚荣,果真不假,路远不就比我个子高一点,人长得帅一点吗？

小娅不能明了我心中的想法,问我还有事吗？没事她就走了。

隔着窗玻璃,我看着她的身影湮没在一大堆人之中,消失到没有踪影,才回过神来,一个下午默默地坐在那里,心中是明灭不清的忧伤夹杂着一丝说不清楚的感觉。经年之后,想起那个下午,恍若隔世。

事实上,路远在那个车棚中,从放学等到天黑都没有见到小娅。他哭丧着脸跑来问我,是不是搞错了。我的心中不可抑制地快乐起来,但马上觉得自己特小人,抿紧嘴唇说,不会搞错,小娅亲口跟我说的,不会有错。路远不相信,从此对我有了成见,看见我爱理不理的。

5

转眼临近高考,教室里的气氛紧张起来,爱玩的不玩了,爱闹的不闹了,大家都在全力以赴应付高考,唯有小娅例外,她约我去滑旱冰。

我不会,穿着冰鞋,扶着栏杆站在场外,像一只呆鹅。小娅却身轻如燕,在场中起舞,吸引了很多人的目光。

小娅过来拉我进场,可是一进场,我就摔倒了,小娅拉我起来,手把手地带我。可是不争气的我,站起来又摔倒了,一遍一遍,小娅气得哭了。她一屁股坐在我的旁边,手指插进她的短发中,肩膀一耸一耸的,我第一次看到她哭,吓坏了,忙问小娅,是不是我让你生气了?她慢慢地抬起头,睫毛上挂着晶莹的泪珠,她一瞬不瞬地看着我,她从不曾如此的看我,看得我心惊肉跳。良久。她说,家里已经为我安排好了,一毕业就去德国留学,签证都下来了。

傻丫头,这是好事啊,别哭了。我伸出一只手,轻轻地擦去她脸上的泪。在我的心里,不希望她走,但说出来的话却很虚伪。一种绝望的气息在我心中蔓延,可是很多事,我们是无力改变的,比如我,毕业后,我会放弃一心所向往的北大,而选择了郑州一所军校,第一志愿、第二志愿、第三志愿,全部都是军校,除此之外,别无选择,我出生在一个军人世家,选择军校,是我必然的人生道路。

那天,往回走的时候,我们都不说话,一路上,小娅沉默着,我逗她笑,她也不笑,沉默地上了公车。陌生人的脸在我们身边交替,轻柔的风在我们的身边穿过。从此,这张熟悉的脸,将不再在我身边出现,心口被不可抑制的酸痛涨满。

小娅临走的时候,把那只天天陪着她的瓷质的大脸猫送给了我。

6

两年之后的暑假,我回高中读书时的学校看望旧日的老师,刚好路远也在,这个英俊的家伙考到了北大,让我艳羡不已,他给我讲北大的趣事,我听得津津有味。后来不知怎么就说起小娅,说起当年追小娅时,被她整得哭笑不得的那些往事,我大笑不已,小娅是一只小蜜蜂,班里男生没有人敢打她主意的,偏偏你往上撞,那不是自己送到枪口上了吗?路远叹气道,听说蜜蜂蜇了人便会失去性命,不知道是不是真的,可惜小娅还那么年轻。

我怀疑自己听错了,我说,路远,你刚才说什么?什么年轻不年轻的?

路远疑惑地看着我,怎么你不知道?

我的心被一种不祥的预感紧紧地攫住,手颤抖得不能自已,我跟一个年轻的男老师要了一支烟,点燃之后,深深地吸了一口,我被呛得立即咳嗽起来,不能停止,我是不吸烟的,只不过是想稳定一下情绪。

路远说,毕业那年,小娅去德国之前,和父母去云南旅行,在盘山路上,面包车掉到悬崖下面,车上8个人无一幸免,包括小娅的父母。送到医院没有多久,小娅就去世了。她临终之前告诉大家尽量不要告诉你。班里的老师和同学全都知道,我以为过了两年,你都知道了。路远的声音越来越小,到后来,我已经不知道他在说些什么。

我茫然地上了那年和小娅一起去旱冰场回来时坐过的那趟公车,身边依稀还是小娅那挂满泪痕的脸。我回头,身边是一张张陌生的脸,风在身边穿行,却哪里有小娅的影子。

我去看街角的那棵银杏树,依旧茂盛翠绿,浓密的叶子间结满了小小的果实。树下再也没有骑着单车的苏小娅。

我回到家里,抱着小娅当年送给我的那只瓷猫,仍然清晰地感觉到瓷猫上留有小娅的指纹。忽然觉得好像是小娅在门外喊我,急急地推门而去,不小心把瓷猫掉到了地上,"哗啦"一声脆响,一地的碎片,我清醒过来,蹲下身,去捡那些碎片,扎了手,有血从手指上流出来,滴到那些碎片上,宛如一朵朵盛开的花朵,艳丽,夺目,我却并不觉得痛。忽然看到一张小纸条,上面写了几个字,是小娅清秀的笔迹:我喜欢你,毕业后我就回来。落款是苏小娅。

我呆住了,手指不能动弹,大脑不能思想,小娅停留在两年前我的世界中。

原来那只瓷猫的底下有个洞,这张纸条就塞在那个洞中,粗心的我并没有发现。隐忍的眼泪流下来,打湿了手中的那张纸。

谁的青春、谁的眼泪,遗漏在光阴里。

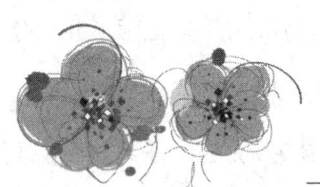

一壶煮不开的爱情

1

沈素心穿着足足有七寸高的高跟鞋，站在街边叫车。时逢下班高峰期，天空飘着雨，那些车鱼一样在她的眼前游来游去，却没有一辆肯为她停下来，倒是飞起来的泥点，溅到她漂亮的长裙上，刚刚在美发屋里做过的发型，被雨丝打湿，软软地贴在额上，狼狈而又难受。

她掏出手机，皱着眉，扫了一眼上面的时间，再拦不到车，只怕真的要迟到了。最要好的闺密今天结婚，晚上在香厨坊宴请知心好友，自己怎么可以迟到？

正在左顾右盼的时候,一辆皇冠稳稳地泊在她的跟前,车里的男人她是认得的,叫韩冬,是她的上司,听说能干,有才,有背景,年纪轻轻就做到部门主管,将来肯定非等闲之辈,虽说平常见面也只是点头之交,但总能道听途说一些关于他的八卦新闻。

韩冬打开车窗,探头问她:"去哪里?可以给我一个为美女效力的机会吗?"沈素心稍微迟疑了一下,就点头答应了,这个时间段实在太难叫到车了,她不想自己站在这湿淋淋的雨地里,慢慢变成落汤鸡。

车里的音乐很抒情,是蔡琴的经典老歌,她有一丝惊喜,有他乡遇故知的感动。她急急地问了一句:"你也喜欢她的歌?"他答非所问:"沈小姐穿这么漂亮,和谁约会去?不知道哪个傻小子有这样的好福气。"他的语调平缓,真诚,丝毫不掩饰自己的羡慕之情,目光中有一朵一朵盛开的玫瑰,从后视镜里传递给她。她早已不再是青涩的年纪,26岁,一枚如假包换的熟女,什么不懂?可是偏偏就那么不争气,这样的恭维,还是让她的心动了一下。

这时节,手机恰到好处地响了起来,是杨飞,他急匆匆地说:"我去接你,他们说你走了。"沈素心简单地说:"去香厨坊汇合。"

韩冬的目光,再次从后视镜里落到她的脸上,笑言:"名花的身边总是蜂飞蝶舞,唉,看来我是没有什么机会了。"

沈素心知道韩冬是开玩笑,但是他的玩笑让人听着很熨帖很受用。

2

渐渐地,沈素心和韩冬就熟悉起来,一个部门里待着,总是低头不见抬头见,沈素心换了一套衣服,韩冬丝毫不吝啬自己的溢美之词,表情夸张而生动地说:"天,这套衣服穿在你身上,简直是绝配,无论是款式还是颜色,简直是为你专门制作的,你真是好眼光。"沈素心换了一款妆容,他就一脸虔诚地说:"你化这个妆简直像天使,害得我在你跟前不敢说话,不敢呼吸。"

沈素心本来心情不好,早上刚刚和男朋友杨飞吵了几句,杨飞看中了一套地角偏远的小户型房子,想把两个人攒的钱拿去交首付,有了房子,然后就结婚。但是沈素心死活不同意,她的理由是离公司太远,上下班不方便。两个人你一言我一语就吵了起来,而且都说了很极端的话,她说他没本事还想结婚,简直是异想天开。他说她有本事拣高枝去,只要飞得上,谁也不拦着。

韩冬的马屁刚好拍在沈素心的马脚上,沈素心讥笑他:"早就听说你的马屁功夫炉火纯青,超一流,果然不假。"

不成想,这一句话竟然让韩冬的脸红了,他嗫嚅着解释:"看你的脸阴得能滴下水来,不是想逗你开心乐一下吗?女人一生气老得快!"

沈素心就心软了,眼圈也红了,想想所为何来?自己凭什么对人家韩冬发脾气?人家又不欠自己什么。而杨飞,自己名义上的男友,还不如一个不相干的人,尚且知道怜惜自己,这还没结婚,等将来结了婚,还指不定什么样呢!

3

夜里睡不着，满心满眼晃的都是韩冬的影子，沈素心吓了一跳。

韩冬两天没有来上班，得了急性肠炎，在医院里吊针，同事们都去看他，她也去了，夹杂在一堆同事里，她也不好明目张胆地说出自己的牵挂和担心。倒是韩冬，目光穿过众人，落到她的脸上，关切地问："素心，你怎么瘦了？是不是也生病了？不会是被我隔着空间传染了？"

大家都笑，沈素心却笑不出来。她和杨飞又吵架了，因为之前几天，杨飞去公司接她下班，刚好看见她站在韩冬的车前，两个人眉来眼去。其实事情很简单，韩冬说顺道载她回家，沈素心不肯，两个人僵持了一会儿。男人献殷勤，只要不离大规格，女人十有八九都是愿意接受的，但是沈素心怕杨飞误会，所以坚拒不受，但杨飞还是误会了，坚持说他们眉来眼去，而且一怒之下搬走了。

孤家寡人的沈素心更加想起了韩冬的好，不自觉地拿韩冬和杨飞做了比较，韩冬帅气儒雅，事业有成，将来前途不可限量，最重要的是韩冬懂得风情，会关心人。杨飞不同，人虽然踏实平和，但是薪水少得可怜，而且不停地跳槽，很难说将来会怎么样，买一间小房子，两个人就打得人仰马翻，数天不说话，将来怎么可能给她她想要的幸福？更何况人像木头一样，半点不解风情。

所以杨飞的离开，沈素心并没有给他一个重修旧好的台阶，而是心绪彻底游离，一颗心放在了韩冬的身上。杨飞给她打电话她不接，杨飞给她发短信她不回，杨飞在QQ上给她留言，她看都不看就直接删除了，杨飞只好自己夹着包回来，低三下四地央求她开门，她假装不在家。

沈素心是狠了心要跟杨飞一刀两断的。

4

韩冬虽然对她很好，而且三番五次话里话外露出倾慕之情，但是她也拿不准是不是桃花逐流水，郎有情妾有意。这就好比烧开水，要想明确两个人之间的关系，需要再添一把柴。

沈素心想好了，就添一把柴，把水煮开。

韩冬和她依旧保持着若即若离的关系，比同事关系近一点，比情人关系远一点，偶尔一起喝喝茶，享受他的温情泛滥。偶尔他也会送她回家，抵着她的耳朵说："真想去你的闺房参观一下，我有这个荣幸吗？"沈素心笑而不语，他就自嘲："你看，我就是这样急不可耐，不像个正人君子，下次吧！"

沈素心站在傍晚的楼下，看着他离去的背影，心中生出一丝失落。

为了添这一把柴，沈素心花了很多心思，终于给她逮着一个机会，公司里安排她和韩冬一起去杭州出差。

心中生出惊喜的沈素心，到了杭州，各自办完事，然后一起游玩了断桥。烟雨西湖边，一起凭吊了苏小小墓。韩冬痛惜不已，感叹道："这么美丽有才情的女人才活到十几岁，像我这样的凡夫俗子却能活到几十岁，真是造化弄人啊！"

两个人像情侣一样，牵着手走在杭州的街头，一会抵头耳语，一会儿放声大笑,招引得路人频频回头,韩冬对沈素心说:"他们一定是在羡慕我!"沈素心偏着头,有几分天真地问:"羡慕你什么?"韩冬说:"羡慕我有美女相伴啊!"沈素心娇嗔:"你这人可真会拐着弯恭维别人,该打!"韩冬皱着眉,做出很痛苦的样子:"你若不喜欢听,我憋着就是了,不过说真的,心里话不能说出来,还真的挺难受的。"

沈素心笑骂:"你这人可真赖皮。"

韩冬像小孩子一样不肯吃亏,回她:"你才赖皮。"

两个人在杭州街头乐作一团……

5

杭州是一个适宜爱情生长的地方。

晚餐的时候,沈素心故意多喝了一些酒,她想在杭州的这个夜晚,让自己的爱情开出一朵艳丽的花儿,否则就辜负了这么美丽的城市、这么美丽的夜晚。

喝了酒的沈素心,脸上桃花灼灼,眼睛里春水荡漾。和韩冬一起上楼时,韩冬在她耳边低语:"妖精,今晚你可真漂亮,想迷死几个啊!"这话有几分调情的意味,沈素心借着酒色盖脸,回应他说:"我只想迷死你。"一句话没有说完,脚下一崴,险些摔倒,幸好旁边是韩冬,一侧身接住了她。沈素心就势软软地粘在韩冬的身上,韩冬只好半搀半抱地把她扶上楼。

原本,两个人的房间是门对着门,隔着一条过道,但韩冬却把她扶进了自己的房间。沈素心闭着眼睛,听韩冬拉窗帘的声音,听韩冬去浴室冲澡的声音,听韩冬吹着口哨,她的心不由自主地狂跳起来……

以为会有一个无比香艳的夜,但,一直到天亮,却什么都没有发生。韩冬蜷缩在床的另一边,不大一会儿,便响起均匀的鼾声,一直到天亮都不曾改变睡姿,睡得很香甜,睡得很酣畅,把身边的沈素心一个人丢进无边的夜里。

沈素心在这个适宜爱情生长的夜晚心凉如水,清醒地睁着眼睛看着窗外闪烁的霓虹灯,一颗泪顺着眼梢滚进雪白雪白的软枕里。从头至尾,都是她一个人在犯傻,韩冬除了那些听起来很暧昧的话,跟她从来没有过实质性的交往,两个人没有金钱上的瓜葛,更没有身体上的纠缠,她只是在所谓的感情游戏里,演了一出独角戏。

早晨起来,韩冬问她要不要去一楼的酒店餐厅吃早点,沈素心面无表情地摇了摇头,韩冬温言软语:"不吃早餐可不是好习惯,特别是你这么漂亮的女人,保护好你的美丽是你的责任,走,喝杯牛奶去!"

若是平常,这话一定会让沈素心感动,可是今天,她觉得这话很假,真做作,恶心。她想不出更多的词来形容眼前这个男人,收拾好来时精心准备的衣服,塞进旅行箱里,没有和韩冬告别,一个人走了。

6

回去之后,沈素心辞了职。

偶尔,她会想起一个叫韩冬的男人,一个怎么添柴都煮不开的温吞水,只想要暧昧,不想要责任的男人,而自己却煮得很卖力。

偶尔,她也会想起一个叫杨飞的男人,一个添把柴就会煮开的热水,却被她那么轻易地放弃了,弃之如敝屣。

想起往事,沈素心觉得,一颗心正在麻木或者日渐苍老。

等你说那三个字

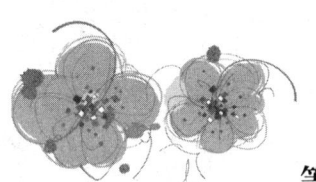

等你说那三个字

1

遇到苏凯的时候,我早已被安小东宠成公主,任性、娇纵、妄为、大胆,甚至还有一些轻微的神经质,夜里睡不着,站在落地窗前吐着烟圈,打开窗子,我深深地吸了一口迎面吹进来的风,身边白色的窗纱被风吹拂得轻轻舞动。我凝神望着深蓝的天幕,唇边浮起一个轻轻浅浅的笑。

安小东是我的梦,我想念他,哪怕是在一起的时候,哪怕是他坐在我的对面,我都会狠狠地想念。可是,我却从来没有对他说那三个字,他有些不甘心地纠缠我,贴着我的耳朵轻语,傻妞,等你说那三个字,哪怕是一辈子,哪怕是用我的生命去交换,我都要亲耳听到,听到你心甘情愿地说出那三个字。

每次听他这样对我说,我都会忍不住嘿嘿地傻笑,天,怎么跟说台词一样!其实我的内心会轻微地战栗,都说他这个人很冷漠,像冰像雪一样没有温度,却也会说这样深情滚烫的话。

有好几次,我都想缴械,都想投降,可是我却无法违背自己的初衷和底线。

2

那一晚,安小东的一个在地下乐队做贝司手的朋友,带我们去迪吧跳舞,强劲的背景音乐有着极强的节奏和韵律,烟草的气息混合着汗液和酒精的味道,刺激着我并不坚强的神经,我兴奋地尖叫,和小东面对面,疯狂地扭腰摆胯,甩动如瀑的长发,小东的手放在我的纤腰上,专注而热烈地看我的眼睛,我笑着在他的脸上拍了下,说,亲爱的,我的脸上长出花朵了?他微笑,颔首。我知道小东是不惯于这样的场合,他不喜欢喧闹、繁华,他喜欢安稳、静好,可是,所有这些,都抵不住,我喜欢。

那晚,我穿着一件黑色的紧身小衫,衣衫上装饰着亮晶晶的碎片,黑色的高跟鞋,鞋面上缀着繁复的碎钻,被灯光一闪,发出好看的光芒,鞋跟足有七寸高,衬得腰肢纤细,有男人黏稠的目光绕过来,我佯装浑然不觉,其实内心里,那颗小小的虚荣心,得到了极大的满足。

舞至半酣，一个男人走过来，轻轻地把小东推开，转头那么随意地说了一句，借你的舞伴一用。他那么霸道地把我抢过去，和我共舞，我扭头看小东，向他投以求救的目光。小东对我点头，我知道他不是一个小气的男人，他是那种肚子里能跑开船的男人，什么事都不会挂在脸上，什么事情都不用我操心，我只要做他的心肝宝贝就好。

音乐重起，是李玟的那首拉丁风情的《情人》，我和那个男人舞起来，想来我们才是一对，野性，疯狂，投入，很多人停下来，把我们围在中间，不时地响起掌声，在那些掌声里我有些晕眩。

他看着我，微微地笑，在我的耳边轻轻低语，他不适合你，他是一只小猫咪，而你是一只豹。我看着他，浅浅地笑，说先生夸奖女人的方式很特别。他笑，不说话，专注地踩着音乐旋转。他是和小东不一样的男人，剑眉入鬓，英气逼人，有一点点痞，有一点点坏，有一点点柔情轻轻漾开，是让女人着迷的那种男人，不像小东，小东专注深情，没有缺点毛病，衣着永远整齐，只用一个牌子的香水，衬衫的领子永远干净，指甲里没有灰尘，心思缜密，别人永远不知道他在想什么，阴柔胜于阳刚。我说不清自己更喜欢哪种类型的男人，但是我不贪心，有一个在手上就好。

音乐落下来，他俯在我的耳边皱着眉头说，我只怕活不久了。我有些吃惊，问他，为什么？绝症？他坏坏地笑，说，是绝症。情海无边，我溺水了，你肯搭把手救我吗？这种暧昧的话语，有了调情的意味，我恨恨地瞪他一眼，甩下一句话，去死吧！扭头去找小东。

3

遇到小东之前,我实在是一个资质平平的女孩,瘦弱、伶仃。失恋,失业。孤魂野鬼一般,整日无所事事地在街上溜达。那样的日子,于我而言,无聊至极点。

一家珠宝公司招聘职业手模,广告打得铺天盖地,撒得到处都是,我目光凄惶地走在街上,随手抓了一张蝴蝶一样翻飞的纸片,上面许诺的不菲的薪水令我怦然心动。

捏住一张薄薄的纸片,以为抓住的是救命的稻草,不知天高地厚地去了那家很有些规模的珠宝公司应聘。去了才知道,什么叫美女如云,个个高贵如公主,衣饰华美,纤指白皙如玉葱嫩笋,哪像我,为生活所迫,干过粗活的手,让我自己先自汗颜起来,更何况从来没有做过手部养护,就敢登堂入室。

刚刚伸出手,就有人很配合地轻轻笑出来,亏你想得出来,这样的手,也来应聘手模,别丢人现眼了,哪来的回哪去吧!

不是没有绝望,这样大好的机会,就这样从我的指缝溜走吗?前前后后,没用上一分钟的时间,我就被打发出来。这些人的素质真够差,或许我的手不够好看,不够柔美,不够纤细,可是真的犯不上说这么一箩筐的话让我难堪。我灰头土脸地败下来,恨不能一步逃离这个令我生厌的鬼地方,当然,这个地方很华丽,可是那些过眼的繁华与我什么相干?

在门口的旋转门前,冷不防与一个人撞了个满怀。那人满怀心事的样子,面有愠怒,轻轻喝斥,走路不长眼睛啊?

我没有分辩,只是慢慢地抬起头来看他,他是一个眼睛细长、五官清晰的男人,不难看,只是眼神阴郁,有一种说不清楚的冷,冷得让人发抖,冷得让人彻骨寒心。那一刻,我不知怎么,所有的委屈都莫名而来,满眼的泪却隐忍着不流出来,想来女人那个样子必定是楚楚动人的,因为他没忍心再说我什么,眼神如水般温柔地罩过来,看了我足足有一分钟,然后从口袋里掏出一张名片丢给我,说,明天傍晚,在旁边的茶室等我!

我正在沉吟要不要答应他,他已经抬腿走了。看着他的背影,我恨恨地骂了一句,自以为是的家伙,简直是个自大狂,我飞快地扫了一眼手中的名片,上面有三个楷体烫金字:安小东。

我在心中一遍、一遍地念着安小东三个字,长指甲几乎把这三个好看的字抠烂。

4

本想把自己打扮得漂亮一点,可是对着镜子却无从下手,头发枯黄稀疏,皮肤干燥紧绷,呼吸急促,而且胸部平平,像一朵犹自未绽的花蕾,这可是一个女人致命的伤,没有胸还拿什么诱惑男人?对着镜子,我不由得黯然神伤。先天不足,让我束手无策,胡乱地撒了香水,又发了一会儿呆,犹能听到自己的心嗵嗵乱跳。

做两次深呼吸,终于使自己慢慢平缓下来,不就是一个安小东吗?有什么好紧张的?兵来将挡,水来土掩。

去了他指定的那家茶室,安小东早早就来了,叫了一壶菊花茶,坐在落地窗前的桌子旁,老僧入定的样子,悠闲地看着窗外的街景,在窃窃私语的人群中发呆。我走过去,叫醒他,他给我倒了杯茶,我看着茶杯里的菊花浮浮沉沉,多么像人生,冲过两遍过后,开始由浓转淡。

他在镜片后面看着我淡淡地笑,有纵容的意味,说,傻妞,是不是路上磕倒了,拣到香水瓶子?我白了他一眼,我知道他是骂我恶俗,白白糟蹋好东西。他见我不吭声,就笑了,说,傻妞别生气,香水不是你这般用法,改天有时间时我会教给你。今天我只是想问你,你真的想做手模吗?

我点点头,又点点头。我看着他的眼睛比划着,你看到松江路上那个著名的购物中心墙上那个代言名品珠宝的女孩了吗?对,对,就是那个样子,时尚优雅,下巴微微地扬起,呈45度角,看人时目光如烟如水,我就要做那样的女人。

我学着那个名品代言人的样子,坐在那里,夸张地摆着造型。

安小东看着我,嘴角上绽开一朵笑容,然后忍不住夸张地大笑起来。我恼怒地站起来,由于动作幅度大了些,杯中的菊花茶溅出一点,我问他,有那么好笑吗?

他忍住笑,说,对不起,你的神态不过是让我想起了另外一个人,真的很像,神态举止,甚至是笑容都像。说到后来,他竟有些寥落和索然的意味,笑容在嘴角死掉。我还想再说什么,看他的样子,忍不住闭了嘴。

我知道他说我像谁,我的心那么没来由疼痛起来,小时候,我总是跟在她的身后,在街上跑,穿一样的花衣服,扎一样的小辫子,吃一样的棉花糖。有一回,棉花糖被风吹落在地上,沾上了灰尘和污物,我哭了,哭很大声,她就把她手中的棉花糖送给我,我不肯要,她就说,一人一口,你不吃我也不吃,说着,赌气般地撅起嘴。

往事如风,让我倍感伤怀,小东伸出一只手,轻轻地替我掠了一下额前的碎发,我清醒过来,他的动作轻缓自然,仿佛我们相识多年。我的心中生出一丝温软,这个男人或许并不像看到的这么冷,他也有温暖的一面。

还想再说点什么,可是他不肯再开口。

5

一同出门。天空中飘着细雨,轻轻柔柔,像人藏在心底的心事,他问我,你去哪儿?

我想了想,说,你去哪儿我就去哪儿?

他咧了咧嘴,你不怕我是坏人?似乎意犹未尽,坏坏地笑着,说,我回家,上床,睡觉。你也跟我回家,上床,睡觉?说到后来,他加重语气,看着我意味深长地笑。

我笑了,调侃道,有什么不敢?我就喜欢坏人。你够坏吗?

他没理会我这个不好笑的玩笑,默默地开车,车里的音乐是一首叫不上名字的英文歌,女声舒缓低沉,时而用气声,把音调轻轻地往上扬,伴随喘息和呻吟,像做爱时发出来的声音,听得我心里一紧一紧的,不舒服,不知道他怎么喜欢听这样的音乐,灰暗,阴郁。

我和他渐渐掉进一种氛围里,谁也不吭声。他专心致志地开车,在街上七拐八绕,似乎绕了半个城,然后在郊区的一座欧式洋房前停下,很绅士地把手搭在我的腰上,扶我上楼。

那间小房子真的不是很大,60多个平方的样子,有好看的白纱窗帘,墙上挂着一个女子的照片,我怔住,屏住气息呆呆地看着,手里的衣服落到地上,竟浑然不觉。这个女子似乎在哪里看到,那眉梢,那眼角,顾盼生辉,都似曾相识,像是照镜子一般,我有了错觉。怎么会有跟我长得那么像的女子?如果不是在一个陌生的地方,如果不是那女子穿精美的衣服,化精致的妆,我一定会以为那是我的照片。

我掩住嘴窃窃地笑,问小东,你怎么把我带回家了?你太太呢?小东拖住我的手,慢慢松开,他低垂着眼帘,半天才摇摇头说,她是我从前的女朋友,我们在一起生活了整整十年,却没有结婚。她如今已经去了另外一个世界,路途遥遥,不知道现在是不是还安好。

他轻轻地抚摸着照片,眼角有泪滑落,然后轻轻地把照片翻转过去。

我看着他的侧影,那一刻,令我怦然心动,如果我是那个女人,想来也会为他去死。

以为会有一个无比香艳的夜,却因为那张照片碎成无数细小的碎片,两个人各自抱着抱枕,蜷缩在沙发里,胡乱地睡了一宿。

6

小东闲暇的时候,会过来陪我,教我对衣饰的品味、对香水的选择,带我到美容院做专业的手部护理,送我价格不菲的南非钻石,甚至把那套小房子的钥匙也送给我。

我看见过他在办公室里工作的样子,那些员工,在他面前,大气都不敢出,其实他也不是那种动不动就训斥别人的人,可是不知为什么,那些人都怕他,怕得要命。我想起了一个成语,不怒自威。

他身边的人,大约只有我敢和他没大没小地乱开玩笑,之所以对我有如此的耐心和空前的忍耐,是把我当成了照片中的那个女人的翻版,虽然心有不甘,但我能如何?

他去韩国出差,甚至带上我,找了一家最好的美容院,给我做了鼻子垫高的手术,看上去真的和照片中的那个女人别无二致。鼻梁高起来,原本平板的脸,立刻生动起来。

我从灰姑娘脱胎换骨,变成了公主。

小东带我去参加他的朋友举行的私人派对,在郊区那个豪华宽大、绿树掩映的红房子里,有人看到我,失态得差点打翻手里的玻璃杯,有人惊奇地问我,美琪姑娘,你怎么来了?我乐了,当然是坐车来的,还用问吗?那人窘在那里,小东过来打圆场,说,她不是美琪,她是小贤。

我拿了一杯红酒在手中转动,问小东,你看这暗红的液体像不像血?小东抚摸着我的肩,怜惜地问,宝贝,胡思乱想什么呢?我看着他的眼睛,他的眼睛那么好看,深得像一潭幽深的水,我漫不经心地问,美琪是谁?小东犹豫了一下说,你不是见过她的照片了吗?我耸耸肩,又问,她是怎么死的?

沉默,有一刻钟那么长久,耳边是站在远处的人在窃窃私语。小东脸色苍白神情恍惚。我淡淡地笑,说,不想说就算了。

我拂袖而去。

小东在身后喊我，小贤、小贤，我心凉如水，自顾自地下了楼，走到拐角，手机响了，我以为是小东，没好气地对着电话吼，别理我，烦着呢！隔了有半分钟那么长久，一个有些苍老的声音响起，他说，姑娘，你最好离小东远点，否则我饶不了你。

我刚想说句什么，那边就收了线，我有些毛骨悚然，站在过道上发了半天的呆，嘴角上开出一朵冷漠的笑容，我知道，纵然就是万丈深渊，我也会毫不犹豫地跳下去。

出了大楼，就看到苏凯，他在泊车，戴了一副大大的宽边墨镜，像一个黑手党，我走过去，漫不经心地说，苏，带我走。

苏凯的脸上浮出那种玩世不恭的笑，说，我怕你们家安小东会杀了我。我讥讽道，亏你还是个男人，他是他，我是我，别把我们扯到一起。

上了车，苏凯像职业车手那样，把车子开得飞快，路边的景物纷纷向后退去，在一段急转弯的路段，甚至险些翻车，我兴奋得高声尖叫起来，觉得非常刺激。

可是没多大一会儿，我就从后视镜里看到安小东，他还是追来了，他开着一辆黑色的宝马，时速绝对有180迈，紧紧地尾随着我和苏凯。

他给苏凯打电话，声音是惯常的语调，冷冷地说，把小贤放在路边。苏凯看了我一眼，耸耸肩。

7

我对苏凯吼道,停车,再不停车,我就跳下去。苏凯无可奈何地把车泊在路边。我跳下车。看到小东的一刹那,我知道我逃过了一劫。我甚至有了错觉,一瞬不瞬地看着他,身边的绿树红花景物渐渐虚无,我的眼睛里只有小东。

他轻轻地把我拥进怀里,我的眼泪抑制不住地落下来。他用大手在我的头发上揉搓着,在我的耳边低语,美琪别哭。

我狠狠地推开他,看他的时候,眼睛里能喷出火焰,我尖叫着,不。转身往回跑。

那天晚上,我和小东赌气谁也不理谁,我躲在床上看杂志,他窝在沙发里吸烟生闷气。半夜的时候,我睡得迷迷糊糊的,听见有人叹息,抚我的脸,他说,我那么喜欢你,你为什么就感知不到呢?

我一骨碌从床上爬起来,吓了他一跳,我看着他,一直看到泪流满面,我拱进他的怀里饮泣,肩膀一耸一耸的,像一个受了委屈的孩子,急切地需要大人的抚慰。我哽咽地说,我知道,我不过是一个影子,你爱的还是她是不是?他不出声。我冷笑,小东,我不要做别人的影子,我要做我自己,

不知道为什么,我会那么生气,我开始撕扯他,咬他,他皱着眉头忍受着,并不还手,他那种默认的态度让我生气,瞬间失去理智。我脱他的衣服,胡乱地纠缠着,一件一件,扔到地上,他逆来顺受的样子激怒了我,我抖掉身上的白色睡袍,穿着有蕾丝花边的黑色内衣,像一颗藤一样攀缘到他的身上,我吊在他的脖子上,一边吻他,

一边落泪,空下嘴来,一串串的字符像不受控制似的从嘴里溜出来,你为什么不要我,我没有她漂亮是吗？我没有她性感是吗？你真是一个虚伪的男人。

我吻他的耳朵,吻他的脖子,在他结实的肌肤上留一个个艳红的吻痕,他先是挣扎着不肯屈服,尔后,他像一只猛醒的小兽,不知哪来的那么大的力气,一把将我丢到床上,翻身把我压在下面。我在他的身下咯咯地笑,他生气地说,傻妞,说你爱我。

我的笑声戛然而止。在一起快3个月了,从来没有说过爱与不爱这个话题,也从来没有过身体上的纠缠,还以为他患上了爱无能,都市人常有的病症。

我在他的身下,睁大眼睛看着他,他吼,你闭上眼睛好吗？我依然倔强地睁大眼睛。我的眼神激怒了他,他像疯了一样要我,一遍一遍地低吼,说你爱我！说你爱我！

我不语。眼泪静静地流进枕头里。他泄气地从我身上翻下来,沮丧地说,对不起。

平静下来之后,他睁着一双空洞的眼睛看着天花板,像是自言自语,你还没有说过爱我呢！我用手指轻轻地抚摸他的肌肤,似笑非笑地说,你也没有说过爱我呢！

他转过头来,对我笑了,说,我等着你对我说那三个字。

我莞尔,看着那张被我偷偷翻转过来的照片中的女子,那是怎样的一个女子,有着怎样的生活,她的眼神清朗澄澈,仿佛透明一般,她的笑容无欲无求,像天使,她的生活真的像她的面孔所表现出来的一样幸福吗?

8

日日与小东相对,日子过得安逸静好,仿佛暴风雨前的慢慢蓄势,漫长得没有尽头似的,不知道什么时候才有转机。

我爱上了这种居家的日子,上街买了主料副料一大堆,给小东做冰糖银耳莲子羹,我不知道哪来的那么多的耐心,将银耳和莲子用温水发透,将莲子去心,用小火慢慢地熬炖,香甜浓郁的气息渐渐缭绕上来,将我并不怎么坚强的神经泡得酥软,我忘记了今夕何夕,我忘记了自己是来干什么的。

每天傍晚,我等着小东下班,和他相对饮一碗冰糖银耳莲子羹,我喜欢看小东吃东西的样子,专心,享受,还不忘夸我一两句。我也喜欢和小东在床上纠缠,他像居家男人那样,穿着大背心,短裤,蜷缩在床上看书,想心事,这种时候,我会悄悄地在他的旁边躺下,我喜欢他身上的味道,他只用淡香型的"冷水"闻起来有一股清凛的味道,夹杂着烟草的味道和男人气息,令我迷糊。

他转头,发现我在他的身后,定定地看着他出神,他问我,傻妞,有心事?我嘻嘻笑着说,只想和你,这样并排躺着,天长地久。

小东脸红了,说,这是打情骂俏吧?我掩饰,就算是吧!求求你,照单全收吧!别让我拿回,那多没面子啊!小东大笑,挠我的痒,说,你这个小妖精,也学会风情这一套了。

我笑得止不住,只好求饶。

如果,我是说如果没有如果,这样的日子大概是我想要的,理想中的生活。煮粥,做爱,两个说说话,像田园诗一般的生活。可是,生活中没有如果,这种假设不成立。

有一天,小东偶然说想吃汽锅鸡,我想在他面前露一手,所以上街,先去书店买了菜谱,然后转道农贸市场,想买一只活鸡,在小巷子里,七拐八绕地迷了路,折腾了半天也没有走出小巷,在我还没来得及辨明方向时,就被后面上来的一辆摩托车撞出去老远……

在我意识模糊之前,我扭头看了一眼,那是一个强壮的男人,戴着头盔,看不清他的本来面目,他一只脚支在地上,略作停留,四下张望了一下,然后一踩油门,一溜烟地离去了,我强忍着身体上的剧痛,摸索着,在口袋里找到手机,拨了那个熟悉的电话号码。

9

醒来的时候,我躺在医院里,身体像散了架一样,脑袋迷迷糊糊发晕,手臂上插着针头,我知道,是在输液。

重新回想了一下整个过程,越来越清晰地觉得,这不是偶然的事件,我再次想起了那次和小东赌气时,收到的那个声音苍老的电话,坐苏凯的车,在弯路上几乎翻车,如果不是小东在后面紧追不放,不知道会是怎样的一种结局,那些刚刚过去不久的事情像电影镜头一样,在我眼前回放。

小东在走廊里打电话,尽管声音压得很低,但我还是隐隐地听到他生气的声音,他说,我不管她是谁,我都要定她,下次再发生类似的事情,别怪我对你无情。我要她好好的,活着,留在我身边,你告诉老头子,我的事情他别管。

小东的话，让我的心呼然而动，这样的表白会让任何一个女人迷失，我也不例外，尽管他不是当着我的面说这些话，也正是因为他不是当着我的面说这些话，才让我感动。同时我也明白自己的处境，并不是表面上看起来那般风花雪月。

　　我知道，这不是普通的意外，也不是简单的交通事故，是有人想要我的命，也因此看到安小东发狠的一面。我的内心里，像一锅粥，混乱成一片，要不要罢手呢？

　　正胡思乱想时，小东进来，他拿起我的手放在掌心里，嗔怪道，没有事，到处乱跑什么？

　　我撅起嘴儿，假装生气，你还埋怨我，如果不是因为你想吃什么汽锅鸡，害得我满街到处找菜谱，也不会发生这样的意外。

　　小东说，小冤家，鸡呢，我以后是不敢吃了的，只求你好好的，别再任性胡闹，做个小甜品还将就，这大厨就不要做了，把小命玩丢了，我可有些舍不得。

　　我的眼泪掉下来，落在他的手背上。良久，我问小东，报警了吗？怎么没有警察来找我录口供？

　　小东在房间里来来回回地走着，最后停留在窗口，看着窗外耸入云天的高楼，半天，转回身来，摇摇头说，我没有报警。

　　我问他，为什么？

　　他说，我赶过去的时候，只有你自己躺在一个偏僻的小巷子里，苍白，失血，我只好抓紧时间把你送到医院，救命要紧。再说不过是一次普通的意外事故，肇事司机早吓得逃逸不见了，报警只会招惹很多的麻烦,最后案子还是破不了。

他安慰地在我的脸蛋上捏了一下,想吃什么,告诉我,我会想尽一切办法。

我感激地笑笑,其实我早就知道,这样处理,是必然的结果。

10

我并没有做成手模,倒做了安小东的情人。车祸事件之后,小东不管走到哪里,都会把我带在身边,以防不测,就连出差也不例外。苏凯也连带消失了,不再出现在我的生活里。

那天,小东打电话给我,说是要去海南,让我下午赶到机场,然后一起登机。我嘟囔着,干吗不早点告诉我,来不及收拾东西。他说,我也是刚接到上面通知,什么都不要带了,带上你自己就行了。

我只好答应。

他去海南要见一个什么人,碰巧那个人有事不在,我们就一起在海南等。等待的间隙,有了大把的空闲时间,像度假一样。

白天,他带我去吃海鲜吃小吃,有时候,我们会租两辆脚踏车,在那些有着大叶子的植物中间穿行。他总是没有我骑得快,我一边飞快地骑着,一边回头挑衅,小笨笨啊,缺乏运动的后果吧?我一直骑到海边,回头发现小东不见了。

我惊出一身冷汗,小东没有我强壮,不会又犯了旧疾吧?我总是把现实中的小东和心里的小东,以及臆想中的小东混淆,都说人在一起,相处越久就会越有感情,想来是真的吧?

我把脚踏车丢在沙滩上,急急地去找他,可是遍寻不见,我急得

都想去沙滩的广播室播寻人广告，谁知小东却躲在棕榈树后面，专心地用白色的山茶花编一个小花环，看见我蹑手蹑脚地走过来，冷不防戴在我的头上，我抚着胸口，笑骂，你这个坏东西，一句话还没有说完，他竟丢了一颗槟榔在我嘴里，我说不出话，伸出手掐他，他躲避着，一路逃去，有风铃一样脆生生的笑声，洒落一地。

那时候，我便生出错觉，觉得太平盛世，有我，有他，这就是我要的生活和爱情。

夜晚，他带我在椰林旁边的小路上散步，月光如水一样倾泻下来，风很清爽，他的眼神很黏稠，周边很静，只能听到昆虫在鸣叫，他偶尔会低下头来吻我。

我们住的别墅度假村的木屋外面，有一个小游泳池，他游得像一条鱼，可是我不会游泳，沮丧地坐在岸边看他，他乘我不备，一把将我拽下水，说是要教我游泳，可是我天生的笨，总是呛水，他就强行把我拉下水，我挣扎着，趁他不注意，躲到岸上的一幅广告牌后面，悄悄地隐藏起来，我从他的视线之内消失了，他四顾不见，急得乱喊我的名字，小贤，小贤。

我躲在黑暗里窃笑，不出声，看着他手忙脚乱地潜下水找，看着他急急忙忙地叫保安，我呆呆地看着他傻笑，他的烦躁焦急和不安深深地灼伤了我，渐渐地，我笑不出来，如果不是那样的开始，我会不会爱上他？

我悄悄地潜下水，绕到他的身后抱住他，他扳过我的肩，一把将我抱在怀里，轻轻地呵斥，你这个傻妞，吓死我了，以后不许这样。

他把我抱得很紧，我窒息得喘不上气来，仿佛我是一条鱼，一松手，就会游走。

那样的夜晚，月光洒落在水里，轻轻地一挥手，银色的月光便碎成无数的碎片，我和他，站在水中央拥吻，他低下头，深深地吻我的唇。我热烈地回应他，唇舌之间，像两只打架的小鱼，可是我的眼泪，为什么流下来？那是幸福的泪吗？

11

足足有 11 天，我和小东待在那个别墅度假村的木屋里没有出门。一起读书看报喝茶聊天做爱，日子过得悠闲，但我却分明嗅到了一种山雨欲来风满楼的感觉。这样的宁静和安适简直有些不正常。

安小东是一个很能缠人的男人，连我洗澡的时候都不得闲，他会给我调水温，往那个木桶做的浴缸里洒玫瑰花瓣，他不知道在哪儿弄来那么多的玫瑰，一缸的艳红，我骂他，糟践了好东西。他笑着摇摇头，帮我洒浴盐，往我的背上浇水，以为他有什么图谋，可是他只是安静地做着这些事情，并没有什么小动作，其实他并不是一个擅长表达的人，多数时候，很木讷。

我看报纸的时候，他会捉住我的手，把我的指甲一一地修剪好，然后细心地涂上玫瑰红的蔻丹。

不是没有感动，但话一出口，还是忍不住伤了他，我问，为什么对我这么好？是不是把我当成了她？

是不是也这样帮她洗澡？呵呵，简直是星级服务呢？

玫瑰红的颜色是她喜欢的吗？

半天没有人吭声，我从报纸上抬起头，他已经跑到另外一间屋子里生闷气去了，脸像锅底那么黑。

我低声下气地哄他，引逗他，挠他的痒，他的脸就是不放晴。我说，小东，我不是故意要刺伤你，我只是嫉妒。

我吓了一跳，下意识地捂住自己的嘴，这是我说的话吗？我嫉妒那个女人？小东转过身来，狠狠地说，这话我爱听。他一边说，一边剥我的衣服，嘴里嘟囔着，你这个傻妞，让你乱说话，看我怎么收拾你。

他的唇狠狠地落下来，一遍一遍地吻我，他像弹琴一样轻抚我的身体，我想起了故乡袅袅升起的炊烟，那些细微的感觉温柔地触痛我的神经末梢，我在心里一遍一遍地告诫自己，我不可以爱，尤其是不可以爱小东。

什么时候，我的泪已经冰凉地流了一枕，再看小东，也是泪流满面，小东一遍一遍地疯狂要我，在他野性而霸道的动作里，我看到了世界末日。

12

第12天，在五指山下的万泉河边，我们看到一个划着船的老渔人，其实不是船，准确点说，是一条木筏，他戴着斗笠，穿着蓑衣，远远地看着，像一个稻草人，他时不时地放一只鸬鹚下水去捕鱼，而自己则悠闲地坐在木筏上唱歌。小东招手，渔人将木筏划过来，小东问他，可不可以付一点钱给你，载我们一程？渔人点点头。我担心地看那筏,又破、又小,我有点怕。

渔人很健谈,他们叽里呱啦地说着当地的土话,我一句都听不懂,还是小东给我翻译,说渔人问他,你找了一个大陆妹做老婆?小东得意地回,是啊,大陆妹漂亮。他一边说,一边歪着头看着我坏笑!

我捏紧拳头,捶他的背,他还没来得及求饶,手机响起来,是他要找的那个人回来了,要他马上去一趟。

诗情画意的日子仿佛是一页画,轻轻地翻了一下就揭过去了,美好得有些不真实。

海南之行结束后,我跟着安小东,先是坐火车,然后坐汽车,再然后步行,一路颠簸着,去了云南边境的一个小镇,找了一个破旧的小旅馆住下。

从那时开始,他的手机每隔几分钟就会响起,不断地有人给他打电话,不断地有人找他,而他,总是避开我,去我听不到的地方讲话。

他的生活紧张忙碌起来,他的脸上再也看不到笑容,我猜想,他一定是接到了什么重大的任务,尽管他什么都没有跟我说起。

我生气,抱膝坐在窗台上,看小镇上的人来来往往,忙忙碌碌地生活着。小东和我说话,我扭过头去不理他。

午后,天有些阴,有两个小镇上的土著来把他叫走,直到深夜仍然没有回来。

在那样一个陌生的甚至有些鬼气的地方,我忽然感到害怕,怕

失去小东。因为严重的水土不服,半夜的时候,腹中绞痛,不停地跑厕所,至天亮,我已昏迷脱水。小东回来,看到我像一朵蔫了的花,吓坏了,他守着我,寸步不离,不停地叫我的名字,还请了小镇上的大夫给我吊了盐水。

半夜起来上厕所,听见小东在另外一个房间里接电话,他没有任何感情色彩地重复一句话,后天夜里交货。

我的心狂跳不止,蹑手蹑脚地回到床上躺下。

小东回来叫醒我,他说,小贤,想吃什么告诉我,我会变戏法。我说什么都不想吃,只要你守在我身边。说这句话的时候,我的眼泪顺着眼角,汩汩地往下流,我那么希望他能答应我,只要他答应了,不仅仅救了我,也救了他自己。

他笑了,伸手擦掉我眼角上的泪,说,傻妞,别哭,我出去有点事儿,两天后回来,回来后,和你长相厮守,一辈子,直到你厌倦。

我哭得更厉害,像决堤的河。

小东还是决绝地走了,头都没回。屋子里,只有我自己,奄奄一息地躺在木板床上,屋子里死一般静,而我躺在蛮荒的时间里,扳着指头数着,一分钟,两分钟,一个小时,两个小时,一天,两天。

第三天,苏凯竟然来了。我冷笑,说,我知道你会来找我。他说是,不过不是替小东他们家老头子来杀你,而是小东要我亲手把这封信交给你。

我声音颤抖,发疯般地问他,小东呢?他自己为什么不来?苏凯冷漠地说,这不正是你想要的结果吗?小东最后留下的话是,让我带你离开这儿,送你去安全的地方。

我痛哭失声,明明知道是这样一种结果,但还是不愿意相信,颤抖着展开信,字迹很秀气,也很潦草,没有开始,也没有结束,更没有署名,然而,我知道,这是小东写给我的。

我给你讲一个故事吧？一个小男孩,从小生活在一个边境小镇上,那时候,他快乐无忧,在祖父种罂粟的地里玩耍,捉蜻蜓,捕蝴蝶,罂粟花艳丽无比,他觉得那是世界上最好看的花儿。后来他长大了,去了一个大都市上大学,认识了一个女孩,他们很相爱,本来想一起留在大城市里发展的,谁知男孩的祖父,以死相挟,要他回去发展家族企业。后来才知道,所谓的家族企业,那家珠宝公司,也不过是洗黑钱的途径,他想罢手,但为时已晚。有一次在越南交易时,女孩为了救他,替他挡了那一枪,她用她的生命,换得了他的偷生。

开始,不过是觉得,你是那个女孩的翻版,所以,不顾众人的反对,把你留在身边,哪怕你是一颗炸弹,能够随时引爆身边的一切。

后来,才知道,你不是她的翻版,你就是你,绝无仅有,独一无二。

我爱上了你,是的,我爱你。

我会听到你说那三个字吗？

我的手指颤抖得厉害,拿不住那页纸,它像蝴蝶一样落到地上,我弯腰拣起,眼泪落到信纸,如果没有那个如果,这时节,我们会不会在家里喝着冰糖银耳莲子羹？会不会在沙滩上骑脚踏车？会不会携手在月光下漫步？会不会在床上共赴鱼水之欢？

可是,生活真的没有如果。

13

一年之后,我在一个公墓里找到安小东三个字。我把一个白色的山茶花编成的花环放到他的墓前。

我一遍遍地对小东说,别怪我,我只是用刑警的手,替姐姐报了仇。要怪只能怪自己,我们原本殊途,你爱我,只为我是美琪的影子,而我爱你,不过是美琪的重生。我们一样都在爱恨与矛盾中纠缠与挣扎。

如若不是以这种方式起始和相识,或许我们真的会爱上彼此。

想起最初精心设置的意外邂逅,想起他对我的宠爱温情,想起那些浪漫炽热的情话,一切都如过眼云烟,可是我的心,为什么会那么痛?

下山的时候,一群孩子从我身边跑过,有尘土扬起,伴随着他们的轻歌与吵闹,不知是谁在唱,两只小蜜蜂,飞在花丛中,飞呀飞呀……

我的眼泪轻轻滑下来,我抓住一个扎小辫子的孩子问她,喜欢吃棉花糖吗?她用黑葡萄一样的眼睛盯着我看,然后,轻轻地摇了摇头。我知道我再也飞不起来了,我的翅膀粘上了一种叫记忆的东西。

快到山脚下的时候,我转回头,顺着原路发疯般地往回跑,一直跑,跑到小东的墓前,我的眼泪,像断了线的珠子一样落下来,那些穿过灵魂的岁月,像电影一样在我的眼前重播。我扶住墓碑,还是撑不住身体的重量,像落花一样萎谢在小东的墓前,我泣不成声地说了那三个字:我爱你。

山风呼啸着从我身边刮过,仿佛是小东在说,我终于等到你说这三个字。我侧耳倾听,真的是我熟悉的小东的声音。

美人鱼的深海之恋

职业救生员的"美人鱼"生涯

一天,我正在接电话,顾远在电话里柔情蜜意地对我说:"只要你改行,我可以考虑收回以前说过的话,我们之间的关系可以继续保持下去,凭我的能力,哪怕你不工作,我也可以养你一辈子。"

我心中暗笑,这小子真是狂人,他以为他是谁啊?商界强人潘屹石?网络精英张朝阳?还是凭着一双忧郁的眼神就能杀死女人的梁朝伟?凭什么让我为他放弃工作、改变原则?我可不想成为生活在他阴影里的一棵小草。

刚想讥讽他几句，话还没有说出口，不知是谁扯着嗓子大喊，有人落水了，快救命啊！声音急促而且慌张，一下子划破了海边寂静的天空。

我急忙丢掉电话，抓起搭在椅子上的救生衣，冲出值班室，一边跑一边套上救生衣，向沙滩的浅水跑去。

海滩上空无一人，海水一浪一浪地拍打着海滩，正在涨潮。远远地看到一个人，正在离岸 50 米左右的海水里奋力挣扎求生，随着海浪起起浮浮。

我目测了一下距离，然后毫不犹豫地跳进海里。10 月的北方，海水已经冷得刺骨，我奋力地游向那个落水者，然后抓住他的胳膊回头游向岸边，费了很大的劲才把他拖到沙滩上。

我看了一眼落水的男人，长得不算很难看，但却狼狈不堪，胳膊上、小腿处，都被海底的暗礁擦出了血。他紧紧地闭着双眼，嘴唇发紫，呼吸微弱。于是我赶紧实施急救措施，传统的摆手扩胸，按摩心脏，甚至掐人中都用上，可是他仍然闭着眼睛，没有一点反应，无奈之下我只好对他进行人工呼吸。面对眼前这个大男人，我还是多少有些紧张，但人命大于天，此时的海滨浴场除了我再无他人，头儿们都去开会了，我不能见死不救啊！

先是把他的嘴打开，然后口对口对着他的嘴吹气，折腾了 10 来分钟，他终于醒过来，一口水吐出来，喷到我的衣服上，他有些不好意思地说："谢谢你救了我！"

我冷着脸训他："没事儿别玩这种游戏，多危险？如果就此枉送

了性命，对得起生你养你多年的父母吗？对得起家里的娇妻爱子吗？他们从此无依无靠，岂不是很可怜？"

他低着头，半天才说："我还没有结婚呢，哪来的老婆和孩子？这两天心情不好，站在礁石上发呆，谁知涨潮，脚下一滑掉进了海里，本来我是会游泳的，不瞒你说，我会狗刨，可今天天冷，碰巧我又犯了小腿抽筋的毛病，所以才在水里扑腾了半天。"

他冷得发抖，我把自己一件新买的白色风衣给他披上，还真有点舍不得，我自己还没穿过几次呢！倒是便宜这小子了。

他感激地冲我笑，说："我叫江海澜，永远不会忘记你的救命之恩。"

我淡淡地笑，救人，救掉到海里的人，是我的职责，拿一份薪水就应该尽心尽力，努力做到最好，这是我做人的底线。

是谁残忍地毁掉我的幸福

我23岁，叫小美，在海滨浴场做着一份专职救生员的工作。我从小生活在海边，水性好，居住在这一带的居民都叫我"美人鱼"。

6岁那年，父亲遭遇了一场交通意外，肇事司机出事后逃之夭夭，父亲因抢救不及时身亡。母亲经受不住打击，从此疯疯傻傻，时而清醒时而糊涂，这个家在风雨飘摇中摇摇欲坠，我在捉襟见肘的日子里勉强念到中学毕业。

我心里非常恨那个肇事司机，如果不是他，我该有一个多么幸福的家，兴许现在已经大学毕业了，和那些年轻的女孩子一样，穿漂亮的职业装，在全市最高的写字楼里办公，我的生活完全可以是另外的样子。可是那个肇事司机像一只命运之手,轻而易举地改变了我的人生的轨迹。

16岁辍学,我一边照顾母亲一边找工作,吃尽了苦头,看尽了白眼,有一段时间,我绝望得如同一个站在荒野上的人,不知道哪里是尽头,夜里躺在被窝里,泪流成河,湿了枕头。

有一天,我在街上溜达,看到一家滨海浴场招聘救生员的启事,于是就去应聘。凭借良好的水性,我被聘用了。我太需要一份工作了,我需要养母亲,养自己。

其实我也挺喜欢这份工作,因为可以天天呆在海边,一个人在海边独处的时候,我会觉得如鱼得水,自由自在。

每年我都会从海里救起几十个游客,有本地的,有外地的,有儿童,有老人,这些人在此后的日子里都成了我的朋友,过年过节会收到一个问候,这令我感到很温暖,很有成就感。包括顾远,我曾救过他姐姐的宝贝女儿,所以我们成了朋友。

吃过午饭后,我在海边巡视,这是例行工作。别在腰上的对讲机忽然响了起来:小美,快点回来,有你的电话进来。

原来是那个叫江海澜的男人,他说下班后想请我吃饭,我不肯去,说小事一桩,我不过是尽了本分而已,没必要搞得那么隆重。江海澜忍不住笑了,对我说:"在你,是小事一桩,在我可是人命关天的大事儿,救命之恩,永世不忘,总要让我用我的方式谢谢我的恩人。"我仍然不肯去,江海澜只好说想把我的风衣还给我。

一想到那件白色的风衣,我犹豫了,那可是我省了好几个月攒

美人鱼的深海之恋

下的一点钱,买了这件衣服,还没有穿过几次,就被落水的江海澜借用了。

为了拿回那件衣服,我最终还是去了。江海澜带我去这个城市最好的餐厅吃西餐,我打量他,已不再是那天在海边的狼狈和落魄,华美的衣饰、纹丝不乱的头发,眼神笃定。餐桌上是精美的银质餐具,带流苏的巴洛克风格的桌布,服务生黑色的西装领结,彬彬有礼的询问,一看就知道受过专业的训练。

我忽然觉得无所适从,手脚都没有地方放了,看着自己身上穿的是从街边小摊买来的廉价的衣服,开始后悔跟他来这么华贵精美的地方,这一切和我的生活是多么格格不入。

席间,江海澜像变戏法似的,不知从哪里弄来一把小提琴,亲自为我演奏了林俊杰唱的那首《美人鱼》,这首流行歌曲用小提琴来演绎,旋律优美别致。

一曲奏完,江海澜自嘲地笑:"我6岁学小提琴,整整学了8年,最后却选择了工科,指法早已生疏了。"

我想到自己,也是6岁,没有了父亲,整整十几年,一直都在生活的海洋里挣扎,江海澜学小提琴的年龄,我每天在海边提着小桶,拣蚬子、捉螃蟹,然后拿到市场上换几文钱。江海澜上大学的年龄,我东奔西跑,带着母亲去看病,背负着与年龄不相称的生活。江海澜办公司创业的时候,我在海滨浴场当了救生员。命运之手真的很神奇,一样的人,不一样的命运。

请不要剥掉我身上的鳞

江海澜经常给我打电话,约我吃饭什么,我又不傻,怎么会不明白他对我的好,可是我还是推说有事不去。也不是对他没有好感,这样高大、体面、谦和的男人,做男朋友一定非常合适,有安全感。可是我亦明白,他和我不是一个世界里的人,与其纠缠下去,弄疼了自己,还不如趁早放手。

江海澜曾经十分热情地邀请我去他的公司上班,他以为我会欣然接受,因为写字楼的环境比天天在海边风吹雨打要好得多。

可是他没有想到,我拒绝了,拒绝得很坚决,没有留半分的余地。海澜惊讶地问我为什么?我说:"我的世界就是大海,离开了大海我会活不成的。我没有学历,没有工作经验,除了游泳什么都不会,你让我离开大海,无疑是剥掉了我身上的鳞。"

江海澜张口结舌,半天才说:"在我的公司里,你什么都不用做,我一样会给你一份薪水。"这一次轮到我张口结舌,说不出话来,半天问:"为什么?"海澜说:"傻丫头,你是我的救命恩人啊!"他的理由并没有打动我,我很清醒也很理智。

12月3日是我的生日,江海澜送给我一个意想不到的生日礼物,是一串亮晶晶的新房钥匙。他开车带我去看那套房子,房子不大,只有50个平方左右,是中山路上的一处幽静处所,街边是一排整齐的梧桐树。

我把钥匙塞给江海澜,急吼吼地说:"我不能要你这么贵重的礼物。"他心平心静气地说:"就当是我借给你住的,将来还我钱或者还

我房子都行。你现在居住的环境太差了，根本不利于你母亲养病。"说到母亲，我的口吻渐渐松懈了，母亲是我心中不能承受之轻的痛，这些年时而清醒时而糊涂，吃尽了苦头，物质上的苦尚可忍受，可是心灵上的痛，谁能看到？我拿着钥匙，犹豫地说："海澜，我回家跟母亲商量一下吧！"

母亲并不同意拿江海澜的这套房子，她说世上根本没有天上掉馅饼这回事儿。起先我还试图说服母亲，看母亲的态度很坚决，也就作罢！

第二天拿着钥匙去找江海澜的时候，刚巧碰到他和他的父亲在他的公司里谈话，门虚掩着。只听江海澜说："小美这丫头表面上看起来很倔，其实内心里很脆弱很柔弱，有点对我的脾气。"听到江海澜正说自己，我动了好奇心，停下来听了一会儿。

江父叹了一口气，半天才说："你是不是喜欢那丫头了？你们之间根本不可能，你还是别动那个心思，我是她们家的罪人，如果不是我，那丫头怎么会受这么多的苦，怎么会没了父亲？她如果知道了真相，还不杀了你？"

江海澜也叹了一口气，在暮色里显得尤为冗长。

我的心"嘣嘣"地跳，手指不小心触到门上，发出响声，江父和江海澜一起跑出来，看到我，呆住了，三个人静静地对峙，任时间流逝。我的脸上，涕泪交流，却不发出一点声音，肩膀抖动。江海澜心疼地揽过我的肩说："小美，别这样，哭出来会好过些。"

我一把打掉他的手："别在这儿假仁假义的，从头到尾都是一个圈套是不是？在海边落水，请我吃饭，送我房子，所有这些，都是为了求得一个良心上的安稳，是不是？你知道我和母亲这些年是怎么过来的吗？是一套房子可以交换的吗？"

我回头看江父，泪眼中，江父一头稀疏的白发，一张脸被痛苦扭曲得走了形，他颤颤巍巍地说："小美丫头，这件事是我错了，一辈子都背着一个良心上的包袱。我到处找你们母女的下落，直到最近才发现你在海滨浴场当救生员。"

所以你们才刻意接近我，是吗？可是我偏不给你这个机会。我把钥匙摔到桌子上，转身离去。

仇恨像一粒种子，早已在我的心中生根发芽，盘根错节，怎么会那么轻易地摒弃？

人鱼公主和王子的爱情童话

春寒料峭。一天中午我刚吃完午饭回来，正好赶一起意外事故，一个男孩和父亲在海边散步，男孩一时童心大起，趁父亲去厕所的功夫，到海里抓小鱼，结果被海浪卷进海里，大家正在分头行动，我也参入了。

在下水救人的过程中，由于这一带海底暗礁多，我又犯了胃痉挛的老毛病，结果，小腿撞到暗礁上，粉碎性骨折，住进了医院。

这是我专职救生员生涯里最丢人的一次。

江海澜赶到医院来看我，趁着我不能走路，无法逃开他的时机，大献殷勤，给我送饭，背我去洗手间，甚至连送花那么老土的招式都用上了。邻床的阿姨羡慕地说，小美，你老公对你真好！把我弄了个大红脸,刚想解释说江海澜不是我老公,谁知被这家伙一把捂住嘴,说不出话来,气得我在他的掌心狠狠地咬了一口,他松开手。

每次江海澜来看我,我都闭着眼睛不理他。有一次他终于沉不住气,说:"小美,我想把那件事的真相告诉你。"

我不屑地说:"真相就是我的父亲在我6岁那年被车撞死了,而肇事的凶手就是你父亲,你6岁的时候在学小提琴,而我6岁以后,除了眼泪,就再也没有过笑声。这就是真相。"我的眼泪落下来,如果没有个人的恩怨夹杂在其中,说不定我会爱上这个叫江海澜的男人。可是父亲的惨死,让我一辈子不能原谅他,哪怕面对面,我也无法走近他,终有一只无形的手阻隔在其中。

江海澜叹气:"我必须还我父亲一个公道,出事那天刚好我父亲病了,是他的徒弟替他开车,然后发生那起车祸。父亲的徒弟当时只有19岁,没有经验,出事之后吓得傻了。这些年父亲一直在自责,他说如果不把车交给他的徒弟,就不会出这样的事了,可是人生没有如果。为了这件事,父亲付出了惨重的代价,他除了照顾他的傻子徒弟,然后就是不停地寻找你们,他一生都活在悔恨之中。"

我傻傻地愣在那儿,原来肇事司机早就傻了。背负了这么多年的恨,这么轻而易举地被江海澜化解了,我忽然觉得身体失去了支撑的力量。就在我要倒下去的时候江海澜扶住了我。

深秋的海边,几乎没有几个游人,蓝天、碧海、银沙,在阳光的照射下,闪着粼粼的波光,海岸线上,很远处有几棵树,不知谁种的葵花,在风中仰起美丽的脸,显出勃勃的生机,寂静的天空下,唯有海浪在有节奏地呼吸。

江海澜拿了一枚戒指向我求婚，可我终于下不了决心接受他，我不能嫁给一个间接害死我父亲的仇人的儿子，父亲的惨死是我心中一辈子无法化解的忧伤。江海澜抓住我的手，恳求我收下戒指，我不肯，争执的结果是不小心戒指掉进了海里。

我一头扎进水里，一个猛子连影子都不见。我在海边的浅水处到处找寻那枚戒指，我有些后悔自己的莽撞，费了很长的时间终于在一块礁石的缝隙处找到了那枚属于我的戒指。

当我回到岸上时，惊讶地发现江海澜不见了，我四处寻觅发现他在离海边50米左右的地方挣扎着。原来他是发现我扎进海里很久不见踪影，以为我出了什么事儿，跳进海里救我，这个呆子并不像他说的那样会什么狗刨，已经呛了好几口水，正在苦苦地挣扎着。

我的眼睛潮湿了，一个不会游泳的人，为了救我，毫不迟疑地跳进海里，并不顾惜自己的生命，这样的男人一生中能遇到几个呢？

费了很大的劲把他拖到岸上，他闭着眼睛，呼吸微弱，我轻轻地俯下身子，再一次为他做人工呼吸，只是这一次，我的眼泪滴在了他的脸上。

他睁开眼睛，看着我说："小美，我是真的喜欢你，并不是为了替父亲赎罪，请你相信我。从第一次看到你，你给我做了十几分钟的人工呼吸，那时我就开始喜欢你。"我的脸一下子发烧起来。

我擎着手里那枚失而复得的戒指，傻傻地问他："你刚才的求婚还算数吗？"当幸福触手可及的时候，当心中所有纠缠的恩怨都化解掉的时候，我真的不想再一次失掉幸福的机会。

海澜点了点头，找了一根小树枝，在沙滩上画了一个圈，他说："这是我们两个人的世界，我会小心爱护你身上的每一片鳞片。只是你，再生气的时候，不许转身就沉入海平线。"

我点了点头，久违多年的幸福感觉，重新涌入我小小的心房，拥挤得没有一丝缝隙，放下仇恨，原来生活这么美好！

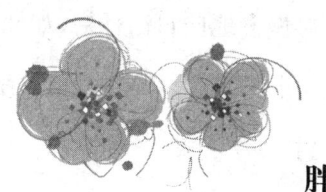

胖企鹅的情感方程

1

我不是那种人见人爱的女孩,有一段时间,我甚至怀疑除了我的老爸老妈,还会不会再有人爱我,看着镜子中的自己,像一只笨拙的企鹅,我几乎有了抛弃自己的欲望。我怎么会胖成这样?商店里那些漂亮的时装,只是装点别人生活的美丽风景,从来都与我无关;梦中的白马王子从我身边经过,没有一个为我停留,恋爱这种甜蜜的事业好像与我绝缘。

大学毕业后,有一段时间,求职无门,到处碰壁,心渐渐冷了下来。我觉得自己像一条被

生活甩到岸上的鱼,再挣扎也是一个观望者,看着别人朝九晚五,周末派对,活生生地游在水里,纵有不甘,又能如何?

我尝试过节食减肥,简直惨无人道,坚持了三天,感觉就像世界末日一般,饿得两眼发绿,脚下发飘,冲进餐厅大开吃戒,对着那些美食恶狠狠地下箸,然后再慢慢地向自己忏悔,如此反复,终是放弃了减肥的念头,安慰自己,胖怎么了?人家央视的张越还不是照样红遍半边天?从此为自己找到了心安理得的依据。

有一次在人才交流招聘会上,亲耳听到一公司老总说,我的招聘观只有两点,第一看长相,第二看学历,同等学力的基础上,漂亮的起码看起来舒心养眼。

我泄气,尽管我也不算丑,可是我的身材先天不足,因此可能会比别人绕更远的路,付出更多的努力。我习惯了被拒绝,所以去舒总的财务公司应聘,我并没有抱太大的希望,甚至做好了最坏的打算,大不了回小城教书,即使不能光宗耀祖,但一样可以发挥余热。

去了才知道,有很多人争这个职位,一个个看起来都很优雅,得体,看来是做足了准备工作。我心中有些忐忑不安,把资料递上去之后就走了。过了大约两周,财务公司打电话来通知我去复试,复试大约剩下二十来个人,个个都比我漂亮,所以我仍然没抱多少希望。

这次是舒总亲自把关。在一个小型会议室里,我第一次见到舒总,他的身上有一种逼人的气质,令人窒息。深邃的眼睛里一看就知道盛着很多的经历,大学里的小男生没有一个能同他相比,那是经过历练之后的沉稳从容的男人的味道,这是女人的毒药。

2

当我接到财务公司通知,让我周一去公司上班的时候,简直有些不相信自己的耳朵,我重复地问了一句,是真的吗？对方说绝对不是玩笑,就挂了电话。

我高兴得几乎跳起来,终于可以留在京城了,这一直是我的梦想。我跑到一家小餐厅里,点了一份酸菜鱼,还有雪碧,然后开吃。这是我奖励自己的办法,也是贪吃的借口,难怪我会这么胖,还有比美食更让人惬意的事吗？

初到公司上班,有同事跟我说,咱们舒总,虽然名"花"有主,但还没有结婚,是个名副其实的钻石王老五。我听了淡淡地笑,别说名"花"有主,就是没主,和我有关系吗？就我这身材,直逼相扑运动员,会有人喜欢吗？我这人还算有自知之明,所以从不奢求不属于自己的东西。只是,有一件事,我一直想不明白,舒总为什么聘了我做他的助理,有多少人想这个位置想得头痛,包括公司里那些花枝招展的妖精们,哪一个都比我养眼,可舒总为什么偏偏挑了我呢？

因为我对别人构不成威胁,自然也不会有人把我当成对手,所以舒总的那些崇拜者们不断地对我宣讲舒总的传奇,舒总原名舒林,南京人,31岁,正宗的海归,有一女友,漂亮而且厉害,像小红辣椒那么辣。

后来有风言风语传到我的耳朵里,说是舒总之所以选了我做他的助理,是因为他的漂亮女友有明文规定,不许选漂亮的妖精放在

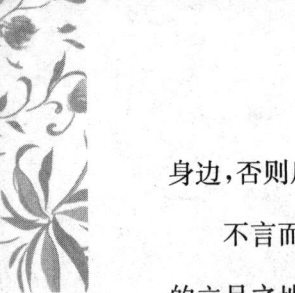

身边,否则后果自负,所以舒总不得已选了我。

不言而喻,一切都是因为我又胖又矮,因胖得福,谋得了京城里的立足之地。我再也高兴不起来,自尊心因此蒙上了一层灰尘,像一股强大的海浪把我重新推到了岸上。我抱着茶杯,看着茶杯里起起浮浮的菊花,舒展的花瓣那么恣意,我哭了,眼泪掉进茶杯里。

再看到舒总,心里有点不舒服,给他冲了咖啡,端到他的桌子上的时候,竟然笨拙地洒到了他的文件上,舒总抬起头来看我一眼,只一眼,就让我慌乱成一团,额上还是渗出了细密的汗珠。

舒总对我几乎到了苛刻的地步,平时除了吩咐我工作,几乎不跟我说一句多余的话,甚至看都不看我一眼,无视我的存在。好歹我也是保险财会专业的硕士,做的工作却是一个普通文员的工作,整理文件,收发传真,安排饭局,替舒总接待不是十分重要的客人,替舒总参加不是十分重要的商务派对,甚至泡茶打字什么,我都亲自做。尽管心中有点委屈,但我做得还是十分努力的,不管舒总的出发点如何,毕竟是他给了我一个立足的支点,我要在这个点上,把握机会。

半年之后,舒总逐渐指导我学一些国际法商、商务英语之类的书,尽管枯燥,但总比闲着好。因为舒总常常加班,所以我会静静地坐在那儿啃那些书,偶尔会听到他跟女朋友通电话,我很奇怪,他们不像大多数情侣那么缠绵,相反倒是常常吵架,有时在电话里忍不住就争执起来,我忍不住想,看来谈恋爱也很累,心累。

3

有一次下班后,我收拾好文件,偶然抬头,看到舒总伏在办公桌上,两只手深深地插进头发里,一动不动,眉头深深地纠结在一起。不知道为什么,看到他颓丧的样子,我的心竟然隐隐地疼痛,猜想他一定是遇到了什么麻烦的事儿。我在心中暗骂自己没出息,我为什么要关心他呢?

果然,几分钟之后,舒总从办公室里走出来,手里提着车钥匙,扭头看见我还没走,很意外的样子,随意地说,愿不愿意跟我去兜风?我当然求之不得,欣然地跟着他下楼。他去拿车,我看着他的背影发呆,他完全不像是一个恋爱中的男人,他的背影竟然有一丝落寞的味道。

这是一辆普通的黑色尼桑风渡,车子开上了高速,他的脚踏在油门上,轻轻一用力,车针一下子窜到了150,我的心提到了嗓子眼,心情不好也不能用这种方式发泄啊,要出人命的。为了怕刺激他,我尽量温柔地说,舒总,开慢点,太危险了。舒总扭头笑着看我说,没事的,你放心,我的技术一流。我回敬他:"舒林,不是我不相信你,你带着情绪开快车,会出事的,你再不停车,我跳下去。"我是第一次喊他的名字,他回头看我,我勇敢地接住他的目光,他笑着摇了摇头,没说什么,把车慢慢地停在路边。

路边开满了金黄色的野菊,在夕阳下,迎着风轻轻地摇曳。我说,生活这么美好,你愿意舍弃吗?我们回城吧!我来开。

我不由分说,拉开车门绕过去,他乖乖地坐到旁边的位子上。

我以时速60的速度慢慢地走在回城的路上，打开车里的音响，放了一首《盛夏的果实》，莫文蔚几乎不带感情色彩的声音在车里回响，他渐渐趋于平静。

回到城里，七拐八绕的，在巷子里找到一家小得不能再小的餐厅，舒总回头看我，我说别看，吃饭啊！吃了饭才有劲和自己发脾气。他不说话，看着我笑，我的心被他的笑容温柔地牵动了一下。

要了一只盐水鸭，两瓶啤酒，和舒总相对而坐，他的眼睛里是惊喜的神色，他说，你怎么知道我喜欢这个？我说，因为我知道你是南京人啊。我趁机对他说，调节情绪有很多种方法，别走极端，比如美食，吃完之后，保准你什么烦事都没了。舒总笑了，回言，怪不得你这么胖。

我的脸一下子红了，这人真是不知好歹，我还不是为了他，他竟如此揭我的短处。

4

回到办公室里，依旧和从前一样，并没有多余的言语，仿佛从来没有一起吃过盐水鸭。我承认我有一点喜欢这个名"花"有主的男人，为了这一点喜欢，为了浇灭这一点妄想，我不停地去赴别人安排的相亲，和那些没有感觉的男人在一起，我完全不用顾及什么。第一次和一个男孩相亲，只是一起吃了一顿饭，那个男孩便被我饭桌上的气势震住了，10分钟之后逃之夭夭，从此再也没见踪迹。第二次和一个私营小老板相亲，他一看到我就露出了爱莫能助的神情，我差点晕倒，他自己那么胖，竟然还嫌我胖，真是世事难料啊！自此对相亲的事儿深恶痛绝,哪怕此后孤独百年,也决不再进行这么无聊的相亲。

我忽然变得爱美起来,开始新一轮的减肥,买大码的时装作减肥的目标,鼓励自己,换了发型,公司里很多同事发现了我的变化,于是有很多风言风语传出来,说我爱上了舒总,是为了追舒总才用了如此多的心思。我偷偷地看舒总的反应,他和平常一样,并没有什么明显的迹象。

一波未平,一波又起,空穴来风的谣言还没有散去,舒总的女友气势汹汹地到公司来找我,我终于见到了这个传说中的人物。栗色的长发,微微地卷曲着,玲珑的身段婀娜多姿,长及脚踝的咖啡色大衣配棕色的软皮小靴,不能不承认,这个女人很有品味,着装优雅而且得体,与舒总很相配。

她走到我的办公桌前问道,你是积雪?我点点头,还没有反应过来是怎么回事儿,脸上已经挨了她一巴掌,我捂着火辣辣的脸问她,你怎么打人啊?她毫不含糊地说,打的就是你,看不出你胖得像个冬瓜,走起路来像只企鹅,还有当狐狸精的本事。

受此大辱,眼泪霎时溢满眼眶,她特意挑了一个舒总不在公司的日子来,看来是蓄意而为。办公室里的同事纷纷围过来,等着好戏开场。我忍着眼泪没有掉下来,看着舒总的女朋友说,肥胖不是我的错,也不是你进行人身攻击的理由,我自己能正视这个现实,所以不劳你操心我像冬瓜还是企鹅。舒总不是你的私人物品,他还没有和你注册,一天没有结婚,我就有追求他的权力。你敢不敢和我公平和合理地竞争？

这个跋扈的女人恼羞成怒,抬起手来又想打我。舒总不知什么时候回来了,他从人群里穿过来,一把扼住他女友的手腕说,你太过分了,胡闹什么？

他把她拖进了办公室,然后传出争吵的声音和瓷器碎裂的声响,那么刺耳,同事们纷纷散去,我扭过头,忍得很辛苦的眼泪终于落下来。

5

我猜想,那天舒总一定是把我的话一字不落地听进了耳朵里,我有些窘。公司里的同事议论纷纷,说我胖得像只猪,也敢打老板的主意,不知天高地厚。我假装不在意是真的,回到家里趴在被窝里掉眼泪,也是真的。也曾想过辞职,可是在那么多人面前夸下口,然后一走了之,似乎有点丢人,再说逃跑似乎不是我的风格。

舒总倒像什么没发生一样,在小餐厅里吃饭时,他会凑到我的桌子上一起吃,有说有笑,并不避嫌。我有几分感动,他是一个胸怀坦荡行为磊落的男人。

几个月之后,忽然听到他被降职的消息,总公司把他调到下面的一个分厂当厂长。新的财务公司经理曾私下里找过我,问我愿不愿意继续留在公司里。回到家里,我想了一宿,我不会在舒总困难的时候改投他人门下,我想跟着他去新的单位,可是他从来没有问过我,哪怕是暗示。想来想去,唯一的办法是在他走之前辞职,以表明我的态度。

去他的办公室递交辞职信，他接过去看了一眼，然后放在桌上说，也好。然后慢慢地从抽屉里拿出一个小锦盒递给我，他说，这个早买了，一直想送给你，老是没有找到机会。我打开来，是一只可爱的水晶企鹅，胖嘟嘟的，十分可爱。

他没有说半个字的挽留，原来在他的心中，从来就没有过我的位置，在他的心中我依然是一只胖嘟嘟的企鹅，在泪水落下之前，我转过身，仓皇逃离。

在家里待了三个星期，寂寞的日子里，更加想念舒林。常常站在窗前一动不动，像一只发呆的企鹅。舒林于我没有半分的许诺，我真傻，舒林这样的男人怎么会倾心于我这样一个女子，爱情对于我来说，只是一道无解的方程，哪怕我再努力也不会找到答案。

去超市买东西，想不到会遇到舒林，他关切地问我，我送你的那只企鹅，你打开看了吗？我点点头。舒林脸上的笑容渐渐隐去，我不明白自己说错了什么，一个人慢慢地往回走，心带着湿漉漉的疼痛，他给不了我想要的爱情，又何必再纠缠呢？

过了几天，在街上遇到以前的旧同事，他神秘兮兮地对我说，知道舒总为什么被降职吗？总公司的老板让他把你开除了，他不肯。我疑惑地问，我好像没有得罪谁啊？旧同事笑道，总公司的老板是舒总旧女友的老爸。我愕然。难怪他没有挽留我，原来他自己也没有着落，看来我真是一只笨企鹅。

忽然想起舒林问我，有没有看过那只企鹅，匆匆跑回家里，打开锦盒，锦盒的夹层里掉出一张小纸条，上边写着，如果你愿意做我的女朋友,你得请我吃盐水鸭。

　　喜悦刹那间涌进我的心房,原来我的爱情并不是一道无解的方程,我跑到上次去过的那家餐厅,买了一只盐水鸭,还有两瓶啤酒,匆匆忙忙地跑去找舒林,我不会再主动放弃幸福的权力,我要解开这道爱情方程。

　　见到舒林,我问他喜欢我什么,他说,你有很多优点。他伸出手指,一本正经地数起来:温柔、善良、能干、贤淑、心灵美,是一个懂礼貌的好孩子,只是不可以再胖下去,不然我会背不动你的。

　　我笑,一直笑出眼泪,那是幸福的眼泪,我终于开始谈恋爱了。

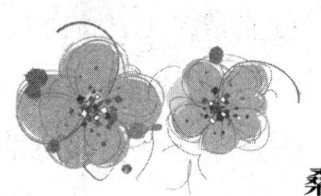

桑葚树下最初的诺言

当我再次坐在这间小酒吧里,往事如潮水一般袭来。曾经我以为,没有了他就没有了全部,甚至失去了生存的意义,像一朵干枯的花,失水是它的宿命。

1

也是在这家小酒吧里,我意外地看到高翔,他拿着麦,轻轻地翻唱一首老歌《月亮代表我的心》。我呆住了,我从来不知道高翔的歌唱得这么好,嗓音中带着一股清馨恬淡的水润。

岁月像水一样,温软地雕刻了人生。

我和高翔曾经是高中时的同班同学,我一

直记得,有一次班里组织郊游,我们坐在一棵桑葚树下,高翔用毛毛草编了一个戒指,套在我的手指上,我们彼此许了对方一个未来,尽管有玩笑的成分,但我的心还是跳得厉害。

升学考试时,我考上北方的一所外语学院,而他考上了南方的一所航空大学,从此失掉了彼此的消息。假期同学聚会,我假装漫不经心地问起同学,有人说他只念了一年半便退学了,然后有人看到他在歌厅里唱歌,听到这个消息,我心中竟然隐隐作痛,但却不明白为什么。

偶然的邂逅,让我的心慌乱不已。高翔说他一直在一些三流的酒吧、歌厅做业余歌手,三年之中,他的唱歌事业却并没有多大的发展。

我低下头,踩着自己的影子说,大学毕业后,我就进了一家外资公司,老板贪财又好色,很难侍候,幻想着哪天绊倒了,碰巧拣个有钱又有德的优秀男人嫁了算了。

高翔问我,你碰到这样的好男人了吗?我哑然失笑,没有,好男人早被别人拣到筐里去了,剩下的我又没有什么兴趣。高翔看着脚尖,咧着嘴笑了。

2

我和高翔慢慢走得近了,偶尔一起吃个饭什么的,有一次他跟我说,一个朋友介绍我去广州发展,一个星期后,我可能会离开这里。

我忽然觉得兴味索然,含了一嘴的菜,咽不下去。

夜里睡不着觉,冲动地给高翔打电话,高翔,我跟你一起去广州吧?他大约被我吓住了,隔着电话线,半天才说,你又喝酒了?我笑道,没有,我现在很清醒,体温正常,智商正常。他说,只怕你将来会后悔的,你舍得放弃现在的职位,现在所拥有的一切吗?我笑嘻嘻地说,怕什么?我们还年轻,有的是机会。

我几乎是以最快的速度,递交辞职信,清理东西,威逼利诱取得父母的同意,然后提着行李,在火车站与高翔汇合。母亲无奈地说,疯了,疯了,杜锦疯了。我笑着在母亲的脸上亲了一下。

年轻真好,年轻意味着有无限的可能。

3

到达广州之后,我和高翔租了一间旧屋,屋角结满了蛛网,卧室里只有一张旧床,人坐在上面,便会发出"吱吱呀呀"的响声。有一只蟑螂从床底下迅速窜出,我吓得尖叫一声躲到了高翔的身后,高翔安慰我说别怕,然后开始和蟑螂大战,蟑螂最后躲进了厨房的墙缝里,从而宣告了蟑螂的胜利、高翔的失败。我安慰他,等蟑螂的全家下次集体出来散步时,我们乘其不备,让其全家覆灭。

高翔尖叫着扑上来抱住我,骂我是残忍的阴谋家。

那天晚上,高翔轻轻地把我揽在怀里,他说,将来,如果有那么一天,我会让你过上好日子,不会让你再受苦。我感动得一塌糊涂,我知道高翔不会负我,他的承诺让我的心有了依傍和幸福的感觉。

每天早晨,我去买早点的时候,高翔还在梦中,有一天,我数了数钱包里的钱,只剩下薄薄的一沓,再找不到工作,真不知道将来会怎样?

我拿着制作精美的简历,一份份递上去,结果回音寥寥。

回到家中,高翔说,大不了我再回歌厅唱歌,反正我们还不至于饿死。杜锦,有没有后悔跟着我出来?我忙说,拜托你以后别再问这么幼稚的问题。

高翔有些生气,你别嬉皮笑脸的,我是认真地问你。

我举起右手,有些淘气地说,杜锦现在一百个认真地回答你,没有。

翔低下头,吻我。

这个男人什么都好,纯真、质朴、善良,但是他的生活中却没有金钱的概念,也没有时间的概念。我和他来广州之后的日子,其实很穷,但他从来不过问我,我们穷到什么地步,两个人在一起,除了风花雪月,还有柴米油盐。

4

我生日那天,高翔请我到一家餐厅去吃晚饭。我找出了从前在外资公司上班时穿过的黑色礼服,化了淡妆,看上去很清爽。见到高翔,他不认识似的盯着我看了半天,才懒洋洋地说,我写了一首歌,刚刚卖掉了,拿到3000元钱的稿酬,给你买了一条手链。他没有表情地问我,我是不是很幼稚?这样区区一条链子,和你过去的奢华相比,又算做什么?

我有些想哭的冲动,咬住嘴唇问他,为什么不和我商量?

高翔梗着脖子说,我写的歌为什么不能卖?只要我觉得卖得值。

我连忙解释说,我不是那个意思,我只是想,将来如果有机会,可以把你写的歌,制作成专辑。

高翔的气焰便低了下去,一直低到尘埃里,但仍然骄傲地说,我自己赚的钱,想怎么花就怎么花。

我和高翔吵了起来,他的心情几乎低落到了极点,他写的歌卖不掉,又没有唱片公司和他签约,整整一个秋天,他几乎都是在酒精里麻醉自己,不停地吸烟,整夜、整夜的失眠。经济上我们也濒临绝境,生活已经把我们逼到了墙角,可是他却把自己的新歌贱卖了,只得了 3000 元,毫不犹豫地买了一件与生活不相干的东西,这种奢华我要不起。

5

我又开始到处找工作,不久,便找到了一份超市收银员的工作,很辛苦,每个月的薪水只有 1500 多元。

在那家超市上班,常常能碰到一个叫杜辉的男人,他来买东西,结账时喜欢跑到我的收银台前,跟我开玩笑。

我并不搭言,经历太多的挫折之后,我的需求很简单,能有一份工作我就很满意了,做什么都一样。杜辉游说我去他们公司上班,站在那儿一侃就是半天,终于被超市的领导盯上了,我被那家超市辞退了。

我不想和杜辉搭上任何关系,哪怕是他的下属。他常常去我们住的那片旧楼前,在我必经的路口上等我,我并不理会。

高翔敏感地问我，最近老是看到一个开黑色沃尔沃的男人，出入这片旧楼，不知道是看上了哪家的妞。

6

去街角买菜，只买最简单的、最便宜的菜，和卖菜的女人讨价还价，争执不休，最后吵了起来，女人说，一把最便宜的青菜你还跟我砍价，吃不起算了，还混什么啊，还嫌我的菜老，没看看你的脸，比这青菜还老。那女人伶牙俐齿，刻薄至极，我只有倒吸气的份儿，平常的咄咄逼人，全没了用武之地。

一转身，看到高翔站在我的身后，脸色铁青，便要去掀人家的菜摊，我拉住他笑道，何必呢！

一起往回走，脚步起起落落，高翔没有跟我再说一句话，我的眼泪哗哗地往心里流，他没有看见，我不想让他难过。

高翔又回到歌厅唱歌，整晚、整晚不回家，我一个人守着寂寞空旷的屋子发呆，我已经28岁了，不知哪一天高翔才会娶我，给我一个未来。他凌晨时分回来，满身的酒气挟着凉风，坐在厅里一把旧木椅上吸烟，他知道我不让他吸烟喝酒，因为会破坏声带，他的行为就是为了让我伤痛，他绝口不问杜辉是谁。

偏偏我又无从解释，因为我自己也搞不清楚杜辉是谁，当真是百口莫辩。带着这样不能辩解的委屈入睡，在梦里喊的也是高翔的名字，冰凉的眼泪一滴一滴地落在脸上，睁开眼睛，看到高翔泪流满面的脸，我一声不吭地钻进他的怀里，所有的委屈、贫穷、疼痛顷刻间烟消云散。

有一天,在一份报纸上看到一家做外贸出口的公司招聘市场部经理。我按图索骥,找到那家公司,原来是杜辉为了找我出的下策,不过我还是很感动。我没有犹豫,去了杜辉的公司,做了他的市场部经理,负责开发华东市场。

杜辉会不会爱上我,是他的事,我暂且不去管,但我却清醒地知道,我不会爱上他,我只爱高翔,他是我生命中的烙印,无论是过去,还是将来。

7

不知不觉我和高翔在广州一起待了4年,4年,是永不再来的青春,争吵、眼泪、亲吻、疾病、疼痛,还有爱情,伴随着我们。

有一天,高翔带我去他唱歌的酒吧玩,他跑到台上,抢过一位客人手中的麦克,对着话筒沉吟了一下,深情地说,今天晚上,我要唱一首水木年华的《一生有你》,送给我的太太杜锦,感谢她多年来对我的照顾。

因为梦见你离开/我从哭泣中醒来/看夜风吹过窗台/你能否感受到我的爱/等到老去的那一天/你是否还在我身边……

高翔走到我身边,拉着我的手说,锦,终于有唱片公司肯和我签约了。我说不出话来,眼泪一个劲地往下流,翔终于熬到这一天了,从唱歌的那一天开始到今天整整8年了,只有我知道高翔经历了怎样的日子。

高翔说，前几天，北京的一个音乐制作人来广州找歌手，他在酒吧里听了我的歌，然后跟我谈了去北京发展的事儿，他们公司愿意签下我。我和高翔拥抱在一起，分不清哪一滴是他的泪，也分不清哪一滴是我的泪。

高翔走得很匆忙，很多事来不及结束，我只好先留下来，打理完一些琐事，然后去北京和高翔会合。

我结束了在广州的一切，房子退租，去高翔唱歌的酒吧结了最后一次的工钱，去找我的新老板杜辉递辞职信，杜辉牵住我的手不放，他说，你能为我留下吗？我摇了摇头，我知道，除了高翔，没有人能在我的生命中留下痕迹。我残忍地笑着摇头。杜辉松开手说了含混不清的两个字，罢了。

我如释重负地逃开。

8

一个月后去了北京。

在北京火车站，并没有如我想象的那样见到高翔。高翔安排人来接我，然后直接把我送到了他安排好的房子里，我试图打高翔的手机，竟打不进去，最后万般无奈的我，只好放弃了。

看电视成了我来到北京之后唯一的节目，守着寂寞空旷的屋子，我瞪着两只空洞的眼睛，抱着一大袋薯片，吃到肚子痛还继续往嘴里送，一刻也不能停下来，停下来我不知道该做什么。我之所以还留在这里，因为我还抱着一线幻想，希望能够见到高翔，希望高翔能到这里找我。

然后,有一个晚上,我在电视里看到了高翔,高翔签约的那家公司对高翔进行了全方位的包装和造型,他原来略长的头发被剪掉了,头发短短地站立着。高翔的名字也被改成了阿翔,一个漂亮的女记者笑着问阿翔有没有女朋友,高翔还是从前那般略带忧伤的笑容,他说没有,他说他的初恋女友去了英国,这些年一直忙于写歌唱歌,根本无暇顾及。我拿着遥控器的手抖得停不下来,然后"砰"的一声扔到电视上,我的内心忽然冷漠下来,虚伪,这是一个多么虚伪的世界。

冷静下来之后,忽然明白了,我的身份令高翔棘手、尴尬,不知所措。

心情空前的郁闷,去西长安街,走在熙熙攘攘的人群中,心中从来没有过如此的孤单,突然接到高翔的电话,心中慌乱成一团,像第一次在酒吧里遇到他时的那种喜悦和慌乱。他在电话里轻轻地问我,好吗?我说还好。他说,很多事情,我身不由己。我无语,然后彼此便不再说话。

挂了电话,我轻轻地叹一口气,街上,不知谁家的音箱里,传出杨坤的歌:无所谓。听着听着,忽然,我泪流满面,谁说我无所谓?我糊里糊涂地弄丢了爱,其实我真的很介意,真的有所谓,可是那又怎样?想起桑葚树下的那些诺言,草编的戒指、野百合的花环,原来那是我一生中最初的幸福。

我不是你的笨小孩

其实我不笨，从来就不笨，以前的男友给我的评价是，冰雪聪明的女孩。可是和江海源相处的一年多的时间里，他一直当我是一个笨小孩子。在他眼里，我买东西，他怕我被人骗；我交的朋友，他怕是坏人；我的上司他怕是色狼，我真的无法理解，我是他的恋人，不是他的笨小孩，精神上的相通、心灵上的关爱，是恋人之间的最高境界，可是他却把我当成一个笨拙的小孩子一样去关心和溺爱，让我觉得窒息和郁闷，有好几次，我想离开他，可是却一直下不了决心。

我是在江海源的诊所里遇到他的。那天我有点不舒服,去超市买东西,顺便拐进了路边新开的诊所去看看。然后我遇到了江海源,是在极尴尬的情况下,那天刚好我的"老朋友"突然来访,刚好我还穿了一条雪白的长裤,屁股上一定是盛开了朵朵桃花,耀眼刺目,我心中懊恼至极,努力咬紧嘴唇,不使自己哭出来,看来今天注定要出一次洋相了。

江海源走过来对我说,你到我的办公室来一趟吧!我跟在他的身后亦步亦趋地去了他的办公室,他拿起桌子上的水杯喝了一口,回头漫不经心地看了我一眼,然后说,等我一会儿,我马上回来!

我莫名其妙地看着他转身离去,心想,这人一定是有毛病,把我一个人扔在这儿算怎么回事啊?等了半天,江海源回来了,他手中拿了一条白裙子,有几分羞涩地说,没买到你身上穿的那种白裤子,只买到了这条白裙子,你换上吧!

我的脸一下子红了,但心里却深深地感动,对这个叫江海源的医生有了深深的好感,他的目测真准,裙子的腰围不宽不窄。我带着几分矜持与羞涩问他,多少钱?我给你钱吧!他看着我不由得笑了,说,钱就不收了,你觉得不过意,就请我吃顿饭吧!我赶紧说好。

江海源是一个北方男人,高大,开朗,对人很好。和他认识一个月后,便开始正式恋爱。他对我细心,温情,体贴,我咳嗽一声或者打个喷嚏,他会万分紧张地从诊所带回一大包的感冒药,烧了开水,凉到半热不热的时候,逼着我吃药,我说不过是咳嗽一声而已,不用吃了,他就有些不高兴,说无事防备有事。起初心中很甜蜜,但时间

久了就会觉得他小题大做,跟他打埋伏,握在手里的白色药片,乘他不备,揣到口袋里,然后偷偷扔掉,像做贼一样,怕他看到会生气。

跟女友虹雨诉苦,虹雨说,你真是泡在蜜罐里还嫌太甜。这样的好男人,你若不要了,提前打个招呼,我保证会有很多女人争先恐后抢着要。像我以前的那位男友,我病了一个星期,对我不闻不问,任我自生自灭,想喝一口水都没有人倒,气得我感冒一好,从床上爬起来就跟他说拜拜。

想想也是,或许是我太挑剔了吧!

和江海源每天见面,不见面的时候,他会给我打电话或者发短信,爱情的温度直线上升,没过多久,我们便同居了。江海源对我更是呵护有加,我心存感动。

下班回来早,想着这么久以来都是江海源在照顾我,我也应该表现一下,做两样菜给他吃,谁知菜没做好,手便被热油溅起了一个大水泡,刚巧江海源下班回来,看到我的狼狈样,便扔下包跑过来,给我上了烫伤的药,然后叮嘱我不要乱动厨房里的东西,太危险,想吃什么等他回来做。我忽然有了想哭的冲动,想我肖蓉,不过是一个平民女子,怎么就会遇到这么好的男人呢?他把我简直宠成了公主,我拱在他的怀里掉眼泪,他帮我擦掉眼泪,说,傻孩子,别哭,有我在,你什么都不用做,什么都不用担心。事实果然如此,江海源不但做饭烧菜给我吃,而且我的衣服也是他来洗,甚至我换洗的内衣都是他替我买好了放在抽屉里。

虹雨说得对,我是碰巧拣到了蜜罐子。

有一次,是一个周末,江海源在单位加班,百无聊赖的我和虹雨一起出去玩,虹雨带我去酒吧,两个女人去泡吧别有一番情趣。江海源回家没看到我,就到处打电话找我,我的手机没开,他把电话打到了虹雨的手机上,20分钟后,怒气冲冲地跑到酒吧来找我,他非常生气地对虹雨说,蓉蓉是个很单纯的女孩,拜托你以后不要带她来这种复杂的地方玩,别把她教坏了。虹雨错愕地看着他,气得只有倒吸气的份儿,半天才说,你这人怎么这么无聊啊?肖蓉是成年人了,她有自己选择与辨别的能力,不是谁能把她教坏的。说完,头都不回地走了。

我不能原谅他在我的朋友面前这样说话,我生气地和他大吵了一架,认识以来,最严重的一次。他好脾气地对我说,蓉蓉你太单纯,这个世界上坏人很多。我气得哭了,我说,虹雨她不是坏人,她是我的好朋友,我认识她的时间比认识你的时间还长。江海源便低了气焰,坐在那里吸烟,半天不出声。他并没有为他的行为向我道歉,但我这人有些心软,蹭过去说,你让我在朋友面前很没有面子,传扬出去,别人会怎么看我?他掐灭了烟,抬起头来说,蓉蓉,以后不管走到哪里,都要把手机开着,我找不到你很担心的。我默不做声地依偎在他的怀里,我还能说什么?一切都是以爱为基调,一切都是以爱为背景,一切都是以爱的名义,我说什么好像都是有点多余。

每个人都需要一个空间,生活的空间、心灵的空间,我也不例外,可是自从和江海源在一起以后,我觉得我这个无形的、看不到的

空间正在逐渐一点一点缩小,江海源正在无形地侵袭我的空间,令我感到窒息和憋闷,可是分明又说不清楚为什么会有这种感觉。

海源不许我跟陌生人说话,怕我被人拐骗;不许我动家里有不安全隐患的地方,弄伤自己他会心疼;不许我私自跟朋友出去,怕我被人教坏了;上班一定是他去送我,下了班一定要等他去接我;我冷了他帮我加衣服,我饿了,他弄东西给我吃,有一次我在外面吃东西吃坏了肚子,他气得三天没有和我说一句话,只因为我没有听他的话;我要买的东西,一定是他帮我去买,包括内衣内裤卫生巾,他说现在假货太多,怕我分不清;我交的朋友,一定是他帮我把关选择。他对我真的很好,可是我却越来越觉得不舒服。

有一天,公司的老总让我陪他去参加一个商务酒会,我只好换了长裙跟他一起去。不知那天江海源怎么会在,他看到我们老总的手搭在我的腰上,他穿过那些低低私语的人群,走过来,朝着老总的脸上就是一拳,胆小的女人已经开始轻声地尖叫,可怜我的老总,莫名其妙地从地上爬起来,可以想象,赤面开花,鼻血横流,一边擦,一边绅士地问,这位先生想必是认错了人了吧?江海源粗鲁地说,没有,就是你,你竟敢勾引女下属,老总转回头莫名其妙地看着我,这是从哪里说起?

我的脸霎时红了,江海源这个男人让我哭笑不得,他拉起我的手说,蓉蓉,我们走,跟这样的色狼在一起,简直是耻辱。

我一把甩掉江海源的手,第一次声色俱厉地对他说:"江海源,够了,不要以爱情的名义说事。不要把我当成你的笨小孩,我不是你的私人物品,我受够了。我上街,你怕我走丢了;我吃鱼,你怕有刺卡住我;我的朋友,你说是骗子,我的上司,你说是色狼。我已经被你剥夺了做人的乐趣,从今天开始,我们再不相干,你走你的路,我过我的桥。"

人群里已经有很多人在笑,像是看一场闹剧。

泪水不知不觉中模糊了我的双眼,透过泪光,我看见江海源这个我爱的男人,他抱住头,慢慢地蹲下身去,嘴里喃喃自语,他说他是那么爱我,可是不明白为什么事情会到了不可收拾的地步。

我以为经历了这样一次决裂,我和他分手是必然的,这是早晚的事儿,谁知江海源每天都会去我下班的路口等我。

后来听别人说,江海源之所以会这样,是因为他以前的女友,因为和他闹别扭,赌气和别的男人一起去爬山,结果在半山腰遇到意外,被一块大石头砸得瘫痪了,她不堪忍受轮椅上的生活,割腕自杀了。本来发生意外的那天,江海源有机会劝说他的女友不要去的,可是他没有说,自此背上了良心的包袱,从一个极端走向另一个极端,才会对我如此关心和爱护。

我突然非常心疼眼前这个男人。他信誓旦旦地向我保证,以后不再过分干涉我的私事儿,人比原来瘦了很多,胡子大约也有一个星期没刮过,失魂落魄的样子,他拉着我的手说,这个世界上,再没有人比他更关心我更爱我,希望我能再给他一次机会。我的眼泪抑制不住地落在他的手背上,内心里一次次矛盾地挣扎,无论是选择和他分手,还是和他在一起,都会让我心痛,都会让我受伤,我该怎么办呢?

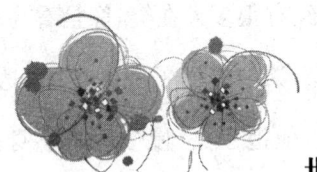

世俗之心

1

人人都有一颗世俗的心,江达明也不例外。

那年,春暖花开的季节,在一个朋友的婚礼上,江达明遇到了庄兰。

那时候,江达明已经是单身了,他从围城突围出来,妻子跟一个有钱的男人私奔了,他有些看破红尘,觉得女人不过都是一些世俗的浊物,像《红楼梦》里的那首好了歌:世人都道神仙好,唯有娇妻忘不了,君生日日说恩情,君死又随人去了。李达明心凉透了,自己尚且苟活人世,她就已经等不及,转身投入别人的怀抱里去了。

虽不曾斋戒入寺,但他从此变得玩世不恭,在情场中游戏,只暧昧不结婚,和喜欢的不喜欢的女子周旋,调情,如鱼得水。在商场中浪荡,只赚该赚的钱,黑钱和昧着良心的钱他是不会要的。人情世故,在他心中,不屑一顾,谁愿意干吗就干吗,用得着那么虚伪?

谁知道他遇到了庄兰,一个清纯如水一样的女子,那时候的她,还是一个外语学院的学生,大三,人虽生得美丽不俗,但看穿着打扮就知道是穷人家的孩子,朴素得有些寒酸,在那些讲究时尚、讲究品牌的社交圈子里,显得很扎眼,甚至有些格格不入。

她和他认识的所有的女朋友们都不一样,低眉,敛眼,却又不卑不亢,如若形容他惯常的那些女友是牡丹是芍药,那么她则是一枝秀竹;如若形容他惯常的那些女友是大鱼是大肉,那么她则是一道青菜。

高挑的身材、美丽的脸蛋、青春的年龄,却没有与之相配的华衣丽服,偏偏又在一堆T型台上走秀似的美女中间周旋,陪衬着别人的华丽与高贵,像绿叶一样,可她,却浑然不觉。

他看了她一眼,心中有一点酸酸的感觉,再回首看她时,偏偏她的目光也向这边看过来,两个人的目光相遇的瞬间,他的心忽然就那么动了一下,稍微地战栗了一下,多年不曾有过的感觉,恍如初恋,让他手心出汗,鼻尖发潮。

他有些笑话自己,人这东西真怪,表面上再浪荡,再不羁,内心里都有一颗渴望真爱的心,谁会喜欢天天对着那些没有感觉的人天天做戏?毕竟演戏也很累。

婚礼结束后,他跟新娘子要她的手机号码,新娘子笑,说她不用手机,若想见她,只有去学校找她。

他耸耸肩,这年头,还有不用手机的人,真是另类。

2

难得有了感觉,他像一个浮浪少年一样,在学校门口堵她,去的次数多了,好多同学都认识了他,却始终没有遇到她。他觉得自己很好笑,这么些年,什么样的女人没有见过?妩媚的、娇艳的、端庄的、妖冶的、世俗的,怎么偏偏就对这样一个还有些青涩的女孩动了心呢?

追求庄兰的过程,比想象中简单了很多,简单到他有些失望,没有悬念,没有惊心动魄,没有疯狂刺激,她那么轻易地就接纳了他,一起去看院线电影,一起去街边吃小吃,一起爬山远足。没有矫揉造作,没有欲拒还迎的那些小伎俩,有的只是心平气和,有的只是和顺静好。

江达明从来没有想过恋爱还可以这样谈,也从来没有谈过这样的恋爱,庄兰像一只乖顺的小动物,温柔、体贴、静美,不会让他烦心和劳累,真的应了那句话,谈恋爱是一件风花雪月的事。

两个人,在物欲滚滚的红尘中,只谈爱,只说情,无关其他。江达明真的爱上了庄兰,这样的女子,不会给人压力,让人觉得生活的美好和安定,觉得现世安稳真的不是空话,如果可能就这样一直在岁月里行走,烹茶,煮粥,煲汤,一生一世,只为爱一个人活着,是一件多么有意义的事情。

有时候,江达明也会带庄兰去买几件好看的衣服,带她逛街时,他给她买东西,只要不贵,她都会欣然接受。她总是雀跃地跟在他的身后,牵着他的衣襟,像一个怕走丢了的小姑娘。

红尘深深,行走在红尘中的女子,有几个女人会排斥好看的衣饰?有几个女人会排斥好吃的美食?唯有她,总是淡淡的样子,相守在一起的时候,除了看书,听音乐,偶尔也会去逛街,她从来不要贵的东西。有一次,他给她买了一条手链,是铂金的镶嵌饰品,不是很贵,几千元的样子,款式很好看,可是她,抵死拒绝。

他怏怏的,有些不快。

她牵着他的手说,赚钱不容易,别乱花。

他有些感动,感叹女人和女人真的不一样,自己哪辈子修来的福?居然找到这样一个不慕虚荣的好女子。

他正经地跟她谈起了恋爱,不再理会那些同他暧昧蹭吃蹭喝的女人,收心养性,把全部的心思都放在她一个人的身上。

日子就那么静静地流走,两个人一周见两次面,每天通电话,心思都用在彼此的身上,让人觉得岁月静好,一直这么天荒地老地过下去,才不枉来人世走一遭。

3

江达明发现庄兰不见了,是他出差回来之后,他急于想见到庄兰,却发现她不见了,而且怎么都联系不上了。

他像疯了一样到处找她,学校里没有,同学的家里没有,找不到她,他慌了,查了一下自己家里的东西,什么都在,信用卡、存单、首

饰、收藏品，一样都不少，可是她去了哪里？

江达明第一次这样为一个女子烦躁，为一个女人牵肠挂肚，一个晚上抽了整整一包烟，头发也长了，脸色也难看了，心也虚了，一个大活人，竟然在自己的眼皮底下不见了。

不见了庄兰，他才发现，自己有多么的想念。

不见了庄兰，他才知道，自己是多么牵挂她，多么爱她。

十几天之后，一个没有什么征兆的日子，庄兰给他打电话，他欣喜若狂，对着电话，几乎有些语无伦次，一个劲地问她，你在哪里？你还好吗？你什么时候回来？

庄兰声音依旧如往昔，安静、温柔，可是她的声线中却透着疲惫和冷淡。她说，我很好，你放心，就是需要一点钱，别问我理由，你往卡里打20万元钱，我会还给你。临了，庄兰给了他一个卡号。

放下电话，他忽然就笑了，心一点一点凉了下来。

女人，无论以何种姿态出现，清高的，抑或媚俗的，骨子里都一样，这才几天，就装不下去了。他冷笑，但还是给她的卡里打了20万，不就是钱吗，她好歹也跟了自己人半年，一个如花般的女孩就那样给了自己，20万，真的不贵。

钱给她打过去以后，她就很少再来电话，间隔很长时间打过来，每次都很疲惫的样子，问他过得好不好？她说她可能要隔一段时间才能回来，具体多长时间说不准。

每次他都很平静地听着，也不搭言。因为每次庄兰都说，隔一段时间回来，已经说了好几次了，回不回来，于他，真的已经不再那么重要了。

4

江达明重新又过回了原来的日子,和女人暧昧,在生意场上晃荡,闲时看花,忙时无语,看上去和原来没有什么两样,只有他自己知道,真的和原来不一样了。

夜深人静的时候,偶尔也会想起庄兰,那个像竹子一样清秀的女子,那个清纯得如莲一样的女子,在他的生活中昙花一现,然后不见踪迹,最终也不过是枯花萎地,和泥土混为一堆儿,有什么区别呢?

他在心中有些看不起自己,对一个女人念念不忘,不应该是男人的德性。

大半年过去了,庄兰并没有如期还回那 20 万。过了一年,她的人也没有如她说的那样,回到他身边。不过,他也不太失望,因为他的心中早已没有了当初的惊喜和后来的奢望。因为在他心中,庄兰终于也和别的女子一样了。

时间过了很久,真的很久了,他几乎都忘了她长什么模样,身边又有了新的女朋友,庄兰却突然回来了。

那是一个没有什么明显征兆的日子,庄兰回来了。

她瘦了,黑了,身上的衣服破旧不堪,头发凌乱,脸色灰暗,唯一没有变的,是她说话的语速,不紧不慢,温柔静美,不会迫人太甚,不会给人压力。

看到她,江达明的心蓦然间又有了疼痛的感觉。

她的手里紧紧地攥着一张卡,她说,这是你的钱,20万元,一分不少。我回了东北老家了,我母亲得了癌症,治疗了一年多,花光了所有的钱,不得已才跟你借。后来母亲去世了,我卖了家里的房子,可是还不够20万,我又去打了两份工,终于凑够20万,还给你,谢谢你在我最困难的时候,帮了我。

庄兰非常真诚,她说,我之所以没有告诉你,是因为怕你担心和牵挂。

江达明首先是震惊,然后是汗颜,他再没有想到,会是这样一种结果。他的因是他的前妻给种下的,当年,前妻跟人跑了,在江达明的心里种下了女人都是贪慕虚荣的,世俗之心不过是这棵树上结下的果,可是这个果,却让他用在了庄兰的身上。

他一把抓起她的手,把脸深深地埋进她的掌心里,他哭了,他恨自己,为什么用一颗世俗之心去忖度一个那样爱自己的女孩,去忖度一个自己那样爱的女孩?

人人都有一颗世俗之心,庄兰不怪他,可是江达明就是觉得心痛,觉得自己的心缺失了一大块,连夜里做梦都痛。

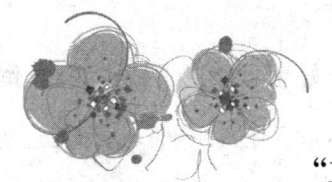

"二"是一种境界

1

张浩南有点二,不,不是有点二,事实上不是一般的二,是很二,关于这一点全公司的人都知道,比如他替大周去相亲那件事。

大周的老妈帮大周物色了一个相亲对象,可是大周有自己的意中人,但又不敢违逆老妈的好意,所以用一顿火锅的代价请张浩南替他去相亲,结果很二的张浩南就答应了,高高兴兴地去了,灰头土脸地回来了,一个劲地惋惜,说大周那小子可真没福气,那么好的一个姑娘,那么漂亮,像一棵水灵灵的大白菜,真不知道将来会被哪只猪给拱了。

正在喝水的蒋灵薇一听这话，还是没有忍住喷了出来，要命的张浩南，二得够可以的，竟然把人家漂亮姑娘比喻成大白菜，她乐了，说，亲都相了，也不在乎再当一次猪，顺便把那棵大白菜给拱了，也省得肥水落了外人田。

张浩南也笑了，不好意思地挠了挠头说，我倒是不在乎当一次猪，只是那棵大白菜不乐意让我拱啊！这活儿还得让大周同志亲力亲为才好。若是你这棵大白菜乐意让我拱，我自然是拿出一百分的力气，保证让你满意。

蒋灵薇从格子间里探出头来说，真真是狗嘴里吐不出象牙，亏你这么二的话也能说出口，像我这样的名菜，还轮得到你拱？掰掰脚指头想想都不可能，下辈子只怕你还要排队。

张浩南也不恼，嘻嘻地笑，说，下辈子就下辈子，有什么了不起？我等就是了，哪怕等到铁树开花，只要能拱到你这棵大白菜，我就当一回猪，有什么了不起的。

虽然是开玩笑，但这样赤裸裸的表白，意思已经很明显了，傻子都听得出来，蒋灵薇的脸有些红了，她埋下头说，再胡说八道，你信不信我割了你的舌头。

2

蒋灵薇心目中理想的对象当然不会是张浩南这样很二的男青年，张浩南虽然长相也算周正，但是充其量也就是公司里的一个小职员，薪水没有多少，也看不出有什么前途远大的苗头，二二乎乎的事倒是做过不少。

保洁员的阿姨生病请假,他给她替班打扫厕所,也不管脏不脏臭不臭。哪个地方地震水灾,他都捐上一点钱,充当冤大头,也不管那钱最终是不是真的用在了灾民身上。最二的事,听说他来公司之前去贫困地区支教一年,也不管那个地方多贫穷多落后。偶尔还和文艺青年聚会,吟诗,谈文什么的……

这年头,这么二的人真的很少了,谁不在忙着升官找钱?或者是找一个女人调调情暧昧一下。所以张浩南在公司众人的眼里,绝对是一个异类,绝对是一个很二的男青年,虽然平常大家和他也是有说有笑的,但没有几个人私底下和他来往。

物以类聚,人以群分,价值取向不同,想要做朋友真的很难。功利社会,有用才是交往的葵花宝典。

蒋灵薇还不至于这么功利,但彼时她已经有男友了,当然是高富帅类型的,女人吗,嫁人就是第二次重生,所以要把握好机会。不过话又说回来,就算蒋灵薇这棵名菜无主,她对张浩南这只猪也不大感冒,张浩南在她眼里就是一个不务正业的很二的男青年,不管嘴上说得多热乎,心里是抱着老死不相往来的宗旨,说破大天都没有用。

张浩南似乎看不出蒋灵薇内心的小想法,跟她热乎依旧,午餐等她一起吃,下班等她一起走,蒋灵薇笑,说,别弄得这么亲热,别人还以为咱们在谈恋爱,让我男朋友误会了,我可是有嘴说不清。

3

　　蒋灵薇的男朋友，按现下的说法是高富帅，两个人在一次驴友聚会上一见钟情，蒋灵薇漂亮，高富帅很帅，两个人很登对。高富帅隔三岔五来接她下班，一起去找乐。张浩南碰到过那么几次，每次张浩南都会凑上去，看见高富帅他并不自卑，相反倒是底气十足地走上前去对蒋灵薇说，早点回家，别玩得太晚了，你妈会担心的，我也会担心的。

　　要么说张浩南很二，蒋灵微是跟男朋友约会，不是被人贩子拐卖了，要他操得哪门子心？高富帅揽住蒋灵薇的小蛮腰说，那是谁啊？那么二，郎情妾意，他操得哪门子闲心？蒋灵薇笑，说，他是我们公司的，人挺好的。高富帅不甘心，他是不是爱上你了？蒋灵薇说，他爱不爱我我不知道，我只知道我爱上了别人。

　　走出去很远，蒋灵薇回头，看见张晧南还站在公司的楼下，她的心不知怎么就会"咯噔"一下。

　　蒋灵薇失恋是最近的事，高富帅的高和帅都是真的，但富却是掺了水兑了假的，蒋灵薇心中虽说有些气恼，但看在高和帅的面子上，还不至于崩溃，谁知高富帅又玩起了劈腿，被她抓了个现形，这下蒋灵薇崩溃了，她不能说服自己还和这个掺了水的高富帅继续下去。

　　高富帅当然不会善罢甘休，天天来公司纠缠，蒋灵薇躲又没处躲，藏又没处藏，班还能不上吗？那不是要失业了？苦恼，纠结，郁闷，让蒋灵薇一下子瘦了很多。

张浩南好几天没有来上班,似乎很忙的样子,他在公司里其实就是个闲职,一个小小的部门助理,可是他却忙得脚打后脑勺,什么都要插上一手,什么都要管上一管,要么说他二呢?

等张浩南再来公司上班,发现蒋灵薇两只眼睛像熊猫似的,人也瘦了,脸色也难看了,他开玩笑说,怎么了?失恋了还是想我想的?

蒋灵薇没好气地说,去去去,一边凉快去,别给我添堵。

4

大周悄悄地给张浩南通风报信,说是蒋灵薇失恋了,那个高富帅天天来纠缠,弄得蒋灵薇快神经了,全公司里的人都知道,高富帅像狗皮膏药一样赖上她了。

张浩南乐了,说,我这只猪终于有了用武之地,终于有了拱白菜的机会,等我收拾那个高富帅。

果然,隔天下班时,张浩南去公司楼下跟高富帅说了几句什么话,那个号称要一辈子跟定蒋灵薇的高富帅就再也没有来过。

中午吃饭时,张浩南蹭过来说,小薇,我帮你搞定了高富帅,你请我吃顿饭算是答谢我吧?蒋灵薇说,别叫得那么亲热,小薇也是你叫的?你告诉我,你怎么搞定他的,我再答谢你。张浩南不肯说,只说是天机不可泄露。

但是,从那一天开始,很二的张浩南开始了送温暖工程,他的温暖只送给蒋灵薇,傻子都看得出来,他在追蒋灵薇。

起先,蒋灵薇只是婉拒,怕伤了他的自尊心,她觉得自己和很二的男青年张浩南谈恋爱是很丢人的事情,虽然张浩南总是帮她排忧解难,但一码归一码,纯真的革命友谊不能和风花雪月的爱情混为一谈,所以张浩南请她吃饭,她说吃饭过敏,张浩南请他看大片,她说怕看大片中毒了。张浩南约她一起去旅游,她说孤男寡女怕人家说闲话。总之,只要张浩南想个什么由头,她都会婉言拒绝。

男青年张浩南傻傻地乐,乐得很二,别说,他还真有点百折不回的勇气。公司里的人都说,张浩南追蒋灵薇,追得很二,人家看不上他,他还不知道,给个笑脸就当爱情。

5

失恋之后的蒋灵薇,表面上还和平时一样,内心里其实很难过,现在这年头,假货大行其道,防不胜防,就连高富帅都是假冒伪劣,到哪里能找到真正的爱?张浩南不假,他是真的很二,虽然他的二不是真的傻,可是他的二是和现下的价值观格格不入,难道自己真的要和这个很二的男青年谈一场风花雪月的恋爱?

蒋灵薇着实消沉了一段时日,除了上班,每天都懒懒地窝在家里看书,上网,发呆。张浩南偶尔会给她制造点小麻烦,比如拿朵玫瑰站在她家楼下,等她见面。比如给她发手机短信说:猪等不及了,要拱白菜。比如叫点外卖送到她家里,知道她一个人在这个城市里漂着,懒得做饭。

感动总是在不知不觉间滋生的,有时候她也会想,如果周浩南靠谱一点,不那么二,说不定自己真的会爱上他,可是他真的是太不靠谱了,全公司里他最忙,可是大家都不知道他在忙什么,跟着他那样的人,还不得喝西北风啊?若是碰巧那天不刮西北风,那还不知道喝什么呢。

心灰意冷的蒋灵薇病倒了,这下可忙坏了张浩南,他比原来更加忙了,每天下班先去蒋灵薇的家里,给她熬粥煲汤,尽管笨手笨脚,却做得很认真。

蒋灵薇说,你这是何苦呢?张浩南说,为喜欢的人犯点贱,不苦,相反还很甜呢!

病好之后,蒋灵薇去公司里上班,公司与以往不同了,发生了两件大事:第一件事,原来的老板生病退休了,新老板居然是张浩南,原来他是老板的儿子,之前一年,都是在公司里实习,积累经验,为了接班之用;第二件事,就是新老板张浩南在很多非正式场合上说蒋灵薇是她的女朋友,理由是蒋灵薇吃过他做的饭。

蒋灵薇怒气冲冲地去找他算账,你这人可真二,我什么时候答应做你的女朋友了?张浩南从办公桌后面抬起头说,若是私事,咱们回家再聊。

蒋灵薇说,当然是公事,从今天开始,我辞职了。

张浩南抱住她说,只要你不辞我,做我的女朋友,辞个职有什么了不起的,我批准了。

后来?后来当然是张浩南这只很二的猪,把蒋灵薇这棵水灵灵的大白菜给拱了。

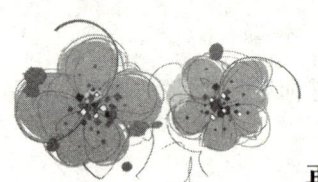

再为你跳一支舞

遇到他的那年,正是她最落魄的时候,母亲生病住在医院里,需要很多钱,可是她什么都没有,除了一张漂亮的脸蛋之外,再就是会跳舞,除此,别无所长。有人劝她,嫁个有钱人,不就什么都有了?不然白长了一张漂亮脸蛋,浪费资源。

她置若罔闻,在歌厅里找了一份给人伴舞的差事,每晚像那些歌手一样赶场子,多跳一场,多赚一份钱,很辛苦,等攒够了给母亲做手术的钱,就不用像这样东奔西跑了。

伴舞作为一种陪衬其实是可有可无的,台

上的灯光和台下的目光都是给歌手准备的,她习惯了像一棵小草一样,在舞台的边缘不受关注。

那段时间,台下的观众其实很少,唯有他,每晚必来,专心致志地盯着她看,大家都笑,说那个"粉丝"爱上她了,因为他有时会买百合、郁金香之类的花,孤单的一朵,送给她。

可惜她并没有心情和时间浪费在这样小情小调上,有时候会把花插到同伴的衣襟或口袋里,有时候会直接把花丢在垃圾桶里,夜夜来这种欢娱场所闲泡的人,想来也不会是什么正经人。

每晚跳完最后一场,赶末班地铁回家时,总能在车上与他不期而遇,他淡淡地笑,说:"你跳得很好!"她点点头,并不回言,冷漠地看着车窗外一闪而过的夜色,漠然地想着心事。有一次,因为困倦至极,竟然在午夜的电车上睡着了,头歪在他的肩膀上,睡得很沉很香,到站后他叫醒她,她揉着惺忪睡眼,忘记了身在何处,转头看他,他笑了,笑容温暖而美好。

他陪她下车,试探地问:"我送送你吧?你一个人回家,我不放心!"她哑然失笑,心想:这个人迂腐至极,你不放心我,难道我就放心你了吗?摇了摇头,道谢!然后一个人往家里跑,跑着跑着,站住,回身往后看,一个模糊的身影,依旧站在那里,向着她离去的方向,心中有一股暖流,像烟尘一样,慢慢滋生,把心填充得满满的。

后来听人说,其实他跟她并不同路,每晚陪她坐地铁回家,然后再原路返回,去歌厅门口拿停放在那里的车。她是单亲家庭长大的孩子,身上的铠甲坚硬无比,但在这一刻,竟然渐渐软化。

她开始试着接受他,他送她的花,她不再丢掉或送人,而是拿回家里制成干花标本。他带她去吃消夜,她也去了,两个人在大排档前吃面条,吃得稀里哗啦,看着彼此不雅的吃相,忍俊不禁地笑了。他捉住她的手问:"带我去看看你的母亲吧?等她老人家好了,我们就结婚!"她羞红了脸,使劲抽出自己的手说:"你不嫌弃我没有正式的工作?"他也笑了,说:"我就喜欢看你跳舞,怎么看都不够。"

3个月之后,他不再来看她跳舞,也不再送他回家,有人说他结婚了,在街上看到他跟太太手牵着手。她的心疼痛起来,一直痛得流出了眼泪,在这样的娱乐场所认识的男人,自己居然傻到相信他,自己再好,人家也不过是拿自己解闷而已。

闲暇的时候,她还是常常想起他,想起他温暖淳厚的笑容,想起他夜色中模糊挺拔的身影。她把那些制成标本的干花拿出来,用剪刀剪成细碎的粉末,然后洒到风中……

折腾了一段时间,渐渐把这个男人压到心底,轻易不会再把旧事翻出来。转年,母亲做了手术,病愈出院,家里又多了笑声和烟火的气味。

她还在那个歌厅伴舞,母亲说:"我病好了,不再需要很多钱,不要再去跳了,赶紧找个好人家嫁了吧!"她笑嘻嘻地回言:"我喜欢跳,从小学了那么多年,花了那么多钱,我都要赚回来,一直跳到跳不动了为止。"

其实,她的内心里还是隐隐地期望他能再来看她跳舞,她想问问他:他还是不是男人?他说过,等母亲病愈出院,他就娶自己吗?

难道都是假话吗？

可是他一次都没来，倒是遇到旧时在一起伴舞的姐妹，她说："你幸好没有嫁给那个粉丝，他瞎了一双眼睛，你跟他在一起，怎么生活啊？"

她怔住了，问她怎么回事？她说："还不是因为你？有一个晚上他去送你回来，不小心走进路边施工的工地，撞在一堆胡乱堆放的东西上，独独伤了眼睛……"

千辛万苦找到他，是在一幢普通居民住宅小区的5楼，她轻轻地推开门，他站在门边，侧着耳朵问她："你找谁？"她把手伸出来，放在他的眼前晃了晃，并无知觉，她的眼泪就流下来了，说："我能不能再为你跳一支舞？"

他呆住了，沉默了半天，点了点头。

她把碟片放进DV机里，音乐响起，她第一次在舞台之外为唯一的一个观众跳舞，她专注、投入，舞姿灵动优美，用舞蹈语言讲述了一个爱的故事。

她忘情在舞蹈里，眼泪咸咸涩涩地流进嘴里。